# 人民共和國文化與文學叢書

十 編

李 怡 主編

第 **1** 冊

## 中國現代文學的共情美學

李 點 著

花木蘭文化事業有限公司

國家圖書館出版品預行編目資料

中國現代文學的共情美學／李點 著 -- 初版 -- 新北市：花木
蘭文化事業有限公司，2022〔民 111〕
目 2+208 面；19×26 公分
（人民共和國文化與文學叢書 十編；第 1 冊）
ISBN 978-986-518-941-9（精裝）
1.CST：中國當代文學 2.CST：文學美學 3.CST：文學評論
820.8                                               111009784

**特邀編委**（以姓氏筆畫為序）：

吳義勤 孟繁華 張 檸
張志忠 張清華 陳思和
陳曉明 程光煒 劉福春
（臺灣）宋如珊
（日本）岩佐昌暲
（新西蘭）王一燕
（澳大利亞）鄭 怡

人民共和國文化與文學叢書
十 編 第一 冊                ISBN：978-986-518-941-9

# 中國現代文學的共情美學

作　　者　李　點
主　　編　李　怡
企　　劃　四川大學中國詩歌研究院
總 編 輯　杜潔祥
副總編輯　楊嘉樂
編輯主任　許郁翎
編　　輯　張雅淋、潘玟靜、劉子瑄　美術編輯　陳逸婷
出　　版　花木蘭文化事業有限公司
發 行 人　高小娟
聯絡地址　235 新北市中和區中安街七二號十三樓
　　　　　電話：02-2923-1455 ／傳真：02-2923-1452
網　　址　http://www.huamulan.tw 信箱 service@huamulans.com
印　　刷　普羅文化出版廣告事業
初　　版　2022 年 9 月
定　　價　十編 17 冊（精裝）新台幣 43,000 元

# 中國現代文學的共情美學

李點　著

## 作者簡介

李點，上海華東師範大學英語語言文學本科暨翻譯專業研究生班畢業，美國密歇根大學亞洲語言文學博士。現任美國亞利桑那大學（University of Arizona）東亞系教授，兼任北京師範大學特聘教授、四川大學講席教授，Comparative Literature & World Literature 和 Literature and Modern China 副主編。主要研究方向為中國現當代文學、比較文學、海外漢學、數字人文等領域。已出版專著《落葉不歸：中國現代文學的離散主題》、《流亡與抵制：北島詩歌 1978 ～ 2000》，合譯著作有《從民族國家拯救歷史》、《博爾赫斯傳》等，並在海內外著名學術刊物上發表了近百篇的中英文學術論文、書評綜述和翻譯作品。

## 提　　要

　　情感之於文學是個永恆的話題，既有經典文論的映照，也有當代批評的關注。本書提出的共情美學的概念首先是對文學功能的追本溯源，也是對當下文學研究中引人注目的情動理論的承繼和發展。共情美學的研究對象是文學與情感的糾纏，這是中國現當代文學中不可忽視的核心內容與表意元素。共情美學體現在文學作品常見的時空移位敘事結構之中，促成了很多文學母題從共情到致知的表現力度，比如懷舊敘事（城市與鄉村的移位），山水抒情（鬧市與自然的移位），歷史傳奇（現在與過去的移位）或離散敘事（中心與邊緣的移位）。基於共情美學的理論原點和批評姿態，本書討論了從莫言到阿來，從北島到馮小剛及其他作家、詩人、導演的文本，重點分析諸如懷舊、離散、焦慮、異化之類主題的文化語境和指涉話語。不管是回訪歷史還是憧憬未來，無論情感的內容和形式如何千差萬別，這些作家和作品構成了現當代文學情感地圖的獨特景觀，反映了中國當今文學寫作背離傳統的無序狀態，尤其是自我的失落與重構，代表了現代人對於傳統精神和現代生活普遍的悖論心態。

# 人民共和國時代的現代文學研究——
## 《人民共和國文化與文學叢書·十編》引言

李 怡

中華人民共和國成立七十餘年，書寫了風雨兼程的當代中國史，與民國時期的學術史不同，中國現代文學研究被成功地納入了國家社會發展體制當中，成為國家文化事業的有機組成部分，因此，我們的學術研究理所當然地深植於這一宏大的國家文化發展的機體之上，每時每刻無不反映著國家社會的細微的動向，尤其是中國現代文學研究，幾乎就是呈現中國知識分子對於新中國理想奮鬥的思想的過程，表達對這一過程的文學性的態度，較之於其他學科更需要體現一種政治的態度，這個意義上說，七十年新中國歷史的風雨也生動體現在了中國現代文學的學術發展之中。從新中國建立之初的「現代文學學科體制」的確立，到1950～1970年代的對過去歷史的評判和刪選，再到新時期的「回到中國現代文學本身」，一直到1990年代以降的「知識考古」及多種可能的學術態勢的出現，無不折射出新中國歷史的成就、輝煌與種種的曲折。文學與國家歷史的多方位緊密聯繫印證了中國現代文學研究在當下的一種有影響力的訴求：文學與社會歷史的深入的對話。

研究共和國文學，也必須瞭解共和國時代之於中國現代文學的學術態度。

## 一、納入國家思想系統的中國現代文學研究

中國現代文學研究伴隨著五四新文學的誕生就出現了，作為現代文學的開山之作《狂人日記》發表的第二年，傅斯年就在《新潮》雜誌第 1 卷第 2 號上介紹了《狂人日記》並作了點評。1922 年胡適應上海《申報》之邀，撰寫

了《五十年來中國之文學》，已經為僅僅有五年歷史的新文學闢專節論述。但是整個民國時期，新文學並未成為一門獨立學科。在一開始，新文學是作為或長或短文學史敘述的一個「尾巴」而附屬於中國古代文學史或近代文學史之後的，諸如上世紀二十年代影響較大的文學史著作如趙景深《中國文學小史》（1926 年）、陳之展《中國近代文學之變遷》（1929 年），分別以「最近的中國文學」和「十年以來的文學革命運動」附屬於古代文學和近代文學之後。朱自清 1929 年在清華大學開設「中國新文學研究」，但到了 1933 年這門課不再開設，為上課而編寫的《中國新文學研究綱要》，也並沒有公開發行。1933年王哲甫《中國新文學運動史》出版，這部具有開創之功的新文學史著作，最重要的貢獻就在於新文學獲得了獨立的歷史敘述形態。1935 年上海良友圖書公司出版了由趙家璧主編的十卷本《中國新文學大系》，作為對新文學第一個十年的總結，由新文學歷史的開創者和參與者共同建立了對新文學的評價體系。至此，新文學在文學史上獲得了獨立性而成為人們研究關注的對象。但是，從總體上看，民國時期的中國現代文學研究還是學者和文學家們的個人興趣的產物，這裡並沒有國家學術機構和文化管理部門的統一的規劃和安排，連「中國現代文學」這一門學科也沒有納入為教育部的統一計劃，而由不同的學校根據自身情況各行其是。

新中國的成立徹底改變了這一學術格局。中華人民共和國的成立，意味著歷史進入一個新的階段。被作為中國現代革命史重要組成部分的現代文學史，成為建構革命意識形態的重要領域，中國現代文學在性質上就和以往文學截然分開。雖然中國現代文學僅僅有三十多年的歷史，但其所承擔的歷史敘述和意識形態建構功能卻是古代文學無法比擬的。由此拉開了在國家思想文化系統中對中國現代文學性質與價值內涵反覆闡釋的歷史大幕。現代文學既在國家思想文化的大體系中獲得了建構現代民族國家的非凡意義，但也被這一體系所束縛甚至異化。王瑤《中國新文學史》的寫作和出版就是標誌性的事件。按教育部 1950 年所通過的《高等學校文法兩學院各系課程草案》，「中國新文學史」是大學中文系核心必修課，在教材缺乏的情況下，王瑤應各學校要求完成《中國新文學史稿》（上冊）並於 1951 年 9 月由北京開明書店出版，下冊拖至 1952 年完稿並於 1953 年 8 月由上海新文藝出版社出版。但隨之而來的批判則可以看出，一方面是國家層面主動規劃和關心著中國現代文學的學術發展，使得學科真正建立，學術發展有了更高層面的支持和更

大範圍的響應，未來的空間陡然間如此開闊，但是，不言而喻的是，國家政治本身的風風雨雨也將直接作用於一個學科學術的內部，在某些特定的時刻，產生的限制作用可能超出了學者本身的預期。王瑤編寫和出版《中國新文學史》最終必須納入集體討論，不斷接受集體從各自的政策理解出發做出的修改和批評意見。面對各種批判，王瑤自己發表了《從錯誤中汲取教訓》，檢討自己「為學術而學術的客觀主義傾向。」〔註1〕

　　新中國成立，意味著必須從新的意識形態的需要出發整理和規範「現代文學」的傳統。十七年期間出現了對20年代到40年代已出版作品的修改熱潮。1951年到1952年，開明書店出版了兩輯作品選，稱之為「開明選集本」。第一輯是已故作家選集，第二輯是仍健在的12位作家的選集。包括郭沫若、茅盾、葉聖陶、曹禺、老舍、丁玲、艾青等。許多作家趁選集出版對作品進行了修改。1952年到1957年，人民文學出版社又出版了一批被稱為「白皮」和「綠皮」的選集和單行本，同樣作家對舊作做了很大的修改。像「開明選集本」的《雷雨》，去掉了序幕和尾聲，重寫了第四幕；老舍的《駱駝祥子》節錄本刪去了近7萬多字，相比原著少了近五分之二。這些在建國前曾經出版了的現代文學作品，都按當時的政治指導思想做了不同程度的修改，向主流意識更加靠攏。通過對新文學的梳理甄別，標識出新中國認可的新文學遺產。

　　伴隨著對已出版作品的修改與甄別，十七年時期現代文學研究的重心是通過文學史的撰寫規範出革命意識形態認可的闡釋與接受的話語模式。1950年代以來興起的現代文學修史熱，清晰呈現出現代文學在向政治革命意識形態靠攏的過程中如何逐步消泯了自身的特性，到了文革時期，文學史完全異化成路線鬥爭的傳聲筒，這是1960年代與1950年代的主要差異：從蔡儀的《中國新文學史講話》（1952年），到丁易的《中國現代文學史略》、張畢來的《新文學史綱（第1卷）》（1955年），劉綬松《中國新文學史初稿》（1956年）。1950年代，雖然政治色彩越來越濃厚，但多少保留了一些學者個人化的評判和史識見解。到了1958年之後，隨著「反右」運動而來的階級鬥爭擴大化，個人性的修史被群眾運動式的集體編寫所取代，經過所謂的「拔白旗，插紅旗」的雙反運動，群眾運動式的學術佔領了所謂的「資產階級知識分子」的學術領地。全國出現了大量的集體編寫的文學史，多數未能出版發行，當時有代表性是復旦大學中文系學生集體編寫的《中國現代文學史》和《中國現

---

〔註1〕王瑤：從錯誤中汲取教訓〔N〕，文藝報，1955-10-30（27）。

代文藝思想鬥爭史》，吉林大學中文系和中國人民大學語文系師生分別編寫的
兩種《中國現代文學史》。充斥著火藥味濃烈的戰鬥豪情，文學史徹底淪為政
治鬥爭的工具。文革時期更是出現了大量以工農兵戰鬥小組冠名文學史和作
品選講，學術研究的正常狀態完全被破壞，以個人獨立思考為基礎的學術研
究已經被完全摒棄了。正如作為歷史親歷者的王瑤後來所反思的，「一次又一
次的政治運動，批判掉了一批又一批的現代文學作家和作品，到『文化大革
命』的十年動亂中，在『否定一切，打倒一切』的思潮影響下，三十年的現代
文學史只能研究魯迅一人，政治鬥爭的需要代替了學術研究，滋長了與馬克
思主義根本不相容的實用主義學風，講假話，隱瞞歷史真相，以致造成了現
代文學這門歷史學科的極大危機」。〔註2〕

　　至此，中國現代文學的學術危機可謂是格外深重了。

## 二、1980 年代：作為思想啟蒙運動一部分的學術研究

　　中國現代文學研究重新煥發出生命力是在 1980 年代。伴隨著國家改革開
放的大潮，中國現代文學迎來了重要的發展期。

　　新時期中國現代文學研究的首要任務是盡力恢復被極左政治掃蕩一空的
文學記憶，展示中國現代文學歷史原本豐富多彩的景觀。一系列「平反」式
的學術研究得以展開，正如錢理群所總結的，「一方面，是要讓歷次政治運動
中被排斥在文學之外的作家作品歸位，恢復其被剝奪的被研究的權利，恢復
其應有的歷史地位；另一方面，則是對原有的研究對象與課題在新的研究視
野、觀念與方法下進行新的開掘與闡釋，而這兩個方面都具有重新評價的性
質與意義」。〔註3〕在這樣的「平反」式的作家重評和研究視野的擴展中，原
來受到批判的胡適、新月派、七月派等作家流派、被忽略的自由主義作家沈
從文、錢鍾書、張愛玲等開始重新獲得正視，甚至以鴛鴦蝴蝶派為代表的通
俗文學也在現代文學發展的整體視野中獲得應有的地位。突破了僅從政治立
場審視文學的狹窄視野，以現代精神為追求目標的歷史闡釋框架起到了很好
的「擴容」作用，這就是所謂的「主流」、「支流」與「逆流」之說，借助於這
一原本並非完善的概括，我們的現代文學終於不僅保有主流，也容納了若干

---

〔註2〕王瑤：中國現代文學研究的歷史和現狀〔J〕，華中師大學報，1984（4）：2。
〔註3〕錢理群：我們所走過的道路──《中國現代文學研究叢刊》100 期回顧〔J〕，
　　　中國現代文學研究叢刊，2004（4）：5。

支流，理解了一些逆流，一句話，可以研究的空間大大的擴展了。

在研究空間內部不斷拓展的同時，80 年代現代文學研究視野的擴展更引人注目，這就是在「走向世界」的開闊視野中，應用比較文學的研究方法，考察中國現代文學與外國文學的關係，建立起中國現代文學和世界文學之間廣泛而深入的聯繫。代表作有李萬鈞的《論外國短篇小說對魯迅的影響》（1979年）、王瑤的《論魯迅與外國文學的關係》、溫儒敏的《魯迅前期美學思想與廚川白村》（1981 年）。陝西人民出版社推出了「魯迅研究叢書」，魯迅與外國文學的關係成為其中重要的選題，例如戈寶權的《魯迅在世界文學上的地位》、王富仁《魯迅前期小說與俄羅斯文學》、張華的《魯迅與外國作家》等。80 年代的現代文學研究首先是以魯迅為中心，建立起與世界文學的廣泛聯繫，這樣的比較研究有力地證明了現代文學的價值不僅僅侷限於革命史的框架內，現代文學是中國社會由傳統向現代的轉變中並逐步融入世界潮流的精神歷程的反映，現代化作為衡量文學的尺度所體現出的「進化」色彩，反映出當時的研究者急於思想突圍的歷史激情，並由此激發起人們對「總體文學」──「世界文學」壯麗圖景的想像。曾小逸主編的《走向世界》，陳思和的《中國新文學整體觀》、黃子平、陳平原和錢理群的《二十世紀中國文學三人談》，對 20 世紀 80 年文學史總體架構影響深遠的這幾部著作都洋溢著飽滿的「走向世界」的激情。掙脫了數十年的文化封閉而與世界展開對話，現代文學研究的視野陡然開闊。「走向世界」既是我們主動融入世界潮流的過程，也是世界湧向中國的過程，由此出現了各種西方思想文化潮水般湧入中國的壯麗景象。在名目繁多的方法轉換中，是人們急於創新的迫切心情，而這樣的研究方法所引起的思想與觀念的大換血，終於更新了我們原有的僵化研究模式，開拓出了豐富的文學審美新境界，讓中國現代文學的學術研究有了自我生長的基礎和未來發展的空間。與此同時，國外漢學家的論述逐步進入中國，帶給了我們新的視野，如夏志清《中國現代小說史》、司馬長風《中國新文學史》，給予中國學者極大的衝擊。在多向度的衝擊回應中，現代文學的研究成為 1980 年代學術研究的顯學。

相對於在和西方文學相比較的視野中來發掘現代文學的世界文學因素並論證其現代價值而言，真正有撼動力量的還是中國學者從思想啟蒙出發對中國現代文學學術思想方法的反思和探索。一系列名為「回到中國現代文學本身」的研究決堤而出，大大地推進了我們的學術認知。這其中影響最大的包

括王富仁對魯迅小說的闡釋，錢理群對魯迅「心靈世界」的分析，汪暉對「魯迅研究歷史的批判」，以及凌宇的沈從文研究，藍棣之的新詩研究，劉納對五四文學的研究，陳平原對中國現代小說模式的研究，趙園對老舍等的研究，吳福輝對京派海派的研究，陳思和對巴金的研究，楊義對眾多小說家創作現象的打撈和陳述等等。這些研究的一個鮮明特點，就是立足於中國現代作家的獨立創造性，展現出現代文學在中國思想文化發展史上所具有的獨特認識價值和審美價值。作為1980年代文學史研究的兩大重要口號（概念）也清晰地體現了中國學者擺脫政治意識形態束縛，尋找中國現代文學獨立發展規律的努力，這就是「二十世紀中國文學」與「重寫文學史」，如今，這兩個口號早已經在海內外廣泛傳播，成為國際學界認可的基本概念。

今天的人們對「文學」更傾向於一種「反本質主義」的理解，因而對1980年代的「回到本身」的訴求常常不以為然。但是，平心而論，在新時期思想啟蒙的潮流之中，「回到本身」與其說是對文學的迷信不如說是借助這一響亮的口號來袪除極左政治對學術發展的干擾，使得中國的現代文學研究能夠在學術自主的方向上發展，理解了這一點，我們就能夠進一步發現，1980年代的中國學術雖然高舉「文學本身」的大旗，卻並沒有陷入「純文學」的迷信之中，而是在極力張揚文學性的背後指向「人性復歸」與精神啟蒙，而並非是簡單地回到純粹的文學藝術當中。同樣借助回到魯迅、回到五四等，在重新評估研究對象的選擇中，有著當時人們更為迫切的思想文化問題需要解決。正如王富仁在回顧新時期以來的魯迅研究歷史時所指出的：「迄今為止，魯迅作品之得到中國讀者的重視，仍然不在於它們在藝術上的成功……中國讀者重視魯迅的原因在可見的將來依然是由於他的思想和文化批判。」〔註4〕「回到魯迅」的學術追求是借助魯迅實現思想獨立，「這時期魯迅研究中的啟蒙派的根本特徵是：努力擺脫凌駕於自我以及凌駕於魯迅之上的另一種權威性語言的干擾，用自我的現實人生體驗直接與魯迅及其作品實現思想和感情的溝通。」〔註5〕80年代現代文學研究中無論是影響研究下對現代文學中西方精神文化元素的勘探，還是重寫文學史中敘史模式的重建，或是對歷史起源的

---

〔註4〕 王富仁：中國魯迅研究的歷史與現狀（連載十一）〔J〕，魯迅研究月刊，1994（12）：45。

〔註5〕 王富仁：中國魯迅研究的歷史與現狀（連載十）〔J〕，魯迅研究月刊，1994（11）：39。

返回，最核心的問題就是思想解放，人們相信文學具有療傷和復歸人性的作用，同時也是獨立精神重建的需要。80 年代的主流思想被稱之為「新啟蒙」，其意義就是借助國家改革開放和思想解放的歷史大趨勢，既和主流意識形態分享著對現代化的認可與想像，也內含著知識分子重建自我獨立精神的追求。因此 80 年現代文學不在於多麼準確地理解了西方，而是借助西方、借助五四，借助魯迅激活了自身的學術創造力。相比 90 年代日益規範的學術化取向，80 年代現代研究最主要的貢獻就是開拓了研究空間，更新了學術話語，激活了研究者獨立的精神創造力。當然，感性的激情難免忽略了更為深入的歷史探尋和更為準確東西對比。在思想解放激情的裹挾下，難免忽略了對歷史細節的追問和辨析。這為 90 年代的知識考古和文化研究留下展開空間，但是 80 年代的帶有綜合性的學術追求中，文化和歷史也是 80 年代現代文學研究的自覺學術追求。錢理群當時就指出：「我覺得『二十世紀中國文學』這個概念還要求一種綜合研究的方法，這是由我們的研究對象所決定的。現代中國很少『為藝術而藝術』的純文學家，很少作家把自己的探索集中於純文學的領域，他們涉及的領域是十分廣闊的，不僅文學，更包括了哲學、歷史學、倫理學、宗教學、經濟學、人類學、社會學、民俗學、語言學、心理學，幾乎是現代社會科學的一切領域。不少人對現代自然科學也同樣有很深的造詣。不少人是作家、學者、戰士的統一。這一切必然或多或少、或隱或顯地體現到他們的思想、創作活動和文學作品中來。就像我們剛才講到的，是一個四面八方撞擊而產生的一個文學浪潮。只有綜合研究的方法，才能把握這個浪潮的具體的總貌。」〔註6〕，80 年代對現代文學研究綜合性的強調，顯然認識到現代文學與社會歷史文化廣闊的聯繫，只不過 80 年代更多的是從靜態的構成要素角度理解現代文學的內部和外部之間的聯繫，而不是從動態的生產與創造的角度進行深入開掘，但 80 年代這樣的學術理念與追求也為 90 年代之後學術規範之下現代文學研究的「精耕細作」奠定了基礎。

## 三、1990 年代：進入「規範」的中國現代文學研究

1990 年代，中國社會發生了很大的改變。在國家政治的新的格局中，知識分子對 1980 年代啟蒙過程中「西化」傾向的批判成為必然，同時，如何借

---

〔註6〕陳平原、錢理群、黃子平：「二十世紀中國文學」三人談·方法〔J〕，讀書，1986（3）。

助「學術規範」建立起更「科學」、「理智」也更符合學術規則的研究態度開始佔據主流，當然，這種種的「規範」之中也天然地包含著知識分子審時度勢，自我規範的意圖。在這個時代，不是過去所謂的「救亡」壓倒了「啟蒙」，而是「規範化」的訴求一點一點地擠乾了「啟蒙」的激情。

1990 年代的現代文學研究首先以學術規範為名的對 1980 年代現代文學研究進行反思與清理。《學人》雜誌的創刊通常被認為是 1990 年代學術轉型的標誌，值得一提的，三位主編中陳平原和汪暉都是 1980 年代中國現代文學研究的代表性人物。

進入「規範」時代的中國現代文學研究有兩個值得注意的傾向：

一是學術研究從激情式的宣判轉入冷靜的知識考古，將學術的結論蘊藏在事實與知識的敘述之中。從 1990 年代開始，《中國現代文學叢刊》開始倡導更具學術含量的研究選題。分別在 1991 年第 2 期開設「現代作家與地域文化專欄」，1993 年第 4 期設「現代作家與宗教文化」專欄，1994 年第 1 期開闢「淪陷區文學研究專號」，1994 年第 4 期組織了「現代女性文學研究」專欄。這種學術化的取向，極大地推進了現代文學向縱深領域拓展，出現了一批富有代表性的成果。如嚴家炎主持的「二十世紀中國文學與區域文化叢書」（1995 年）和「二十世紀中國文學研究叢書」（1999～2000 年），前者是探討地域文化和現代文學的關係，後者側重文學思潮和藝術表現研究。在某一個領域深耕細作的學者大多推出自己的代表作，如劉納的《嬗變──辛亥革命時期的中國文學》（1998 年），從中國文學發展的內部梳理五四文學的發生；范伯群主編的《中國近現代通俗文學史》（2000 年），有關現代文學的擴容討論終於在通俗文學的研究上有了實質性的成果；再如文學與城市文化的研究包括趙園的《北京：城與人》（1991 年）、李今的《海派文化與都市文化》（2000 年）等研究成果。隨著學術對象的擴展，不但民國時期的舊體詩詞、地方戲劇等受到關注，而且和現代文學相關的出版傳媒，稿酬制度，期刊雜誌，文學社團，中小學及大學的文學教育等作為社會生產性的制度因素一併成為學術研究對象。劉納的《創造社與泰東書局》（1999）；魯湘元的《稿酬怎樣攪動文壇──市場經濟與中國近代文學》（1998 年）；錢理群主編的「二十世紀中國文學與大學文化叢書」等都是這方面具有代表性的研究成果。90 年代中期，作為現代文學學科重要奠基人的樊駿曾認為「我們的學科，已經不再年輕，正在走向成熟。」而成熟的標誌，就是學術性成果的陸續推出，「就整體而言，

我們正努力把工作的重點和目的轉移到學術建設上來，看重它的學術內容學術價值，注意科學的理性的規範，使研究成果具有較多的學術品格與較高的學術品位，從而逐步成為真正意義上的學術工作。」〔註7〕

　　二是對文獻史料的越來越重視，大量的文獻被挖掘和呈現，同時提出了現代文獻的一系列問題，例如版本、年譜、副文本等等，文獻理論的建設也越發引起人們的重視。從80年代學界不斷提出建立「中國現代文學文獻學」的呼籲。《中國現代文學研究叢刊》1985年第1期刊登了馬良春《關於建立中國現代文學「史料學」的建議》，提出了文獻史料的七分法：專題性研究史料、工具性史料、敘事性史料、作品史料、傳記性史料、文獻史料和考辨史料。1989年《新文學史料》在第1、2、4期上連續刊登了樊駿的八萬多字的長文《這是一項宏大的系統工程——關於中國現代文學史料工作的總體考察》，樊駿先生就指出：「如果我們不把史料工作僅僅理解為拾遺補缺、剪刀漿糊之類的簡單勞動，而承認它有自己的領域和職責、嚴密的方法和要求，特殊的品格和價值——不只在整個文學研究事業中佔有不容忽視、無法替代的位置，而且它本身就是一項宏大的系統工程，一門獨立的複雜的學問；那麼就不難發現迄今所做的，無論就史料工作理應包羅的眾多方面和廣泛內容，還是史料工作必須達到的嚴謹程度和科學水平而言，都還存在許多不足。」1989年成立了中華文學史料學會，並編輯出版了會刊《中華文學史料》。借助90年代「學術性」被格外強調，「學術規範」問題獲得鄭重強調和肯定的大環境，許多學者自覺投入到文獻收藏、整理與研究的領域，涉及現代文學史料的一系列新課題得以深入展開，例如版本問題、手稿問題、副文本問題、目錄、校勘、輯佚、辨偽等，對文獻史料作為獨立學科的價值、意義和研究方法等方面都展開了前所未有的討論。其中的重要成果有賈植芳、俞桂元主編的《中國現代文學總書目》（1993年）、陳平原、錢理群等編《二十世紀中國小說理論資料》五卷（1997年），錢理群主編的「中國淪陷區文學大系」（1998～2000），延續這一努力，劉增人等於2005年推出了100多萬字的《中國現代文學期刊史論》，既有「中國現代文學期刊敘錄」，又有「中國現代文學期刊研究資料目錄」的史料彙編。不僅史料的收集整理在學術研究上獲得了深入發展，「五四」以來許多重要作家的全集、文集和選集在90年代被重新編輯出版。如浙

---

〔註7〕樊駿：我們的學科，已經不再年輕，正在走向成熟〔J〕，中國現代文學研究叢刊，1995（2）：196～197。

江文藝出版社推出的《中國現代經典作家詩文全編書系》，共 40 種，再如冠以經典薈萃、解讀賞析之類的更是不勝枚舉。這些選本文集的出版，現代文學研究領域的許多學者都參與其中，既普及了現代文學的影響力，又在無形中重新篩選著經典作家。比如 90 年代隨著有關張愛玲各種各樣的全集、選集本的推出，在全國迅速形成了張愛玲熱，為張愛玲的經典化產生了重要作用。

1990 年代現代文學研究的學術化轉向，包含著意味深長的思想史意義。作為這一轉向的倡導者的汪暉，在 1990 年代就解釋了這一轉向所包含的思想意義：「學術規範與學術史的討論本是極為專門的問題，但卻引起了學術界以至文化界的廣泛注意，此事自有學術發展的內在邏輯，但更需要在 1989 年之後的特定歷史情境中加以解釋。否則我們無法理解：這樣專門的問題為什麼會變成一個社會文化事件，更無從理解這樣的問題在朋友們的心中引發的理性的激情。學者們從對 80 年代學術的批評發展為對近百年中國現代學術的主要趨勢的反思。這一面是將學術的失範視為社會失範的原因或結果，從而對學術規範和學術歷史的反思是對社會歷史過程進行反思的一種特殊方式；另一方面則是借助於學術，內省晚清以來在西學東漸背景下建立的現代性的歷史觀，雖然這種反思遠不是清晰和自覺的。參加討論的學者大多是 80 年代學術文化運動的參與者，這種反思式的討論除了學術上的自我批評以外，還涉及在政治上無能為力的知識者在特定情境中重建自己的認同的努力，是一種化被動為主動的社會行為和歷史姿態。」〔註8〕汪暉為 1990 年代的學術化轉向設定了這麼幾層意思：1990 年代的學術化轉向是建立在對 1980 年代學術的反思基礎上，而且將學術的失範和社會的失範聯繫起來，進而對學術規範和學術史的反思也就對社會歷史的一種特殊反思，由此對所謂主導學術發展的現代性歷史觀進行批判。汪暉後來甚至認為：「儘管『新啟蒙』思潮本身錯綜複雜，並在 80 年代後期發生了嚴重的分化，但歷史地看，中國『新啟蒙』思想的基本立場和歷史意義，就在於它是為整個國家的改革實踐提供意識形態的基礎的。」〔註9〕一方面認為 80 年代以新啟蒙為特點的學術追求是造成社會失範的原因或結果，一方面又認為這一學術追求為改革實踐提供了意識

〔註8〕羅崗、倪文尖編：90 年代思想文選（第一卷）〔C〕，南寧：廣西人民出版社，2000 年：6〜7。
〔註9〕羅崗、倪文尖編：90 年代思想文選（第一卷）〔C〕，南寧：廣西人民出版社，2000 年：280。

形態基礎，在這帶有矛盾性的表述中，依然跳不出從社會政治框架衡量學術意義的思維。但由此所引發的問題卻是值得深思的：現代文學作為一門學科的根本基礎和合法性何在？1990年代的學術轉向，試圖以學術化的取向在和政治保持適當的距離中重建學科的合法性，即所謂的告別革命，回歸學術，學術研究只是社會分工中的一環，即陳思和所言的崗位意識：「我所說的崗位意識，是知識分子在當代社會中的一種自我分界。……（崗位的）第一種含義是知識分子的謀生職業，即可以寄託知識分子理想的工作。……另一層更為深刻也更為內在的意義，即知識分子如何維繫文化傳統的精血」。〔註10〕這就更顯豁的表達出1990年代學術轉型所抱有的思想追求，現代文學不再是批判性知識和思想的策源地，而是學科分工之下的眾多門類之一，消退理想主義者曾經賦予自身的思想光芒和啟蒙幻覺，回歸到基本謀生層面，以工匠的精神維持一種有距離的理性主義清醒。

不過，這種學術化的轉型和1990年代興起的後學思潮相互疊加，卻也開始動搖了現代文學這門學科的基礎。如果說學術化轉向是帶著某種認真的反思，並在學術層面上對現代文學研究做出了一定的推進，而90年代伴隨著後學理論的興起，則從思想觀念上擾亂了對現代文學的認識和評價。借助於西方文化內部的反叛和解構理論，將對西方自文藝復興至啟蒙運動所形成的「現代性」傳統展開猛烈批判的後現代主義（還包括解構主義、後殖民主義等等）挪用於中國，以此宣布中國的「現代性終結」，讓埋頭於現代化追求和想像的人們無比的尷尬和震驚：

> 「現代性」無疑是一個西方化的過程。這裡有一個明顯的文化等級制，西方被視為世界的中心，而中國已自居於「他者」位置，處於邊緣。中國的知識分子由於民族及個人身份危機的巨大衝擊，已從「古典性」的中心化的話語中擺脫出來，經歷了巨大的「知識」轉換（從鴉片戰爭到「五四」的整個過程可以被視為這一轉換的過程，而「五四」則可以被看作這一轉換的完成），開始以西方式的「主體」的「視點」來觀看和審視中國。〔註11〕

---

〔註10〕陳思和：知識分子在現代社會轉型期的三種價值取向〔J〕，上海文化，1993（1）。

〔註11〕張頤武：「現代性」終結──一個無法迴避的課題〔J〕，戰略與管理，1994（3）：106。

　　以西方最新的後學理論對五四以來的現代文學做出了理論上的宣判，作為「他者」狀況反映的現代文學的價值受到了懷疑。「現代性」作為 90 年代現代文學研究的核心關鍵詞，就是在這樣的質疑聲中登陸中國學術界。人們既在各種意義飄忽不定的現代性理論中進行知識考古式的辨析和確認，又在不斷的懷疑和顛覆中迷失了對自我感受的判斷。這種用最新的西方理論宣判另一種西方理論的終結的學術追求卻反諷般地認為是在維護我們的「本土性」和「中華性」，而其中的曖昧，恰如一位學人所指出的：「在我看來，必須意識到 90 年代大陸一些批評家所鼓吹的『後現代主義』與官方新意識形態之間的高度默契。比如，有學者把大眾文化褒揚為所謂『社會主義初級階段特色』，異常輕易地把反思都嘲弄為知識分子的精英立場；也有人脫離本土的社會文化經驗，激昂地宣告『現代性』的終結，歡呼中國在『走向一個小康』的理想時刻。這就不僅徹底地把『後現代』變成了一個完全『不及物』的能指符號，而且成為了對市場和意識形態地有力支持和論證。」〔註 12〕

　　正是在「現代性」理論的困擾中，1990 年代後期，人們逐漸認識到源自於西方的「現代性」理論並不能準確概括中國的歷史經驗，而文學做為感性的藝術，絕非是既定思想理念的印證。1980 年代我們在急於走向世界的激情中，只揭示了西方思想文化如何影響了現代文學，還沒有更從容深入的展示出現代作家作為精神文化創造者的獨立性和主體性。但是無論十七年時期現代文學作為新民主主革命的有力組成部分，還是 1980 年代的現代化想像，現代文學都是和國家文化的發展建設緊密聯繫在一起，學科合法性並未引起人們的思考。1990 年代的學術化取向和現代性內涵的考古發掘，都在逼問著現代文學一旦從總體性的國家文化結構中脫離出來，在資本和市場成為社會主導的今天，現代文學如何重建自身的學科合法性，就成為新世紀以來現代文學學術研究的核心問題。作為具有強烈歷史實踐品格和批判精神的現代文學，顯然不能在純粹的學術化取向中獲得自身存在的意義，需要在與社會政治保持適度張力的同時激活現代文學研究在思想生產中的價值和意義。

## 四、新世紀以後：思想分化中的現代文學研究

　　1980 年代的現代文學研究貫穿著思想解放與觀念更新的歷史訴求：1990

---

〔註 12〕張春田：從「新啟蒙」到「後革命」——重思「90 年代」的中國現代文學研究〔J〕，現代中文學刊，2010（3）：59。

年代則是探尋學科研究的基礎與合法性何在，而新世紀開啟的文史對話則屬於重新構建學術自主性的追求。

面對遭遇學科危機的現代文學研究，1990 年代後期已經顯現的知識分子的思想分化在中國現代文學研究中更加明顯地表現了出來。圍繞對二十世紀重要遺產——革命的不同的認知，不同思想派別對中國現代文學的肯定和否定趨向各自發展，距離越來越大。「新左派」認定「革命」是 20 世紀重要的遺產，對左翼文學價值的挖掘具有對抗全球資本主義滲透的特殊價值，「再解讀」思潮就是對左翼——延安一直至當代文學「十七年」的重新肯定，這無疑是打開了重新認識中國現代文學「革命文化」的新路徑，但是，他們同時也將 1980 年代的思想啟蒙等同於自由主義，並認定正是自由主義的興起、「告別革命」的提出遮蔽了左翼文學的歷史價值，無疑也是將更複雜的歷史演變做了十分簡略的歸納，而對歷史複雜的任何一次簡單的處理都可能損害分歧雙方原本存在的思想溝通，讓知識分子陣營的分化進一步加劇。當然，所謂自由主義知識分子群體也未能及時從 1980 年代的「平反「邏輯中深化發展，繼續將歷史上左翼文化糾纏於當代極左政治，放棄了發掘左翼文化正義價值的耐性，甚至對魯迅與左翼這樣的重大而複雜的話題也作出某些情緒性的判斷，這便深深地影響了他們理論的說服力，也阻斷了他們深入觀察當代全球性的左翼思潮的新的理論基礎，並基於「理解之同情」的方向與之認真對話。

新世紀以來中國現代文學研究的推進和發展，首先體現在超越左／右的對立思維、在整合過往的學術發展經驗的基礎上建構基於真實歷史情境的文學發展觀，對中國現代文學研究更有推動性的努力是文學史觀念的繼續拓展，以及新的學術方法的嘗試。

我們看到，1980 年代後期的「重寫文學史」的願望並沒有就此告終，在新世紀，出現了多種多樣的探索。

一是從語言角度嘗試現代文學史的新寫作。展開了中國現代文學研究的語言維度的努力，先後出現了曹萬生主編的《中國現代漢語文學史》（2007 年）和朱壽桐主編的《漢語新文學通史》（2010 年）。這兩部文學史最大的特點是從語言的角度整合以往限於歷史性質判別和國別民族區分而呈現出某種「斷裂」的文學史敘述。曹著是從現代漢語角度來整合中國現代文學和當代文學，從而將五四之後以現代漢語寫作的文學作品作為文學史分析的整體，「中國現代漢語文學包容了啟蒙論、革命論、再啟蒙論、後現代論、消費性與傳媒論

所主張的內容」〔註13〕那些曾經矛盾重重的意識形態因素在工具性的語言之下獲得了某種統一。在這樣的語言表達工具論之下的文學史視野中，和現代文學並行的文言寫作自然被排除在外，而臺灣文學港澳文學甚至旅外華人以現代漢語寫作的文學都被納入，甚至網絡文學、影視文學和歌詞也受到關注。但其中內涵的問題是現代漢語作為僅有百年歷史的語言形態，其未完成性對把握現代漢語的特點造成了不小的困擾，以這樣一種仍在變化發展的語言形態作為貫穿所有文學發展的歷史線索，依然存在不少困難。如果說曹著重在語言表達作為工具性的統一，那麼朱著則側重於語言作為文化統一體的意義。文學作為一種文化形態，其基礎在於語言，「由同一種語言傳達出來的『共同體』的興味與情趣，也即是同一語言形成的文化認同」，「文學中所體現的國族氣派和文化風格，最終也還是落實在語言本身」，〔註14〕那麼作為語言文化統一形態的「漢語新文學」這一概念所承擔的文學史功能就是：「超越乃至克服了國家板塊、政治地域對於新文學的某種規定和制約，從而使得新文學研究能夠擺脫政治化的學術預期，在漢語審美表達的規律性探討方面建構起新的學術路徑」〔註15〕。顯然朱著的重點在以語言的文化和審美為紐帶，打破地域和國別的阻隔、中心與邊緣的區分。朱著所體現的龐大的文學史擴容問題，體現出可貴的學術勇氣，但在這樣體系龐大的通史中，語言的維度是否能夠替代國別與民族的角度，還需要進一步思考。

二是嘗試從國家歷史的具體情態出發概括百年來文學的發展，提出了「民國文學史」、「共和國文學史」等新概念。早在 1999 年陳福康借助史學界的概念，建議「現代文學」之名不妨用「民國文學」取代。後來張福貴、丁帆、湯溢澤、趙步陽等學者就這一命名有了進一步闡發。〔註16〕在這帶有歷史還原意味的命名的基礎上，李怡提出了「民國機制」的觀點，這一概念就是希望進入文史對話的縱深領域，即立足於國家歷史情境的內部，對百年來中國文學轉換演變的複雜過程、歷史意義和文化功能提出新的解釋，這也就是從國

---

〔註13〕曹萬生主編：中國現代漢語文學史〔M〕，北京：中國人民大學出版社，2007：8。

〔註14〕朱壽桐主編：漢語新文學通史〔M〕，廣州：廣東人民出版社，2010：12～13。

〔註15〕朱壽桐主編：漢語新文學通史〔M〕，廣州：廣東人民出版社，2010：8。

〔註16〕參見張福貴：從「現代文學」到「民國文學」──再談中國現代文學的命名問題〔J〕，文藝爭鳴，2011（11）及丁帆：給新文學史重新斷代的理由──關於「民國文學」構想及其他的幾點補充意見〔J〕，中國現代文學研究叢刊，2011（3）等。

家歷史情境中的社會機制入手，分析推動和限制文學發展的歷史要素。〔註17〕
這些探索引起了學術界不同的反應，也先後出現了一些質疑之聲，不過，重
要的還是究竟從這一視角出發能否推進我們對現代文學具體問題的理解。在
這方面花城出版社先後推出了「民國文學史論」第一輯、第二輯，共 17 冊，
山東文藝出版社也推出了 10 冊的「民國歷史文化與中國現代文學研究」的大
型叢書，數十冊著作分別從多個方面展示了民國視角的文學史意義，可以說
是初步展示了相關研究的成果，在未來，這些研究能否深入展開是決定民國
視角有效性的關鍵。

　　值得一提的還有源於海外華文文學界的概念——華語語系文學。目前，
這一概念在海外學界影響較大，不過，不同的學者（如史書美與王德威）各
自的論述也並不相同，史書美更明確地將這一概念當作對抗中國大陸現代文
學精神統攝性的方式，而王德威則傾向於強調這一概念對於不同區域華文文
學的包容性。華語語系文學的提出的確有助於海外華文寫作擺脫對中國中心
的依附，建構各自獨特的文學主體性，不過，主體性的建立是否一定需要在
對抗或者排斥「母國」文化的程序中建立？甚至將對抗當作一種近於生理般
的反應？是一個值得認真思考的問題。

　　新世紀以來，方法論上的最重要的探索就是「文史對話」的研究成為許
多人認可並嘗試的方法。「文史對話」研究取向，從 1980 年代的重返歷史和
1990 年代的文化研究的興起密切相關。1980 年代在「撥亂反正」政策調整下
的作家重評就是一種基於歷史事實的文史對話，而在 1980 年代興起的「文化
熱」，也可以看成是將歷史轉化為文化要素，以「文化視角」對現代文學文本
與文學發展演變進行的歷史分析。在 1980 年代非常樸素的文史對話方式中，
我們看到一面借助外來理論，一面在「原始」史料的收集整理、作品閱讀的
基礎上，艱難地形成屬於中國文學發展實際的學術概念。而隨著 1990 年代西
方大量以文化研究和知識考古為代表的後學理論湧入中國後。特別是受文化
理論的影響，1980 年代基於樸素的文化視角研究現代文學的歷史化取向，轉
變為文化研究之下的泛歷史化研究。1990 年代的「文化研究」不同於 1980 年
代「文化視角」的區別在於：1980 年代文化只是文學文本的一個構成性或背
景性的要素，是以文學文本為中心的研究；而受西方文化研究理論的影響，

---

〔註17〕李怡：民國機制：中國現代文學的一種闡釋框架〔J〕，廣東社會科學，2010
　　　（6）：132。

1990 年代的文化研究是將社會歷史看成泛文本，歷史文化本身的各種元素不再是論述文學文本的背景性因素，它們也是作為文本成為研究考察的對象。在文化研究轉向影響下的 90 年代中後期的現代文學研究，突破了以文學文本為中心，而從權力話語的角度將文學文本放在複雜的歷史文化中進行分析，這樣文化研究就和歷史研究獲得了某種重合，特別是受福柯、新曆史主義等理論的影響，文學文本和其他文本之間的權力關係成為關注的重點。

這樣就形成了 1980 年代作家重評與文化視角之下的文史對話，和 9190 年中後期已降的在文化研究理論啟發和構造之下的文史對話，而這兩種文史對話之間的矛盾或者說差異，根本的問題在於如何基於中國經驗而重構我們學術研究的自主性問題。1980 年代的文史對話是置身在中國學術走出國門、引入西方思潮的強烈風浪中，緊張的歷史追問後面飄動著頗為扎眼的「西化」外衣，而對中國問題的思考和關注則容易被後來者有意無意的忽略，特別在西方理論影響和中國問題發現之間的平衡與錯位中的學術創新焦慮，更讓我們容易將自己的學術自主性建構問題遮蔽。文化研究之下的權力話語分析確實打開了進入堅硬歷史骨骼的有效路徑，但這樣的分析在解構權力、拆解宏達敘述的同時，則很容易被各種先行的理論替代了歷史本身，而真實的歷史實踐問題則很容易被規整為各種脫離實際的理論構造。而且在瓦解元敘述的泛文本分析中，歷史被解構成碎片，文學本身也淹沒在各種繁複的話語分析中而不再成為審美經驗的感性表達，歷史和文學喪失了區分，實質上也消解了文史對話的真正展開。所以當下文史對話的展開，必須在更高的層次上融合過往的學術經驗。中國學術研究的自主性必須基於對自身歷史經驗的分析和提煉，形成符合中國文學自身發展的學術概念和話語體系，但是這樣強調本土經驗的優先性，特別是對「中國特色」和「中國道路」的道德化強調中，我們卻要警惕來自狹隘的民族主義的干擾和破壞；同時對於西方理論資源，必須看成是不斷打開我們認識外界世界的有力武器，而不能用理論替代對歷史經驗的分析。因此當下以文史對話為追求的現代文學研究，不僅僅是對西方理論話語的超越，更是對自身學術發展經驗的反思與提升。質言之，應該是對 1980 年代啟蒙精神與 1990 年代學術化取向的深度融合。

在以文史對話為導向的學術自主性建構中，作為可借鑒的資源，我們首先可以激活有著深厚中國學術傳統的「大文學」史觀，這一「大文學」概念的意義在於：一是突破西方純文學理論的文體限制，將中國作家多樣化的寫作

納入研究範圍，諸如日記、書信及其他思想隨筆，包括像現代雜文這種富有爭議的形式也由此獲得理所當然的存在理由；二是對文學與歷史文化相互對話的根據與研究思路有自覺的理論把握，特別是「大文學」這一概念本身的中國文化內涵，將為我們「跨界」闡釋中國文學提供理論支撐。當然在今天看來，最需要思考的問題是如何在「文史對話」之中呈現「文學」的特點，文史對話在我們而言還是為了解決文學的疑問而不是歷史學的考證。如此在呈現中國文學的歷史複雜性的同時，也建構出屬於我們自己的具有自主性的學術話語體系，從而為未來的現代文學研究開闢出廣闊的學術前景。

此文與王永祥先生合著

# 目

# 次

# 導言　文學與情感：致知、移位和共情

登斯樓也，則有去國懷鄉，憂讒畏譏，滿目蕭然，感極而悲者矣。
　　　　　　　　　　　　　　　　　——范仲淹《岳陽樓記》

北方固不是我的舊鄉，但南來又只能算一個客子。
　　　　　　　　　　　　　　　　　——魯迅《在酒樓上》

　　書要有「導言」，這是常規，我必須遵守。可是在思考與碼字之間，我感覺到下筆艱難，因為本書從詩歌到小說到電影，從文學現象到個人作品，從深沉的理論到明朗的文本，從概論評述到細讀分析，內容和方法是組合而不是序列，更與完整的體系搭不上邊。這一設計是我有意為之，因為我要討論的是文學與情感的糾纏，即文學對情感的刻寫、渲染和表達，我將其稱為「共情美學」。情感的表現與再現是現當代文學的核心內容與結構元素，它是本書的基本立場和批評原點，是我在討論從莫言到阿來，從北島到馮小剛及其他作家、詩人、導演作品時的理論依據，也是我分析諸如懷舊、離散、焦慮、異化之類主題時的批評指向。我以為，不管是回訪歷史還是憧憬未來，不管情感的內容和形式如何千差萬別，這些作家和作品構成了現當代文學情感地圖的獨特景觀，反映了中國當今文學寫作背離傳統的無序狀態，尤其是自我的失落與重構，代表了現代人對於傳統精神和現代生活普遍的悖論心態。

　　情感之於文學的重要性是個不證自明的論題。中國文論中大量關於情感的文字論述已經成為我們不可撼動的精神遺產，規範著從古迄今的文學創作和閱讀活動。從「興觀群怨」到「抒其哀樂」，從「緣情綺靡」到「吟詠情性」，這些表述為我們理解文學起源、創作契機、美學體驗提供了切入的角度和相

關的理念，也肯定了情感作為個人經驗和社會活動的普遍意義。這些簡約的論點明顯帶有功能主義哲學（functional philosophy）思維的痕跡，即用事物的功能而定義事物本身，如鳥的翅膀是為了飛翔而存在。功能主義哲學思維有其合理性，它在人文科學和社會科學領域其實很普遍，不失於我們理解世界的一種有效方式，特別是那些普遍存在的、習以為常的現象與事物。

情感便屬於這類常見的世界。喜怒哀樂之於生活之平常，我們往往沉浸於其感性的細枝末節，並不在乎其本體的意義。於是我們創造了海量的關於情感的同義詞，依靠語言的能指與所指的張力來指示某一情感的獨特體驗，比如對之於憂愁，我們就有憂傷，煩惱、擔心、擔憂、發愁、苦惱、納悶、頹唐、哀愁、憂悶、憂慮、不快、煩躁、苦悶、煩悶、憂鬱、鬱悶、愁悶等不一而足。正是因為繁複的情感體驗與情感符號之間的延遲和游離，文學的情感表現才成為我們珍貴的情感寄託形式，經受了歷史和時間的考驗而經久不衰。相對於肢體語言或日常表演，文學的情感語言起承轉合，賦比興敘，情景交融，比任何傳播形式都能更生動、更逼真地還原或再現我們情感生活經驗。

說到情景交融，我們不能不談及情和景的關係，因為這是情感和現實的問題。一般說來，在古人論述情景的著作中，情感是人的主觀體驗，指向人的心理和生理的反應機制，而反應的契機來自稱為「景」的外部世界，所謂觸景生情。景可以是自然景觀，也可以是某種預製的關於人和世界關係的理念，以「志」而一言以蔽之，於是就有了「詩言志」與「詩緣情」的美學流派之爭。由景而至情的文學發生論的例子在傳統文論中比比皆是，比如陸機曾寫道，「悲落葉于勁秋，喜柔條於芳春。」〔註1〕然而，主觀的情和客觀的景在進入文學語言之後，情景的區別並不存在本質性的對立，它們各自的意義指向同樣受制於語言的內在邏輯，即由於能指與所指之間的延遲鏈接在閱讀過程中所產生的歧義與溢意。回到陸機的原文，如果我們用「金秋」替代「勁秋」，用「寒春」替代「芳春」，我們讀到的會是一個不同的自然世界，雖然陸機的比喻論證並不受絲毫損傷。這也就是說，文學的情景並不是現實的情景的機械複製，而是通過文學語言的再現。這樣看來，美學大家王國維的批評是很有道理的：「昔人論詩詞，有景語、情語之分。不知一切景語，皆情語

---

〔註1〕陸機，《文賦》，載郭紹虞主編，《中國歷代文論選》，第一冊，上海古籍出版社，2001年版，170頁。

也。」〔註2〕雖然王國維之前關於情景同質的論述偶有所聞，產生了「言志」與「緣情」的融合或交叉的美學派別，然而只有王國維「意與境渾」的境界之說才真正指示到情景交融的內核，而其中包涵的情對於景的調整、干預及整合的空間直接影響到我對中國現代文學情感敘事的批評策略。

本書批評策略的另一思想源泉是當代西方文論，這與我在美國大學求學、治學的經歷有關。當年我帶著閱讀傷痕文學和尋根文學的新鮮記憶，在密歇根大學的教室裏感受「批評理論」（Critical Theory）所帶來的震撼，在德里達、福柯、拉康等人編織的思辨迷宮中樂而忘返，雖然魯迅「救救孩子」的吶喊和盧新華「我該怎麼辦」的天問依然不時在耳邊迴響。我對二十一世紀以來風起雲湧的對批評理論的反思與批判一直持有濃厚的興趣，比如「文化轉向」、「倫理轉向」、「實踐轉向」、「語言轉向」和「後批評」等口號所代表的突破性思維立場。其中我最感興趣的是近年才興起的「後批評」（Postcritique）理論，且因其立足於情感經驗的批評姿態而成為我分析作家文本和文學現象的重要資源。

後批評首先是對受後結構主義理論影響的文學研究與文化批評方法論的反彈。這種方法論追求的效果是無盡的質詢和懷疑，因此保羅・利科（Paul Ricoeur）稱之為「多疑闡釋論」（hermeneutics of suspicion），相信其濫觴起於馬克思、尼采和弗洛伊德尋找終極所指符號的思維方式。〔註3〕「多疑闡釋論」對於霸權話語以及一切壓抑性的政治意識形態和社會存在方式有極大的殺傷力，但在多元主義的文化形態之下則顯得力不從心，因為其「審視（interrogating）、解魅（demystifying）和變形（defamiliarizing）的批評姿態的智思或政治收益已變得模糊不清。」〔註4〕出於糾正「懷疑一切」的偏差的動機，後批評在如下幾個方面倡導新的批評姿態：1. 在現象和美學的角度強調情感或情動（affect）的閱讀體驗；2. 挑戰深層閱讀與表層閱讀的區別；3. 突出閱讀作為方法與批評作為文體的差異；4. 推崇情動作為美學體驗的批評功效。

很顯然，後批評代表了文學研究的又一次理論轉向。正如其幾乎所有倡導者們所反覆申明的那樣，後批評並不是對現有我們熟知的以後結構主義為

---

〔註2〕王國維，《人間詞話刪稿・十》，四川文藝出版社，2019年版。
〔註3〕Paul Ricoeur, *Freud and Philosophy: An Essay on Interpretation*, translated by Denis Savage (New Haven: Yale University Press, 1970), 33.
〔註4〕Rita Felski and Elizabeth S. Anker, *Critique and Postcritique* (Durham: Duke University Press, 2017), 1～2.

導向的各種激進批評理論的背棄，而只是對其方法論的補充和延伸。其實，情感之於文學的重要性也不是後批評的發明，這從上文討論中國傳統文論的情景論述中可以得出顯然的判斷。當然，後批評對情感的描述並不是回歸傳統文論的簡約詞彙，而是借助於當代西方文論的精細的理論語言，其中最值得注意的地方是關於情感與情動的區別。在廣義上，情動屬於情感的範疇，但情動的指意細節上又不同於情感；情動更多地是指游離於已知的情感符號之外的那些只可意會不可言傳的感性體驗，偏重於情感的痕跡和效果，總是處於情感範疇的邊緣地帶：「情動出現在中間狀態（in-between-ness）的瞬間，具有主動和被動的契機。」〔註5〕由於這種特性，弗雷德里克·詹姆遜（Fredric Jameson）就直接把情動定義為「尚未被命名的情感體驗」，「它既可以是世界本身，也可以是個別的主體。」〔註6〕正是在命名和未命名之間，文學敘事發揮其特有的優勢，為我們的情感體驗呈現了可能的、完整的譜系。

情感如何參與文學活動是個不可窮盡的話題，下文我將選擇從致知、移位和共情的維度展開討論，因為這三個維度與本書的內容息息相關。討論的方式不是引經據典式的抽象論證，而是通過閱讀柏拉圖著名的「洞穴寓言」（the allegory of the cave）來激發我的思緒，說明我的觀點。

「洞穴寓言」出自《理想國》，柏拉圖借用他的兄弟格勞孔和他的導師蘇格拉底的一段對話講述這個寓言故事，然後借助其情節而引出的寓意討論了幾乎涵括了柏拉圖思想的全部核心內容。寓言的大意如下：一群囚犯生活在洞穴中，他們受手銬腳鐐之困，無法轉身，整天只能背對著洞口坐著。他們的身後燃燒著一堆火，火把他們的影子投射在面對的洞壁上，這些影子就是他們所知的真實世界。後來一個囚犯脫身，在洞外看到了陽光、山水和草木，領悟到同伴的愚昧和影子的虛幻，此時他面臨著繼續他洞外的生活還是回到洞中去喚醒囚犯的選擇。〔註7〕

細心的讀者一定會注意到這個寓言故事和魯迅的「鐵屋」寓言故事是何等相似，實際上這正是我對柏拉圖這個西方哲人感興趣的原因。如果說魯迅

---

〔註5〕Melissa Gregg and Gregory J. Seigworth, eds., *The Affect Theory Reader* (Durham and London: Duke University Press, 2010), 1.

〔註6〕Fredric Jameson, *The Antinomies of Realism* (London: Verso, 2013), 37.

〔註7〕"The allegory of the cave" is in Plato, *The Republic*, translated by Benjamin Jowett (New York: Vintage, 1991), 253～261. 中文見柏拉圖著，《理想國》，郭斌和、張竹明譯，北京商務印書館，1995 年版，272～280。

只是想說明作為先知者的作家面對待啟蒙的大眾的兩難困境，那麼柏拉圖所創造的蘇格拉底所關注的是更廣泛的哲學命題，如形式與表象，人心之善與世界之惡，心智與啟蒙，政治制度與哲人君主的關係。正因如此，柏拉圖的「洞穴寓言」成為西方哲學史最著名的論題之一，論者滔滔不絕，留下了海量的文字，其闡釋之繁複、爭辯之激烈使我們直至今天依然能感受到柏拉圖的智慧和睿見。〔註8〕

在柏拉圖的寓言敘事中，蘇格拉底以假象的洞中囚犯開題，先介紹基本情節，之後在對話中不斷進行填補和延伸，在思辨的問答內容裏也不時回溯原有的故事情節，增加枝節與細節，同時設想假設條件而編織新的情節。在對話的思辨內容與寓言本體敘事之間，我們可以整理出三個情節要點：洞中囚禁、離洞求知和返洞解救，它們分別對應於致知、移位和共情三個關鍵詞。這三個關鍵詞對於理解本書非常重要，因為它們是我討論中國現當代文學的切入點，不管它們是否出現在我文本分析的字裏行間，仍然是我閱讀作品的理論航標和精神歸宿。下文我將結合「洞穴寓言」來詳細討論致知、移位和共情的來源和內涵。

「洞中囚禁」的敘事是為了建立認知或者說致知的機制──這裡我更願意使用「致知」，因為致知偏重認知的過程而不是結果。在自我與影子之間蘊含著本體論和知識論的對立，也種下了二元論哲學思維的萌芽。在封閉的洞穴，囚犯的致知必須依靠一個外在的光源，這是一個重要的假設，因為它為後來一切的唯心主義理念提供了思想的源泉。我們注意到在這裡致知本身就是一個預製的理念，它是囚犯的洞穴生活的內在環節，而致知的內容和目的就是知道自己。於是，柏拉圖的寓言和文學的關係也一目了然：且不說寓言是一種文學體裁，光、自我、影子是常用的文學比喻，「我是誰」也是文學永久的命題，而且致知活動與致知者的自我意識相關這個設想暗合文學敘事的結構邏輯和多種母題。致知首先是關於自我的認知，這是共情美學的哲學基礎。

移位是「離洞求知」故事的主題。洞中的囚犯生活在一個侷限的世界，他們的自我意識也只能是被侷限的視角和位置的產物。要超越這種侷限，只

---

〔註8〕關於柏拉圖的「洞穴寓言」對現代西方哲學的影響，有興趣的讀者可參閱 Martin Heidegger, *The Essence of Truth: On Plato's Cave Allegory and Theaetetus*, translated by Ted Sadler (New York: Bloomsbury Academic, 2002)。

有變換位置才有可能。於是，一個囚犯——任意的一個囚犯——從洞穴逃逸，在陽光和草木的世界認識了另一個自我。很顯然，「洞穴」與「洞外」有多重寓意，牽扯到虛幻與真實、表象與形式等二元論的許多範疇，我所感興趣的只是兩者之間的移位構想，正是這個移位使新的致知活動成為可能，新的自我知識也隨之而生。如果我們把柏拉圖的移位作為物理空間變換的概念推引之彼跟此交換的聯想性概念，我們對當代文論中一些重要的理論建構會有更好的理解，比如語言符號的能指與所指的關係、自我認同的他者鏡象、性別構成的社會映照等等。在很多文學母題中，空間的移位或時間的移位也是產出敘述張力的必要條件，比如懷舊敘事（城市與鄉村），山水抒情（鬧市與自然），歷史傳奇（現在與過去）或離散敘事（中心與邊緣），而各式各樣的這些母題在其空間移位或時間移位的言說結構中無一不打上情感或情動的烙印。這就是說，移位是共情美學的形式基礎。

　　共情是我們閱讀柏拉圖的最後一個話題，它跟寓言的結局「返洞解救」有關，雖然蘇格拉底從頭到尾沒有使用這個詞彙。這個逃逸的囚犯在洞外獲得新生之後，是遠走高飛還是回洞解救同伴，這在寓言本體中沒有說明。在之後的思辨對話裏，蘇格拉底猜想這個囚犯會回到洞中去的，雖然結局不可預料——他的前囚友有可能不相信他關於光與自由的言說，甚至因此而傷害他。然後，在討論可能的結局時，蘇格拉底說了這段話：「他會珍視他的幸福時刻和生存狀態，他也會同情他人……或者說，如果他有嘲笑在洞中不見光明的人的心思，那完全可能引發他的理性，讓他從光明之中回到下面的洞裏。」〔註9〕蘇格拉底（或者說柏拉圖）的信念是建立在至善的理性（reason）之上的，這與他相信人之本善、完美的哲人君主的政治理想有關。關於光明與黑暗的二元比喻如何被應用於一切理想主義的社會和政治話語中這裡暫且不論，我們注意到他在說到理性之前提到「幸福」（happy）和「同情」（pity）這兩個詞，這也許意味著情感與理性並列的論辯一同解釋了「返洞解救」的動機。毫無疑問，至少在這裡柏拉圖是肯定情感的功用的，因為他證明就是「嘲笑」這類情感也能喚醒人之本源的理性，從而驅使我們去拯救他人。簡而言之，柏拉圖所推崇的理性世界離不開感情世界的基礎，正是由於情感體驗催生的共情狀態導致「洞穴寓言」完美的結局。很顯然，在他的理想國裏，共情及其相關的文學敘事仍是不可或缺的一部分。由審美而至善，這是共情

---

〔註9〕Plato, *The Republic*, translated by Benjamin Jowett,243.

美學的社會意義。

　　說完柏拉圖的寓言故事，我意猶未盡，因為正好有兩個個人故事，似乎與本書的主題隱約有關，權當本文的結尾。

　　就在我寫下這些文字的時候，我們家的狗「查理」患了腿疾。他的左腳掌受傷感染，血紅一片，行走不便。太太帶他看了獸醫，說是不算大病，開了點藥，外帶一個「伊麗莎白頸圈」（Elizabethan Collar）以防止查理的舌頭去舔傷口而加重病況，少活動，休養幾天就會好。「伊麗莎白頸圈」是個很美的名字，是 16 世紀盛行的英國貴族裝束的隱喻，但對查理來說卻是個無比殘酷的配置。帶著這個玩意兒，他的行動範圍受到極大的限制，因為與室內的器物總是碰碰撞撞，他顯得驚慌失措，無所適從。整個下午，他黏著我或太太，那孤望無助的眼神讓人心酸。到了晚上，我們實在無法忍受，決定取下伊麗莎白頸圈，讓查理重獲自由。

　　這個基於情感的決定只是暫時地解救了查理。幾天後，查理的病情不見好轉，太太忍不住帶查理再訪獸醫，解釋了伊麗莎白頸圈的失敗，獸醫建議換一個頸圈。新頸圈的材料和設計都有很大的改進，但價錢貴了一倍。帶上之後，查理的神情姿態大有改觀，他的腿疾也慢慢好了起來，雖然還不是他原來生動活潑的自我。當然，這個頸圈依然叫伊麗莎白頸圈。我寫完本文的這天，查理完全康復。

　　順便提一句，在為本書改稿、定稿的最後日子，恰逢第 32 屆夏季奧林匹克運動會在日本東京召開。我注意到這屆奧運會的主題語是「情同與共」（United by Emotion），在新冠病毒肆虐全球的時節，體育運動寄託了人類的共情想像，這種理念不覺讓人耳目一新，且因其與本書主題的暗合之處而讓我怦然心動，故錄此。是為導言。

# 母親「缺席」：艾青的離家與回鄉

我一直生活在旅途中———永遠不會到達的旅途中⋯⋯

———艾青〔註1〕

欲望就是對他者的欲望。　　　　　　　———雅克・拉康〔註2〕

　　艾青一生對「土地」和「母親」這兩個符號有著刻骨銘心的敬意。作為他早期詩歌中被反覆歌詠的母題，它們是艾青對世界的感性領會和理性昇華，代表了他從「棄兒」到詩人的跳躍。在下文中，我將力圖在生活的艾青和詩中的艾青的切合之處探討這兩個符號對於艾青個人詩學的多重意義，尤其是母親「缺席」與回鄉之旅所產生的自我認同的猶疑和為他人寫作的焦慮。

　　1982年5月，七十二歲的詩人艾青再次回到故鄉浙江金華。十年前，艾青曾有個一次衣錦還鄉，九年後他又將會來這兒作儀式性的短暫停留。但這次的回鄉之旅意義非同尋常，一是作為「詩界泰斗」的艾青其榮耀已達到頂峰，已經是非正式的「中國桂冠詩人」；二是詩人年歲已高，飽經滄桑的身體非同往日，也許這次就是艾青和故鄉永遠的道別。艾青的研究專家及傳記作者駱寒超教授伴隨詩人左右，詳細地記錄了艾青在鮮花和掌聲之中的一言一行。〔註3〕其中有這樣兩個細節：

---

〔註1〕駱寒超：《艾青傳》，人民文學出版社，2009年，423頁。

〔註2〕Jacques Lacan, *The Seminar of Jacques Lacan: The Four Fundamental Concepts of Psychoanalysis*, Vol. Book XI (New York: W. W. Norton & Company, 1998), 235.

〔註3〕駱寒超：《艾青傳》，人民文學出版社，2009年，380～384頁。

在浙江師範大學艾青與師生座談詩歌。有學生問他為什麼不寫愛情詩，艾青回答：「愛情詩我的確寫得少。愛情總是要花月蔭裏、葡萄架下；我寫詩那個時代卻烽火連天、動盪不安……但是，我對當時人民的悲慘生活，祖國的苦難命運還是充滿感情的，所以也可以說我寫過不少愛情詩，寫過我們這塊土地的愛情。」隨後艾青來到他的出生地販田蔣村。面對在村口迎接的全村男女老少，詩人喃喃自語：「每個人都有自己的母親，這兒就是我的母親……」第二天，當艾青參觀他的母校「省立七中」的舊址時，他再次說道：「每個人都有自己的母親，這兒就是我的母親！」

在傳統觀念裏，詩人和愛情詩密不可分，而艾青一生作詩近千首，愛情詩卻屈指可數，這不能不讓人產生疑問。事實上，據傳記者言，〔註4〕艾青本人的愛情生活非常豐富，遠遠超過許多同時代的詩人、作家，他與最後一位妻子高瑛的愛情故事更是傳世的佳話。難怪年輕的學生禁不住自己的好奇。艾青的回答是對所提問題一種「詩意的逃避」，是長者對後者的循循誘導。從「愛情」到「土地的愛情」之間的跳躍並不會讓艾青的聽眾感到驚訝，因為它代表了「革命詩學」理念，這也是艾青在公共場合對自己的「人民詩人」的身份的又一次肯定。接下來艾青和鄉親父老見面有公共場合的氣氛，又有私人場景的性質，其中許多的語境元素只有艾青本人才可以領會，所以艾青「喃喃地說」——對周邊的人也對自己：「這兒就是我的母親。」這裡我們聽到了艾青思維的又一次跳躍，確切地說，是跳躍式的替代，即「這兒」等於「母親」。這一替代有上述「革命詩學」的迴響，也是艾青回鄉真情的表露，更重要的是，它蘊含了艾青一生對「土地」和「母親」這兩個符號糾結的心理和詩意的追尋。

我們知道存在於詩歌文本之中的艾青是與家鄉反向而行的。《我的父親》（1941）一詩是對一位可憐而又平庸的父親的追憶，更是一個叛逆兒子的宣言。對於父愛的每一次微小的表示，兒子的反應是無法交流的內心獨白：

> 我不敢用腦子去想一想
>
> 他交給我的希望的重量，
>
> 我的心只是催促著自己：
>
> 「快些離開吧——

---

〔註 4〕見楊匡漢、楊匡滿：《艾青傳論》，上海文藝出版社，1984 年；周紅興：《艾青的跋涉》，北京文化藝術出版社，1988 年及駱寒超：《艾青傳》。

> 這可憐的田野，
>
> 這卑微的村莊，
>
> 去孤獨地漂泊，
>
> 去自由地流浪！」

父親的死和母親的願望也不能改變兒子的決定，因為他已經在家鄉之外找到了生命的意義：

> 我走上和家鄉相反的方向——
>
> 因為我，自從我知道了
>
> 在這世界上有更好的理想，
>
> 我要效忠的不是我自己的家，
>
> 而是那屬於萬人的
>
> 一個神聖的信仰。

在《少年行》（1941）一詩中，艾青更是用活潑的語言和明朗的節奏把離家去走寫成是一個歡快的節曰：

> 像一隻飄散著香氣的獨木橋，
>
> 離開一個小小的荒島；
>
> 一個熱情而憂鬱的少年，
>
> 離開了他的小小的村莊。
>
> 我不喜歡那個村莊——
>
> 它像一株榕樹似的平凡，
>
> 也像一頭水牛似的愚笨，
>
> 我在那裡度過了我的童年。
>
> ……
>
> 再見呵，我的貧窮的村莊，
>
> 我的老母狗，也快回去吧！
>
> 雙尖山保佑你們平安無恙，
>
> 等我老了，我再回來和你們一起。

這首詩的結尾是一種預言似的抒情，但它是不確切的預言。年老的艾青回來了，卻不能「和你們一起」。回是短暫的，而離卻是永遠，因為正是離家造就了艾青，或者正是離家造成的失落和感傷構建了艾青的個人詩學。

1928 年艾青離家時只有十八歲。離家之後的艾青做了什麼呢？他在杭州

的西湖邊學畫，在巴黎的街頭讀書，在上海的監獄裏磨練詩藝，在南方各地的顛簸流離中尋找詩情，最後經「陪都」重慶而到革命聖地延安，在短短的十三年間從一個默默無聞的鄉村學子變成聞名遐邇的新詩詩人。年輕的艾青充滿了熱情和理想，為進步事業「吹蘆笛」，為抗日戰爭敲邊鼓，為鄉間和大地放高歌。在艾青許多歌詠鄉村和土地的詩作中，《我愛這土地》（1938）非常有名：

> 假如我是一隻鳥，
> 我也應該用嘶啞的喉嚨歌唱：
> 這被暴風雨所打擊著的土地，
> 這永遠洶湧著我們的悲憤的河流，
> 這無止息地吹刮著的激怒的風，
> 和那來自林間的無比溫柔的黎明……
> ——然後我死了，
> 連羽毛也腐爛在土地裏面。
>
> 為什麼我的眼裏常含淚水？
> 因為我對這土地愛得深沉……

別出心裁的擬人、含意深遠的比喻和抑揚起伏的節奏，強有力地渲染了說話者對土地的感情。死在土地中的鳥是一個意味深長的意象，它代表了鳥和土地之間關係的變化，從一旁歌詠的異者到化二為一的認同。詩的第一行建立了鳥和說話者之間的等同關係，可是這種關係卻沒有在詩的結尾得到延續。說話者似乎有點突然地強化自己的「他者」視覺，用感染力極強的自問自答的詩體語言來抒發刻骨銘心的愛，〔註 5〕從而使這兩行成為艾青傳誦最廣的名句之一。

很顯然艾青詩中的「土地」在這裡只有泛指的象徵意義，它不是某一具體的所在，而是指無名的村落、廣袤的原野乃至中國的農村。它有艾青故鄉記憶的影子，但更多的是詩人眾多視覺印象的昇華。它也是某種理念的所指，很自然地融入革命文學的理論框架。應該指出的是，早期艾青對土地的反覆詠唱並不總是用同一個聲調，而是揉入了愛與恨、悲與憐、憂與喜等眾多複

---

〔註 5〕這兩行詩讓人想起勃朗寧夫人的名句：「我愛你有多深？讓我逐一對你細說」（How do I love thee? Let me count the ways）。對西方詩歌涉獵甚廣的艾青，不會不知伊麗莎白·巴雷特·布朗（1806～1861）的作品。

雜的情愫，勾畫了土地多重的象徵意義。艾青為了生計疲於奔命，一時一地的景觀與心態的交融便產生了獨特的歌詠土地的詩篇。例如，在滬杭途中，土地喚醒了說話者高亢地激情（《復活的土地》1937），在山西高原，土地是忍辱負重的祖國的縮影（《北方》1938），在湘南的山丘，土地偶而也會引發詩人田園牧歌式的惆悵（《山城》1940）。也許我們可以說艾青寫土地也是寫自己，寫他的猶豫和希望，寫他的憤恨與憂鬱，〔註6〕這是艾青與新詩其他「農村詩人」不同的地方。

　　《雪落在中國土地上》（1937）是艾青經典的詩篇之一，也是艾青詩歌朗誦會的保留節目，因為它語言明朗，節奏鮮明且形象直接，具有很強的藝術感染力。這首詩也是對「土地和我」這一母題的深刻探索。詩人開篇以「冰封雪埋的大地」這一意象來建立起象徵的語境，接而給出幾個獨特而又典型的鄉村人物素描：乞討的老婦，趕著馬車的農夫，在烏篷船艙裏蓬髮垢面的少婦，直至呈現受壓迫者的群像：無家可歸的年老母親們和流離失所的墾殖者。很明顯，這是對當時的中國現實一種從具象到抽象的描述，其中所蘊藏的同情弱者、憂國憤世的思想和情緒符合進步或「左翼」文學的一般立場與主張。然而，此詩的藝術成就並不在於作者用詩意的語言「再現」中國「苦難的現實，」而在於詩人通過塑造一個形象鮮明的作為「說話者」的「我」來介入這一「苦難的現實」。「我」似乎有點突然地出現在詩的第四節：

　　　　告訴你，
　　　　我也是農人的後裔——
　　　　由於你們的，
　　　　刻滿了痛苦的皺紋的臉，
　　　　我能如此深深地，
　　　　知道了，
　　　　生活在草原上的人們的，
　　　　歲月的艱辛。

〔註6〕「憂鬱」自駱沙1939年首次用於批評艾青的詩以來（《「北方」的憂鬱》，《中學生》1939年12月號），一直是艾青研究的關鍵詞之一。大多數學者都把「艾青的憂鬱」看成是詩人憂國憂民意識的表現（見段從學《艾青詩歌的土地、個人與民族國家之同一性》，收於葉錦編《艾青誕辰100週年學術研討會論文集》，北京團結出版社2011年），筆者並不反對這種閱讀，但更感興趣的是艾青詩歌中的主體性問題。

「告訴你」一句表達了「我」對詩中敘述的對象一種迫不及待的認同，而認同的基礎是共享的痛苦和磨難。由於在下一詩節中詩人把自己的個人經歷講述了一遍，我們知道「我」就是艾青的自我寫照。〔註7〕從表面上來看，這種認同拉近了作為「說話人」的艾青和「被敘述者」的農人之間的距離，從而增強敘述的逼真性和感染力，同時也為詩歌中的象徵語境添加了既合理又合法的根據，可是艾青為什麼又在詩的結尾寫下這樣的詩句呢？

> 中國，
>
> 我的在沒有燈光的晚上，
>
> 所寫的無力的詩句，
>
> 能給你些許的溫暖麼？

有艾青研究者認為，這四行詩「暗示著他（艾青）個人的浪子的憂鬱，也就是大流亡著的我們民族的憂鬱，顯示著艾青的詩思已深入於社會、民族的遭難中。」〔註8〕這種看法似乎沒有考慮艾青的「詩思」是一個問句，而不是一個肯定句。那個耀眼的問號代表著艾青深深的猶豫和懷疑，對自我也是對寫作的猶豫和懷疑。

事實上，懷疑自我和懷疑寫作對於一個作家而言，尤其是為「弱者寫作」的進步作家而言，是緊密相連，甚至是互為因果的。「弱者」是什麼？是處於社會底層的小人物，是受壓迫、受剝削的貧苦農人。「下層群體能說話嗎？」這是印度出生的美籍學者佳亞特麗・斯皮瓦克在一篇著名的論文中提出的問題。〔註9〕斯皮瓦克在文中旨在向包括德里達、福柯和德勒茲在內的幾位歐洲思想大師提出挑戰，對他們消解主體性的理論建構且否定理論的策略功能意義的失敗主義傾向做出了批評。她指出，在被解構的歐洲權力和自我定義霸權的陰影之下是「下層群體」的沉默，比如說印度與第三世界的沉默。對「下層群體」的再現在東方主義話語系統那裡已經錯誤連篇，而現在他們又被後

---

〔註7〕現代西方詩論一般認為詩中的「說話者」（speaker）和「詩作者」還是有區別的，但是要把詩歌的「敘述聲音」（poetic voice）這個理論問題談清楚需要很多的篇幅，超出了本文的範圍。雖然《雪落在中國土地上》由於內在的證據容許我們把「說話」者當成艾青本人，但這並不意味著艾青所有的詩都是這樣。

〔註8〕駱寒超：《艾青傳》，104頁。

〔註9〕Gayatri Chakravorty Spivak, "Can the Subaltern Speak?" In Patrick Williams and Laura Chrisman, eds., *Colonial Discourse and Post-Colonial: A Reader* (New York: Columbia University Press, 1994), 85～105.

結構主義剝奪了被再現的機會。然而，對「下層群體能說話嗎？」這個問題，斯皮瓦克的回答在表面上是否定的，因為一個能說話的下層人不僅已經違背了「下層群體」的定義，而且他所說的話往往是在複製殖民主義的話語系統。「不能說話的下層群體」於是需要一個「能說話」的敘述者，即知識分子／作家。

斯皮瓦克討論的是說話者的意識形態語境和說話者的主體性問題，但它們也是寫作與再現的理論難題。寫作是一種說話的特權，語言是再現的手段，當再現的對象是「不能說話的下層群體」時作家作為敘述者必然同被敘述者產生距離，這個距離可以縮短但永遠不會消失，因為這是寫作作為再現的內在機制使然，也正是由於這一距離的存在產生了敘述者對於被敘述者認同的需要，需要又導致焦慮、懷疑或不安。用精神分析文學批評的語言來說，所有的認同都是一個令人焦慮的心理過程，因為我是他者，而我又不會成為他者。〔註10〕

由於認同而產生的焦慮在 20 世紀上半期中國現實主義文學傳統中是一個重要的話題，美國漢學家梅儀慈曾有專著加以討論。〔註11〕梅儀慈認為，中國傳統社會士大夫和庶民的分野在二十世紀的中國演變成知識分子和農民的不同定位，而具有知識分子身份的「寫作自我」和具有農民身份的「他者」之間的關係是現實主義文學的一個中心母題。從魯迅、趙樹理，到高曉生乃至「尋根文學」作家中的莫言、韓少功和王安憶，我們可以讀到大量的關於知識分子和農民的遭遇的故事，其中農民的形象有著很高的相似性，而知識分子除了直接再現為故事中的人物以外還可能是見證人、旁觀客或第一人稱的敘述者。這種「遭遇敘事」往往會造成「寫作自我」的精神危機，因為迫於道德感和使命感的雙重壓力，知識分子開始拷問自我的建構以及文學再現的功能。

把「遭遇敘事」運用到精純極致的地步的現代作家莫過於新文學之父魯迅。他的短篇小說《祝福》講的不光是一個受壓迫的中國底層婦女的悲慘結局，也揭示了一個知識分子走向猶豫與懷疑的心路旅程。在小說中魯迅使用

〔註10〕見格爾達·帕格爾：《拉康》，李朝暉譯，中國人民大學出版社 2008 年，21～40 頁。

〔註11〕Yi-tsi Feuerwerker（梅儀慈），*Ideology, Power, Text: Self-Representation and the Peasant 'Other' in Modern Chinese Literature*. Stanford University Press, 1998.

了他慣用的第一人稱敘述，把祥林嫂的故事通過「我」的視覺來展現給讀者。沒有「我」就沒有祥林嫂，因為在冷酷無情的魯鎮沒有人對祥林嫂感興趣，更不會花工夫去整理、收集她的故事再講給別人聽。在這個意義上，是「我」通過讓祥林嫂說話而「發現了」祥林嫂，恢復她作為「她者」的主體性，並與之產生自我認同的鏡象關係。然而，這種鏡象關係的建立之時也是「寫作自我」精神危機的開始之刻，因為「我」的自我定位的悖論（我是他，我又不是他）造成「我」與祥林嫂之間溝通和理解的困難。在一次祥林嫂精心計劃的路邊遭遇中，面對這個「簡單女人」關於靈魂和地獄的幾個問題，「見過世面」的「我」不知所措，在閃爍其詞之間當了逃兵，後來並因此而愧疚不已，直至目睹祥林嫂在絕望中死去。〔註12〕

也許正如許多研究者所言，魯迅人物的矛盾心理和認同危機源自現實的黑暗和前途的迷茫，反映了魯迅作為革命家在吶喊中的彷徨，然而我卻認為它們恰恰表現了魯迅作為文學家的敏銳和超越，是魯迅作品中的現代性元素之一。作為魯迅的同鄉，艾青的生活如同魯迅的人物一樣充滿了矛盾和危機：他有個做商人的父親，卻自稱是農人的後裔；他學畫出身，卻陰差陽錯地當了詩人；他熱愛鄉村，卻一生大部分時間寄居在城市之間；他歌唱「陽光」「火把」，擁抱革命，卻糊裏糊塗地變成「反革命」而受到迫害，損失了寫作的黃金時間；他的晚年達到了詩人聲名的頂峰，有數不清的榮譽和光環，而他卻總結自己一生永遠生活在「沒有到達的旅途中」。也許正是由於這些坎坷而又豐富的經歷使艾青找到了詩而離開了畫，把他對生活的感性與知性的觀察轉化成關於自我和世界的悖論式的詩情畫意。在法國學詩的日子裏，他把巴黎描繪成自己的精神樂園和「流浪者的王國」，又把這個城市比喻成「淫蕩的／妖豔的姑娘」，讓眾人「懷著冒險的心理／奔向你／去愛你吻你／或者恨你到透骨！」而詩人自己呢，艾青寫道：

> ——你不知道
> 我是從怎樣的遙遠的草堆裏
> 跳出，
> 朝向你
> 伸出了我震顫的臂

〔註12〕有關魯迅作品中「寫作自我」的精神危機的更全面的分析，請參閱梅儀慈著作的第三章，53～99頁。

而鞭策了自己

直到使我深深地受苦！（《巴黎》1933）

回國後，詩藝迅速成熟的艾青創造了多種聲音的說話者來抒發他憂鬱的情懷，尋找自我在這動盪世界上的位置。有時「我」輕靈飄逸，沉醉於大自然的神秘（「冬日的林子裏一個人走著是幸福的／我將如獵者般輕巧地走過／而我決不想獵獲什麼……《冬日的林子》1939）；有時「我」恨世傷懷，控訴命運的不公（「為了叛逆命運的擺佈，／我也曾離棄了衰敗的鄉村，／如今又回來了。何必隱瞞呢——／我始終是狂野的兒子。《狂野・又一章》1940）；有時「我」熱情高昂，不惜為正義而獻身（「這時候／我對我所看見所聽見／感到了從未有過的寬懷與熱愛／我甚至想在這光明的際會中死去……《向太陽》1938）；還有時「我」沉思冥想，描繪自我和他者關係的可能樣式（「我靜著時我的心被無數的腳踏過／我走動時我的心象一個哄亂的十字街口／我坐在這裡，街上是無數的人群／突然我看見自己像塵埃一樣滾在他們裏面……《群眾》1940）。有意思的是，上述所引四個詩節，有三個詩節都以省略號結束，這定非偶然。作為一個常見的修辭手法，省略號有意味深長、言猶未盡之意，從而暗示文本多重解讀的可能性。比如最後一首詩《群眾》，說話者對於「融入大眾」的未來設計是嚮往呢還是擔憂？或者是兩者兼而有之？

評論家們很早就注意到艾青詩中悲鬱的情調和多重的聲音。在艾青詩名乍起的 1937 年 3 月，詩評家杜衡就撰文討論艾青的詩藝，貢獻了艾青「靈魂分開了兩邊」的警語。〔註13〕他從艾青詩中找到了兩個艾青，「一個是暴亂的革命者，一個是耽美的藝術家」。雖然杜衡大體肯定艾青的詩作，但他仍認為這種「分裂」是艾青的致命弱點，因為它代表了藝術風格的混亂，破壞了和諧、統一的現代主義詩歌的美學原則。〔註14〕撇開杜衡對革命者的敵意不說，作為現代主義在中國的倡導者，杜衡對現代主義藝術觀的誤解令人驚訝。儘管人們對現代主義文學與藝術的理解林林總總，不一而足，其核心理念是建立在個人的自我意識的覺醒以及主體性的建構基礎之上的。從十九世紀末開始，在機器文明的緊逼之下，人產生異化，古典意義上的「完整」的人已不存

〔註13〕杜衡：《評「大堰河」》，《新詩》第一卷第 6 期，載《中國當代文學研究資料・艾青專集》，南京江蘇人民出版社 1982 年，424～42 頁。

〔註14〕有意思的是，這種「兩個艾青」論調從此立腳，對之的評價在不同歷史時期此生彼長，直至後來上綱上線，成了迫害艾青的政治口實。參閱駱寒超：《艾青論》，人民文學出版社 2009 年，98～116 頁。

在，以新的表現形式追蹤自我意識和建構主體性便成了現代主義美學的宗旨。「建構」並不是恢復古典的「人」，而是發現和記錄人性的蹤跡和主體性的殘片，即那些充滿了矛盾與衝突、自疑與不定的碎片，從以創造出人之自由存在的新的藝術空間。很顯然，杜衡所批評的艾青的「內在矛盾」恰恰是艾青詩歌藝術的特色，是現代主義詩學的集中表現。〔註15〕在某種程度上，艾青悲鬱的情調與多重的聲音和魯迅人物的內心衝突一樣都是現代中國知識分子在「為他者寫作」過程中所表現出來的認同危機與悖論心態。

然而，艾青又是獨特的。他幼時成為「棄兒」的經歷在現代中國作家當中可以說是絕無僅有，而這段經歷對後來創作的影響也是艾青和他的研究者津津樂道的話題。閱讀艾青的交談和回憶錄，無不讓人感到這個事件在他心中的分量，以及它對他的生活和寫作所投下的長長的影子。艾青成為「棄兒」的核心情節實際上很簡單：艾青出生時，因為相信了算命先生的所謂「克父母」的預言，他的父母把他送到同村別人家裏哺養。艾青先後轉換了四位農婦奶娘，最後一位也是時間最長的一位農婦人稱「大堰河」，她哺養艾青直至四歲多。〔註16〕應該說這個故事本身在那個年代並不新奇，我想許多類似故事的平常的主人公由於沒有「被敘述」而消失在歷史的煙雲之中。但艾青由於詩歌變得「很不平常」，他以「自白」的方式把自己故事寫進了詩歌而感動了萬千讀者，同時他的故事因為「反覆地被敘述」（包括艾青詩歌之外的文本和研究家們的歷史講述）而變得更豐滿、更完整。如果說第一個「史實」的版本（艾青作為「棄兒」的核心情節）已經包含了影響孩子成長的非正常的、創傷性的元素，那麼第二個「轉述」的版本（艾青筆下的詩歌文本）所代表的對這些元素的藝術昇華與再現提供了精神分析文學批評的極好空間。因為「母親」在這兩個版本中的中心地位，雅克·拉康的主體建構與自我認同理論對於理解艾青由於「母親缺席」而形成的憂鬱詩學有很大的啟示作用。

「欲望就是對他者的欲望」是拉康關於主體形成的警句之一。幼兒初次

〔註15〕艾青本人在多次談話中對新詩的「現代派」和「象徵派」不以為然，堅持自己寫的是「現實主義詩歌」（見冬曉：《艾青談詩及長篇小說的新計劃》，香港《開卷》1979 年 2 月號）。其實，他反對的是「為藝術而藝術」的主張，而不是現代主義本身。他在巴黎留學期間大量接觸了西方現代主義藝術和文學，這是不爭的事實。起碼我們說，艾青在早期詩歌中流露出一種不自覺的現代主義美學傾向。

〔註16〕見葉錦：《艾青年譜長編》，人民文學出版社 2010 年，7～8 頁。

在鏡子中看到自己的影像而意識到自己與外界的分離，是所謂「鏡象階段」
的開始。這裡的鏡子並不一定是物理的反射鏡，而是指無數與幼兒發生接觸
的「小物體」，如奶嘴、氣球、鈴鐺等玩具對象。這時幼兒看到的是世界的碎
片，每一個「小物體」都是他領悟自己的「他者」。母親也在這個「小物體」
世界之中，而且是其最重要的一部分，因為他接觸母親最早也最多。他從感
受母親的「碎片」開始——她的乳房、臉和皮膚，逐漸揣摩母親的願望，試圖
滿足母親的願望，即母親對父親的愛。於是，他想像自己成為父親所代表的
費勒斯符號系統，直至父親本人的介入，並在母親的認可和幫助下，把「象
徵秩序」——語言、文化、社會價值——帶入他的生活，幼兒放棄對母親願
望的幻想並接受「父親的法律」而成為「常態的人」。〔註17〕

　　拉康所描述的是所謂正常的心理發展過程，目的是為心理分析與診斷提
供一個參照理論系統，但是人的成長環境千變萬化，不可能完全滿足心理實
驗室的條件，一個枝節上的「差錯」就可能導致「非常態」的心理，比如說，
幼時危機和創傷對未來生活的影響已是心理學的常識。艾青「棄兒」的故事
儘管在當時是社會可接受的，但在艾青本人看來是「非常態的」，而且他後來
追憶了許多細節來支持這一看法。其中有兩個關於母親的細節值得注意。一
是「大堰河」在艾青出生後不久又生了第四個孩子，是個女兒，為了能做上
艾青的奶娘，她把這個女嬰溺死了。二是他回憶的親生母親都是憤怒、兇狠
的樣子，比如說一次母親為了懲罰他不說實話，用手指甲使勁地摳他的手臂，
「把我的皮都摳下一小塊來……」〔註18〕

　　這兩個細節都有多重閱讀的可能性。「大堰河」溺死自己的女兒可以讀
成是她的兇惡和無情，也可以讀成是對艾青的專注的愛；生母的行為可以讀
成是嚴厲的教子，也可以讀成是不可原諒的殘暴。艾青選擇的都是後者，但
這種選擇是多年之後的回溯，代表了艾青在進入「象徵秩序」之後的價值判
斷。那麼艾青是否意識到第一種閱讀的意義呢？我們無法猜測作為公共人物
的艾青的想法，可是當我們走進艾青用心創造的、浮現在詩歌文本中的自我
時，回答是肯定的。最好的例子當然是他的成名之作《大堰河》。

　　這首詩的題後注明「1933 年 1 月 14 日雪朝」。身在獄中的 23 歲的艾青

---

〔註17〕有關拉康個人主體形成理論的簡要概述，筆者參考了 Malcolm Bowie, *Lacan*
　　　　(Harvard University Press, 1993)和格爾達‧帕格爾：《拉康》。
〔註18〕周紅興：《艾青研究與訪問記》，轉引自葉錦《艾青年譜長編》，7 頁。

在一個下雪的早晨，觸景生情，用悲憤而又憂鬱的語調回敘了兒時奶娘「大堰河」的故事。艾青用排比的句式、豐富的細節把「大堰河」塑造為一個幾乎完美的母親形象，讓讀者充分地感受到母親的無私和奉獻。作為五個兒子和一個養兒的母親，「大堰河」首先代表了文化意義上的母性，但她的藝術感染力離不開詩中的語境和艾青／說話者的獨特視角。她的一些近乎溺愛和偏愛的行為因為保姆的身份而被看成是母愛的特殊表現，而保姆的功利性身份卻完全忽略不計。是親生母親的「缺席」促成了保姆的存在，而理想化的保姆則是對這一缺席的心理補償。

實際上，「缺席」的不僅僅是艾青的親生母親，保姆「大堰河」可以說在詩中在場也不在場，因為她是一個追憶加想像的存在（畢竟她哺育艾青的時間很短，而且四歲兒童的記憶及其有限的）。保姆和親母的身份錯位造成艾青尋找母親的焦慮。因為「母親」不在場，艾青當然無法揣摩「母親」的願望，而且由於父親又是讓他喪失「母親」的幫兇，艾青也不能認同父親的符號系統，於是他走向對父親和母親的雙重反叛，具體表現為他在從「地主的兒子」到「大堰河的兒子」到「農人的後裔」之間的身份徘徊，通過對「大堰河」悲慘生活的重構性描敘而喻示自己的苦難者的感受（艾青同時期創作了好幾首以耶穌受難為題材的詩作）。於是，「棄兒」的原始苦難和保姆的身世苦難合而為一，成為認同母親的契機和基礎。在詩的結尾處，艾青走過了從感性到理性的跳躍，把「大堰河」抽象為大地母親的普世形象，並把自己的「讚美詩」獻給這一形象，以「表演性」的語言宣布對新的「象徵秩序」的認可：

> 大堰河，今天，你的乳兒是在獄裏，
>
> 寫著一首呈給你的讚美詩，
>
> 呈給你黃土下紫色的靈魂，
>
> 呈給你擁抱過我的直伸著的手，
>
> ……
>
> 呈給你的兒子們，我的兄弟們，
>
> 呈給大地上一切的，
>
> 我的大堰河般的保姆和她們的兒子，
>
> 呈給愛我如愛她自己的兒子般的大堰河。

四十九年後艾青重回家鄉，反覆地說「這兒就是我的母親」。這句話讓人首先想到她的保姆「大堰河」，這個被以村莊的名字命名的不幸的女人。可是

艾青此時並不身在大堰河（或大葉荷）村，而是在畈田蔣村，他出生的村莊。他究竟是在尋找和他同樣著名的保姆還是一直壓抑在他心底的生母？「這兒」是哪兒呢？如果「這兒」是整個金華市的地域，這是否意味著艾青對兩個母親的認可？用「這兒」來代指母親是他在《大堰河》開始的詩意象徵話語的繼續嗎？他為什麼要加上「就是」兩字？是為了化解心中的懷疑還是為了消除聽者的驚訝？對這些問題我們無法給出準確的答案。也許我們可以把它看作是艾青詩歌創作的延伸，在多重意義的衝撞和調和之中我們感受到艾青的詩意和文采，他的孤獨之心和憤世之情。如果我們盡心傾聽，也許我們還可以聽出艾青談談的憂鬱和母親「缺席」的深深的迴響。正是革命者的公共人生和詩人的個體經驗之間的張力，理想與現實的脫節，行為跟言說的符號差別促生了艾青的詩意象徵話語，也造就了詩人富於感染力的共情訴求。

# 無序的生活：北島的詩意悖論

詩之語即悖論之語。

——克林斯・布魯克斯（Cleanth Brooks）

只有悖論才最接近體察生命的全貌。

——卡爾・榮格（C.G.Jung）

作為公認的最有代表性的中國當代詩人之一，北島在兩個世界裏生活、寫作。在中國，他更多的是一個記憶，20 世紀 80 年代的一個文學偶像。他那頗有新意的詩作不僅影響了一代人，而且激發了無數旨在推進中國改革開放的有志之士；在西方，他讓人想起中國多變的政局和學生民主運動。在很多西方人眼裏，北島是一個謎。他的詩已被譯成多種語言，在國際詩歌界口碑頗佳。儘管他的作品「可譯性」很強，然而他的簡約的句法和深奧的意象往往把一般讀者拒之門外。中西方對北島如此大相徑庭的看法反映詩人自身的轉變：北島已經從一個 80 年代的青年反叛者變成了今天一個成熟而又孤獨的思想者。

北島與中華人民共和國同齡，這似乎注定了他人生的絕大部分時間都將與中國的政治交織在一起。高中畢業後，他到北京郊區插隊，成了一個建築工人。也許是為了打發無聊的時光，或者感到了絕望，他開始寫詩。70 年代末「文革」結束，人們對官方意識形態也逐漸失去盲信。多年社會主義文學觀的灌輸也使廣大讀者，尤其是青年人對這種教條產生厭倦，他們希望讀到一些風格不同的文學作品。於是，北島的心跳成了一代人的鼓聲。儘管他那時的詩作在風格上還沒能完全擺脫主流文學的影響，比如還有著追求宏大、

喊口號的痕跡。考慮到北島的生活與教育背景，這一點當然也是可以理解的。但是，他的詩中要傳遞的信息與主流文學卻有著天壤之別。那些對毛澤東的話曾經深信不疑的人，應該最能體會到北島喊出「我不相信」這一宣言時的顛覆性。北島這一時期的詩作的一個主題是反對「文革」十年對人性的壓抑，為重獲個人的空間與正常的生活而呼籲。他寫道：「我不是英雄，／在沒有英雄的年代裏／我只想做一個人」（《宣告》）。北島反覆說明，他所謂的「做一個人」是指過人性的、有尊嚴的且自我滿足的生活，這種生活必須與政治脫鉤。然而，這種非政治化的表達卻同時被 80 年代的示威學生和中國政府從政治角度加以解讀。當北島的影響從小小的朋友圈擴大到許多高校後，主流文學界迅速對他和一群志同道合的團結在《今天》雜誌周圍的年輕詩人們（如顧城，舒婷，多多等）展開了一場批判運動，而且不懷好意地把他們的作品命名為「朦朧詩」，由此「朦朧詩」在中國詩壇風行一時，連北島後來也欣然接受了這個標籤。但官方的敵意也使「朦朧詩」在中國當代文學史上長期歸於「另類」，許多朦朧詩人和推崇「朦朧詩」的學者付出了很高的個人代價，北島 1989 年「六四」之後流亡海外與此就有直接聯繫。

1989 年春天，北島一到歐洲就說「詞的流亡開始了」。很快，這句話成了民主運動失敗的一個表徵。此後不久，北島恢復了《今天》雜誌的發行。昔日的《今天》在中國只存在了很短的時間，而新版的《今天》首開先河給海外作家和藝術家們提供了一個重要論壇。時至今日，北島在海外流亡的時間早已超過了他在國內的創作生涯，他在海外創作的詩作在量上也已超過了在國內的創作，還被譯成了三十多種文字。北島如今定居美國和中國香港，實際上卻是一位世界公民。他到世界各地念詩做演講，足跡遠至拉丁美洲和非洲。雖然中國政府已經允許北島回國探親並參加一些有限的詩歌活動，但這仍然沒有改變北島作為一個流亡詩人的生存狀態。流亡為北島的個人與家庭生活造成無法彌補的損失，卻為他的詩歌帶來了意外的收穫。思想的自由與近乎純粹的創作狀態是流亡的福佑。突然之間，北島不必為生計發愁（這在海外用中文寫作的文人當中只是特例），日升日落只為詩歌而苦樂，語不驚人死不休，這是其他詩人很少有的福氣。就風格與技巧而言，北島一如既往追求語言的精緻和純美的詩境，只是更為大膽，更為成熟。斷裂的詞語與奇異意象從早期的實驗變成今日不可或缺的標誌。他不僅強化了中國古典詩歌的句法，

而且昭示像保羅・策蘭（Paul Celan，1920～1970）和塞薩爾・巴列霍（Cesar Vallejo，1892～1938）這些西方詩人的影響。因為遠離了那些曾經熟悉的感覺與人際關係，北島在創作時就從流亡生活本身入手，憑著詩人特有的高度敏感，把身邊發生的任何事情都作為創作的資源。這些事情可以是不小心被蚊子咬了一口，聽了一場巴赫音樂會，或者就是給北京的家人打了個電話。然而，在這些日常生活的片段裏，總是潛伏著一種看不見的、無法命名的敵意，干擾生活並阻撓自我。可以這麼說，流亡對北島而言，只是展示他那深刻的異化感和悲觀意識的一個機會。這種異化感和悲觀意識當然與他在中國的成長經歷有關，在他早期的對抗性的詩歌中已初見端倪，但它們完全超越某一個政治意識形態，某一種生存方式，北島相信它們的源頭就在於現代生活本身。如果說，北島的詩歌美學從一開始就反覆述說這種異化感和悲觀意識，流亡使得他的述說更為深刻，更為哲理化，因為他把這個述說寄託於一種詩意的悖論。

在北島的創作生涯裏，他一直因為詩歌寫得晦澀難讀而遭讀者非議。中國人管他的詩叫朦朧詩，一些西方人也這麼叫。最近，不少評論家——這些評論家的出發點當然不同於早期那些抨擊朦朧詩的人——表達了對北島詩歌的不滿。他們認為北島的詩歌裏總是混雜著迷一般的文體、破碎的句子以及斷裂的意象，晦澀得不要說一般讀者，就是專家也讀不懂。比如研究當代中國文學的著名美國專家杜邁可（Michael Duke）就認為北島的詩歌「總的來說不知所云」。﹝註 1﹞臺灣詩人兼評論家李魁賢也有類似的看法：「北島的詩，我越讀越糊塗。那麼多矛盾造成的困惑幾乎無從解讀，越解釋，越困惑」。﹝註 2﹞如果這兩位評論家想要得到「意義」是傳統理解上的明確無誤的主題闡釋，那麼北島的詩確實會讓他們失望。但筆者在本章想要指出的是，北島的詩歌之所以不表達「明確的意義」，是因為他要在詩歌中表達詩意的悖論。如果悖論能表達意義的話，那它的意義也一定是多元的、整體性的，也是非確定性的。悖論的功效來源於對於事物及事件的想像性重組，而創造並且展示絢麗多義的悖論正是北島詩學的核心之一。

---

﹝註 1﹞ Michael Duke, "World Literature in Review: Asia and the Pacific," *World Literature Today* 72, no. 1 (Winter 1998): 202.

﹝註 2﹞ Lee Kuei-shien, "Idiom in Exile-Bei Dao," *Taiwan News.Com* www.etaiwannews. com/Literature/2001/05/19/990251986.htm.

## 透過悖論的棱鏡

人們通常認為悖論只是一種邏輯的遊戲。常見的悖論總是先製造一些矛盾，然後用推理的方式顛覆矛盾，似乎企圖把它們化解，但最終的結果是邏輯成功地回應了挑戰，取得完勝。對於悖論在文學批評中的運用，珍妮·范思托克（Jeanne Fahnestock）和瑪麗·塞可爾（Marie Secor）這兩位美國修辭學家曾有過充分的討論。她們認為，作為六大基本修辭手法之一，悖論和文學的關係密不可分。作家和詩人喜歡用悖論來「展現創造性的解釋如何統一互相矛盾的元素」。〔註3〕美國批評家哈維·伯仁博穆（Harvey Birenbaum）在他的名著《快樂的批評》一書中更是斷言「所有優秀的文學都表達了人生的悖論」，而且「文學技巧本身就是有趣的悖論」。依此而論，一切關於意義的文學批評都不能迴避悖論。〔註4〕很顯然，上述觀點假定悖論（最起碼文學的悖論）都是有解的，而意義就是通過解決悖論而得以彰顯的。問題是，什麼叫「悖論有解」？一個被解決的悖論是否意味著它的消亡？這樣一來，這個悖論是被否定了呢還是被重新肯定了呢？要回答這些問題，我們首先要概要地回顧一下中西方關於悖論的哲學話語。

中國傳統中所謂「悖論」的最佳例子就是公孫龍（公元前3世紀）「白馬非馬」的說法。公孫龍這個命題中的原意是為了探討整體與部分的辯證關係。〔註5〕在英文裏，「白馬非馬」通常被翻譯為「a white horse is not a horse」。有學者認為英文之所以這樣翻譯「白馬非馬」是因為錯解了「非」字的意思。在中國先秦哲學文本中「非」不只是「不是」（not to be）的意思，更多的時候是表明各種否定的關係。根據公孫龍及他同時代人的著作的關於「非」字的使用範例，我們可以斷定「白馬非馬」中「非」應該解釋成「不同於」（is different from），所以，「白馬非馬」的意思是「白馬不同於馬」（a white horse is different from a horse）。〔註6〕顯而言之，這麼解釋並不是說「白馬非馬」

〔註3〕Jeanne Fahnestock and Marie Secor, "The Rhetoric of Literary Criticism," in *Textual Dynamics of the Profession: Historical and Contemporary Studies of Writing in Professional Communities*, ed. Charles Bazerman and James Paradis (Madison: University of Wisconsin Press, 1991), 76～96.

〔註4〕Harvey Birenbaum, *The Happy Critic* (Mountain View, CA: Mayfield, 1997), 206.

〔註5〕A.C. Graham, "The Disputation of Kung-sun Lung-An Argument about Whole and Part," *Philosophy East and West* 36 (1986): 89～106.

〔註6〕陳建中《「白馬論」新解——非馬之謎》，《陝西師大學報》（哲學科學版）23（1994）：31～37。

不是一個悖論的命題，而是說公孫龍不僅僅是一個耍貧嘴的詭辯家。在中國認識論的傳統中，公孫龍應該算是首開先河的人物，因為他肯定衝突和矛盾的認識論價值，它們不僅是通向知識的途徑之一，而且是我們理解世界的重要方法。其實，西方傳統也明確地承認悖論不只是詭辯，而是通向真理的必經之途。柏拉圖的《巴蒙尼德斯》（Parmenides）通常被認為是西方修辭學和文學批評悖論理論的濫觴。〔註7〕在本篇中，柏拉圖通過智者巴蒙尼德斯與青年蘇格拉底激烈的邏輯辯論，探討諸如像與不像、存在與不存在等哲學範疇。他們兩人在每一個問題上都從正反兩個方面以及對方的立場上進行無休無止地辯論，因為他們認為辯論是為了展示悖論，而真理就存在於悖論之中。正如美國學者查爾斯・帕斯伯格（Charles D. Presberg）所言，對於柏拉圖來說，真理存在的方式「更多的是在極端之外，而不是在極端本身。真理總是既自明又不自足，既部分真又部分假」。〔註8〕

在中國，最著名的真理孕於悖論的寓言莫過於韓非子非子筆下「自相矛盾」的故事：楚人有鬻盾與矛者，譽之曰：「吾盾之堅，莫之能陷也」。又譽其矛曰：「吾矛之利，於物無不陷也」。或曰：「以子之矛陷子之盾，何如？」其人勿能應也。毫無疑問，儘管「楚人」和「圍觀者」沒有意識到，兩者其實都在使用悖論的邏輯。〔註9〕一個有意思的問題是，楚人的自相衝突的「真理宣告」是否有解？當然有，某一位相信科學學理性的人會說，就按照那個圍觀者的說法，用矛來刺盾，刺上一百次，看看統計結果，答案不就出來了嘛。這種方法符合珍妮・范思托克和瑪麗・塞可爾提出的「創造性解釋」的主張，也許的確可以解決楚人的矛盾（其實懷疑者完全可以把對試驗內容的爭論轉化成對試驗控制條件的爭論，如矛刺盾的力度、速度與頻率），但從古至今讀過該故事的中國讀者還沒有人主張用這種科學的方法來解決這個矛盾。讀者認

〔註7〕Rosalie Colie, *Paradoxia Epidemica* (New Jersey: Princeton University Press, 1966), 6～7.

〔註8〕Charles D. Presberg, *Adventures in Paradox: Don Quixote and the Western Tradition* (University Park, PA: The Pennsylvania State University Press, 2001), 12.

〔註9〕有心的讀者可能會說，韓非子的典故明明是講矛盾的概念，怎麼跟悖論扯上了干係？沒錯，韓非子並沒有使用「悖論」這個詞，因為這個詞是二十世紀的舶來語，最初僅限於數學、邏輯學的範圍，如「羅素悖論」。但是古代中國沒有悖論這個詞不等於沒有悖論的思想，很顯然，矛盾的典故實際上就是對悖論的演示，雖然「矛盾」的現代詞義已經有別於後來出現的「悖論」。

同那個智慧的圍觀者，卻又寧願楚人繼續保留他的「真理宣告」；他們把矛和盾看成是一個不可分割的整體，並不想在矛和盾究竟哪個更厲害的問題上做出選擇，因為正是矛和盾一起才組成了一個完整的悖論：矛和盾並不存在誰更厲害的問題，而是相輔相成，就如陰陽，就如天地之間的萬物變化。

　　毋庸置疑，楚人的難題已經深藏於中國的集體記憶。涉獵中國文化研究的人對於這樣一種衍生於把「自相矛盾」作為悖論解讀的宇宙觀都很熟悉：凡是事物都有它的對立面，所以世界總是充滿矛盾；事物總在變化之中，變化雖然可以改變事物對立關係的內涵，但從不會使對立雙方消亡。這種宇宙觀最集中的表現莫過於老莊之道。正如美國華裔漢學家劉象愚指出的那樣，悖論是道的核心。無論是老子還是莊子都使用悖論的語言來說服並證明道的存在。道無形，它存在於語言之外但又只能通過語言來把握。《老子》和《莊子》中使用了大量的比喻和隱喻，旨在說明在描寫現實時，語言永遠捉襟見肘，但又不可或缺。比如說，老子在《道德經》的開篇就提出道無法命名，可是還是不得不去命名，所以他猶猶豫豫地說：

　　　　吾不知其名，

　　　　字之曰「道」，

　　　　強為之名曰「大」。

　　基於類似的原因，莊子也寫道：「大道無形，大言稀聲。」老子懷疑語言的表達價值，莊子則走得更遠。他不僅深信語言的「過渡性」——即所謂語言是思想和意義之間的過渡性工具，如用後便棄的簡易箋橋，甚至還認為言說與沉默沒有什麼區別。在《莊子雜篇則陽第二十五》的結尾，莊子寫道：「言而足，則終日言而盡道；言而不足，則終日言而盡物。道物之極，言默不足以載。非言非默，議有所極。」就如同劉象愚指出的那樣，從「則……不」的句式跳躍到「非……非」的句式，表明了莊子悖論思維過程上的一個巨大跳躍。莊子表面上同時否定了言默的對立，但實際上卻是接納了它們的悖論，因為言默之外沒有到達道德的途徑。〔註10〕這也就是說，事物的對立面不能也不需要聯合起來或者達成和解，而是應該既單獨地又雙位地被接納。如果說莊子悖論式的思想趨向於神秘主義的話，那是因為他相信作為真理的道是萬物最終的旨歸，而真理自身就是神秘而難以捉摸的。掌握真理不靠理性分

---

〔註10〕James Y. J. Liu, *Language-Paradox-Poetics: A Chinese Perspective* (Princeton: Princeton University Press, 1988), 13.

析或者科學主義，而靠體驗或信仰。因此，能理解道／真理的人是美學家而非邏輯學家，因為美學家欣賞悖論，而邏輯學家則肢解悖論。

中國古典文學傳統對悖論的美學功用雖然沒有形成像老莊之道那樣自主和自覺的高度，但浸淫悖論思想的斷章、個案俯拾皆是。《文心雕龍·麗辭第三十五》說：「反對為憂，正對為劣……反對者，理殊趣合者也；正對者，事異義同者也。」劉勰在這裡談的是對偶的書寫原則，但其中透露的正反對立的悖論思想不可忽視。正因為對偶是格律詩學的基石之一，我們在許多膾炙人口的對偶詩句中找得到悖論的蛛絲馬跡，如「若見桃花生聖解／不疑還自有疑心」（王安石《寓言二首》）；「不識廬山真面目／只緣身在此山中」（蘇軾《題西林壁》）；「春蠶到死絲方盡／蠟炬成灰淚始乾」（李商隱《無題》）；「眾裏尋他千百度／驀然回首／那人卻在／燈火闌珊處」（辛棄疾《青玉案·元夕》）。

上述中國的文化集體記憶有多少存在於北島的頭腦之中呢？去估計一個人對他自己的族別文化到底接受到什麼程度是很難的，但就像哲學家李澤厚所強調的那樣，「文化沉澱」的方式與力量是不可低估的。北島曾經寫道：「寫作是保存秘密的一種方式。」〔註11〕我們注意到他又一次使用他喜愛的陳述句句式，許多讓人驚訝的北島名言都是陳述句。毫無疑問，北島的說法存在著明顯的矛盾。任何作者都是為了被讀而寫，北島也不例外。語言是公用的符號，這意味著書寫就是一種公共行為。最起碼在理論上，沒有一種書寫是不能被解讀的，依此而論，用寫作來保存秘密最多是一種自欺行為。很顯然，用邏輯來反駁北島並不能奏效，因為他早已經否定了邏輯在書寫與自我的關係上所起的作用。在這裡，關鍵詞就是「秘密」，它象徵著北島內在的多種衝突。這些衝突只能通過悖論的方式書寫出來。北島把它們寫出來，並不是要獨自保存這些衝突，而是要與讀者分享。由悖論到悖論，這可能是北島寫作觀最好的表述。

從悖論的視角來看世界在北島以下的說法中表達得更明顯：「在這個世界上有無數的原則，其中很多原則互相衝突。容忍其他原則的存在是你自身存在的基礎」。〔註12〕有意思的是，北島使用「原則」這個詞時並沒有作任何價

---

〔註11〕北島訪談，轉引自 Ronald R. Janssen, "What History Cannot Write: Bei Dao and Recent Chinese Poetry," *Critical Asian Studies* 34:2 (2002), 268.

〔註12〕北島《論詩》，轉譯自 Gordon T. Osing and De-An Wu Swihart, *Hypertext* www.hypertxt.com/sh/no5/dao.html.

值判斷，但這些原則互相衝突，就像矛和盾那樣。寬容，這個不是原則的「最高原則」，就如同原則之間的距離，防止或制衡衝突，一如道家信仰所發揮的功效，讓矛與盾永遠不能決一高下，一方完全征服另一方。只要我們稍稍回溯一下中文語境裏的悖論怎樣存在於不可調和的衝突與無窮無盡的矛盾之中，我們就不難發現北島的上訴言論與楚人的故事有著令人驚訝的異曲同工之妙。

現在讓我們隨北島進入他的詩歌世界，在那裡，他將與我們分享他的秘密。在以下對北島詩歌的解讀中，我將試圖描述詩人如何在正反對立中表達意義，又如何通過創造「分裂意象」來寄託意義。這兩種書寫策略都與悖論有關，通過它們我們隱約可見北島作為一個懷疑主義者面對無定世界時的複雜心境。

## 處在正反對立之間的意義

舒婷（1952～ ）、顧城（1956～93）和北島一向三人並提，象徵著朦朧詩的興衰。讀者們既喜歡舒婷對愛情、友誼的輕聲絮語，也驚歎顧城對人生、世界的奇思冥想，又欣賞北島反抗與懷疑的呼喊。然而，同為朦朧詩人，舒婷與北島的詩歌路數卻大不相同，尤其是他們通過製造意象與隱喻來表達意義的方式就有著巨大的差異。為了說明這種差異，讓我們比較一下舒婷的《流水線》與北島的《廣告》這兩首詩。《流水線》是舒婷的成名作之一，收入多種詩集，更因為嫻熟的語言技巧和溫和的情感拿捏被德國漢學家顧彬認為是朦朧詩的一個「里程碑」。〔註13〕而北島的《廣告》在他海外出版的詩歌當中，屬於經常被人提到但很少被人討論的作品。下面是「流水線」的全文：

> 在時間的流水線裏
> 夜晚和夜晚緊緊相挨
> 我們從工廠的流水線撤下
> 又以流水線的隊伍回家來
> 在我們頭頂
> 星星的流水線拉過天穹

---

〔註13〕 Wolfgang Kubin, "The End of the Prophet: Chinese Poetry between Modernity and Postmodernity," in Larson and Wedell-Wedellsborg, eds. *Inside Out: Modernism and Postmodernism in Chinese Literary Culture* (Aarhus University Press, 1993), 35.

在我們身旁

小樹在流水線上發呆

星星一定疲倦了幾千年過去

他們的旅行從不更改

小樹都病了

煙塵和單調使他們

失去了線條與色彩

一切我都感覺到了

憑著一種共同的節拍

但是奇怪

我唯獨不能感覺到

我自己的存在

彷彿叢樹與星群

或者由於習慣

對自己已成的定局

再沒有力量關懷

　　這首詩歌的感染力完全依賴於「流水線」這一中心意象，通過這個意象，舒婷表達了她對現代社會的機械化剝奪了人的個性與自由的不滿。自然的世界被詩人召喚，甚至有點強行地用來作為人造流水線的對立面，同時又暗含對年輕工人們似乎不可改變的命運的同情。但這首詩的基調卻並不悲觀。「自然」與「流水線」重疊對應，指向壓迫與解放的雙重意義。這就是說，詩人要求讀者不只是讀到「壓迫」，更要體會到人的精神最終一定能戰勝「壓迫」。在詩中，這個「不能感覺到／我自己的存在」卻能與「叢樹與星群」相聯繫的言說者的感受只能通過先驗的方式加以表達。從這一角度來說，我們可以把「流水線」稱為浪漫二元主義的象徵。通過這種手法，舒婷表達了對於人的精神與人的自由的堅定信念。

　　北島的《廣告》一詩的主題也是關於自由抑或現代世界中自由的缺乏。全詩如下：

丁香在黎明的絲綢上跺腳

鴿子在朗讀人類之夢

大減價的氣候裏

> 我們聽見黃金的雷聲
>
> 自由步步為營
>
> 夜的痛苦被一隻貓眼放大
>
> 變成了巨型輪胎
>
> 婚配的影子緊急轉彎
>
> 由報紙選舉上的新獨裁者
>
> 在城市的裂縫招手示意
>
> 乞求戰爭的炊煙爬升到太陽的
>
> 高度，這是花店開門的時間〔註14〕

　　北島並沒有給出一個中心的意象來引導讀者，相反，他堆砌了一系列的意象，讓人眼花繚亂，似乎無所適從。這些意象有些是現實的，有些是超現實的，更有一些是荒誕的，沒有哪一個意象統領其他意象。更讓人困惑的是，意象之間，詩行之間，甚至詩節之間，缺乏一目了然的邏輯關係。讀起來，每一個意象都如同支離破碎的碎片，或套用羅蘭巴特的話說，是「落單的路標」（un signe sans fond）。〔註15〕然而用心細讀的讀者就會發現，北島的意象其實是一個悖論的大集合。有些意象是直接的悖論組合，有些意象是暗示性的悖論，它們無一列外地靠對比和矛盾來獲得意義。在第一個詩節，我們讀到了「丁香踩腳」（有失「花態」的動作，可能是因為憤怒），鴿子與人的對立，以及「減價」與「黃金的雷聲」的對立。在第二詩節，我們讀到了自由與營盤的對立，還有痛苦和婚配的對立。在最後一節詩裏，我們讀到了獨裁者與選舉、「炊煙」（幸福家庭生活的標誌）與戰爭的對立。我們可以進一步把所有這些意象為人戰爭與和平這一悖論重新組合一下：關於和平，我們有紫丁香、鴿子、夢想、自由、選舉、飲煙及花店；關於戰爭，我們則有「踩腳」「步步為營」「黃金的雷聲」「夜的痛苦」和獨裁者。

　　這些悖論究竟要表達什麼？首先，在北島看來，現代社會是喧鬧和混亂的。在這個社會裏發生的事情總是充滿了自相矛盾。這種矛盾主要來自於我們對廣告的影響力所做出的猶猶豫豫的反應。作為現代性的標誌，廣告無所不在，每時每刻它都在調節我們的自我認同，我們與他人以及與世界的關係。

---

〔註14〕北島《廣告》，in *Forms of Distance*（距離的形式），英漢雙語版，trans. David Hinton (New York: New Directions, 1994), 11.

〔註15〕Roland Barthes, *Le Degré zero de l'écriture* (Paris: Éditions de Seuil, 1953), 70.

北島似乎在暗示，廣告提供了我們選擇的自由，同時也捉弄了我們的自由觀。
這首詩當然意在譏諷，但它諷刺的對象並不是自由這個概念，而是廣告給我
們創造的自由的幻象。廣告既創造又限制我們的自由。北島似乎想告訴我們，
在現代生活裏，自由的意義只有通過意象和語言的悖論才能被準確理解。

　　顯而言之，同為關注個性與自由的詩人，舒婷與北島的表達差異遠大於
理想主義與懷疑主義的思想體系；兩人最根本的區別就體現在他們使用詩歌
語言的不同策略。舒婷的「流水線」是二元的象徵意象，既指向這個符號自
身又暗示符號之外的先驗意義。如果說象徵手法是舒婷詩學的基本手段，而
北島那裡卻找不到象徵主義的蛛絲馬蹟。他的「廣告」既不是一個象徵，也
不是一個隱喻，它是一個導致其他事件發生的事件。為了理解該事件，北島
求助於大量事物的意象；這些事物有的發生在真實的世界裏，有些出自想像，
但無不充滿了悖論。美國詩人威廉·卡洛斯·威廉姆（William Carlos William，
1883～1963）有一個著名的說法，「理念盡在事物中」，這個說法在北島那裡
已被改為「理念盡在充滿悖論的事物中」。意義不再通過象徵或隱喻而表達，
而是在無數的「物象」（事物—意象）的並置中得以呈現。並置就是通過創造
新鮮的類比來表達意義，是現代詩最常見的藝術手法之一。正如意象主義理
論家郝爾姆（T. E. Hulme）所寫的那樣，「思想是新鮮類比的嫁連。因此，所
謂靈感不過是偶然看到的類比、無心而求的相似。」〔註16〕毫無疑問，北島
的並置手法必須借助的類比的語境與功力，但他詩中排列繽紛的「新鮮類比」
卻不是相似或模仿的展示，而是由悖論的張力而組織起來的區別和對立的集
合。

　　並不是北島所有的詩歌都像《廣告》一詩那樣呈現了精心設計的多重悖
論意象，但悖論的痕跡在他的詩歌中可謂俯拾皆是。悖論的表現形式在他的
筆下也迥然各異，有的了然在目，有的行蹤詭秘，如《透明度》一詩。該詩並
不著意於羅列悖論意象，但充滿了不可躲避的悖論張力，見下列詩句：

>  鏡子的學問
>  ⋯變化
>  來訪者
>  使家園更荒涼

---

〔註16〕T. E. Hulme, *Further Speculations*, ed. Sam Hynes (Lincoln: University of
　　　　Nebraska Press, 1962), 82.

> ……
>
> 而我的旁白
>
> 如審夜者的額頭
>
> 開始發亮
>
> 三隻鳥改變了
>
> 天空的憂鬱〔註17〕

從結構的意義上來說，該詩似乎在玩正反對立的遊戲。詩的標題是「透明度」，但每一行詩句都是在談論晦暗。鏡子不是映照事物，而是改變事物；表象的世界不是真實的世界，比如詩中似乎煩躁不安的言說者，因為熟悉的外部刺激給他帶來的是恰如其反的情感反應：同鄉的來訪不但沒有給他帶來快樂，反而使他感到「家園更荒涼」。在這個應該快樂的場合，他覺得自己像一個外人，和客人無話可說，只有作無人相對的「旁白」。「審夜者」更是一個精心選擇的表達衰老與孤獨的意象。夜如何「審」？夜的意義永遠是不確定的，所以「審夜者」之徒勞被轉換成感受的時間的流逝，而流逝的時間和更荒涼的家園此消彼長，強化了言說者的恐懼。該詩最後一節的兩句是常見的北島句式，它是關於變與不變的一個精緻的悖論。表面上，該詩節重述了天人合一的理念，以及感悟在重組客觀世界時所起到的作用。這在中外詩歌中是一個經典母題，如南朝詩人王籍（420～589）的山中之行，「蟬噪林逾靜，鳥鳴山更幽」，以及美國詩人華萊士・史蒂文斯（Wallace Stevens，1979～1955）的想像世界：「我置一瓶子於田納西，／…荒野在上長，／四處蔓延，不再荒蕪」。〔註18〕北島借鑒了王籍那種暗示性的主體意識，但是他不像史蒂文斯那樣毫無忌憚地人為介入。在北島對大自然的饋贈所做的速寫中，關鍵詞就是「改變」。這個詞宣布了言說者的所在，是他在重新定位三隻鳥與天空的關係。王籍可能會說三隻鳥使天空顯更憂鬱，而華萊士・史蒂文斯則會認為三隻鳥促使了天空的憂鬱。在北島的筆下，天空的憂鬱早就存在了，三隻鳥只是使天空的憂鬱起了變化。那麼，是什麼在變呢？是憂鬱的範圍、深度還是強度？我們只能琢磨卻找不到答案。其實，在詩中「改變」的意思雖然不能在傳統意義上定位，卻在悖論的符號系統裏有跡可循：天空的憂鬱和言

---

〔註17〕北島《開鎖》。

〔註18〕Wallace Stevens, "Anecdote of the Jar," in *Collected Poems of Wallace Stevens* (New York: Knops, 1972), 76.

說者的憂鬱永遠處在一種變和不變的常態之中。

　　也許現在我們更能理解北島所宣稱的「與語言戰鬥」的含義了。如果我們認為北島在內心深處是一個懷疑主義者，那麼他自然也會懷疑作為詩歌媒介的語言的指代作用，正如西方意象派詩人多年前所做的那樣。〔註19〕北島把語言僅僅看成是反映想像與事物相遇的媒介，即使是這樣，傳統的語言也很難完整地表達想像的全部光譜。因此，北島通過想像來建構「事物」的手法必須超越語言對現實有限的所指能力，不能讓想像受制於日常的語言。於是，悖論成為了北島追求新的詩歌語言的中心策略，因為悖論通過與傳統語言的遊戲以及對語言符號無盡的搭配，為北島提供了一個完美的詩學空間。借助悖論北島可以使「意象互相衝突」，以達到「刺激讀者想像力」的目的。〔註20〕北島如何利用悖論來構造意象是下文要討論的重點。

## 分裂意象

　　根據批評家達納・吉歐依亞（Dana Gioia）的說法，讀當代美國詩人約翰・阿什貝利（John Ashbery，1927～）的詩歌，你的印象是這樣的：「你記不住阿什貝利詩裏所表達的理念，你記住的是音調與文路。如果他的詩確實在表達某種理念，那理念也只是存在於斷言片語之中，如同遠遠聽到的微弱的回聲。對阿什貝利來說，理念就像爵士樂手的即興表演，為了避免付版權稅，旋律猶存，但原曲不見痕跡。」〔註21〕在這裡筆者要大膽地斷言，這恐怕也是大多數讀者讀北島詩歌時的感受。雖然北島的詩和阿什貝利的詩都讓我們感到把握意思的困難，但兩者發生的原因還是不盡相同的。阿什貝利喜歡在他的詩歌中堆砌來自現代生活中的真實的、豐富的、甚至是逗樂的細節，而這些細節之間往往沒有條理，讀者不知道為什麼這些細節同時出現在阿什貝利詩歌世界中。在這個世界中，阿什貝利覺得「事情發生的方式」比「事情為何發生」更有意義。他的名作《兩幕》的結尾就深刻地表達了詩人對詩歌中「意義昇華」美學的懷疑：

---

〔註19〕參閱 Edward Larrissy, *Reading Twentieth-Century Poetry: The Language of Gender and Objects* (Cambridge, MA: Basil Blackwell, Ltd., 1990), 30～50 & 65～85.

〔註20〕北島《論詩》，轉譯自 Gordon T. Osing and De-An Wu Swihart, *Hypertext* www.hypertxt.com/sh/no5/dao.html。

〔註21〕Dana Gioia, "Poetry Chronicle," *Hudson Review* 34 (1981～1982), 588～9.

最好的部位在一個老人那裡

處在一些塗料桶的下流影子裏

一個皮條客笑道,「晚上每樣事

都有它的安排,就看你能不能發現那時什麼?」〔註22〕

批評家大衛・夏皮羅(David Shapiro)這樣總結道:「阿什貝利是一個作錯誤總結的大師。他用邏輯的術語來表達沒有邏輯的結論」;他喜歡「將事物過渡的聯繫起來,最終指向無路。」〔註23〕和阿什貝利一樣,北島也貶低邏輯與理性的功用,但他對理念本身卻沒有過分的敵意。實際上,理念往往是北島創作的導火索,因為他總是試圖去挑戰人們習以為常的價值與解釋。這不是說北島喜歡用抽象和絕對的術語去表達理念,也不是說北島想用一個理念代替另一理念。更準確地說,他把理念和反理念同時賦予一個獨特的詩歌意象之中,即分裂的意象。這種意象既表達某種理念,並同時表達對這種理念的挑戰,「分裂」之意,即來源於此。正是通過分裂的意象的手法,北島做到了既對話理念,但又避免了說教和教條主義,既重溫信仰,但又仍然保持了深刻的懷疑。北島的思維,一如既往,是一種辯證的思維,這種思維來源於永遠用懷疑的眼光看世界的複雜與衝突的心態。

讓我們以「自由」這個理念來舉例為證。自由一向是北島重點關注的主題之一,在他出走海外之前尤其如此。在那個時候,北島真誠地發出「我不相信」和「我只想做一個人」的呼聲,非常著名地表達了他對自由的渴望。流亡回饋了北島他無限渴望的自由,但這種自由的生活倒反而使他開始質疑自由的意義。前文提到的詩歌《廣告》就是一個很好的例子。同樣的諷刺和自嘲在《走廊》這首詩中不難讀到,如下列詩行:

全世界自由的代理人

把我輸入巨型電腦:

一個潛入字典的外來語

一名持不同政見者

或一種與世界的距離〔註24〕

---

〔註22〕《約翰・阿什貝利詩選》,馬永波譯,河北教育出版社,2003 年。

〔註23〕David Shapiro, *John Ashbery: An Introduction to His Poetry* (New York: Columbia University Press, 1979), 17.

〔註24〕北島《距離的形式》。

　　如果流亡的確改變了北島對自由的看法，但是北島的懷疑主義世界觀並不是由流亡而生。眾所周知，懷疑精神已經是他早期的詩歌的標誌之一。北島 1970 年代後期寫的詩歌《同謀》中就有這樣的詩句：「自由不過是／獵人與獵物之間的距離」。這是一種領悟還是一種啟示，或者兩者兼而有之？有讀者可能會覺得這是一種犬儒主義，或感覺到自由名不副實。另有讀者或許會同意「距離」的價值，它是獵人與獵物之間的永恆狀態。無論如何，因為北島運用了一個典型的斷裂意象，自由的含義因而懸掛半空之中，讓人無法確定。

　　上述例子表明，分裂意象是由兩個或者多個逆反主題元素的單例意象組合起來的複合意象，它的美學效果是歧義與悖論。這種意象在北島詩歌中俯拾皆是，如「棲身於朋友中的人／注定要孤獨」（《雨中紀事》）；「自由那黃金的棺蓋」（《無題〔他睜開第三隻眼睛〕》）；「愛與憎咬住了同一個蘋果」（《缺席》）；「某人在等火車時入睡／他開始了終點以後的旅行」（《東方旅行者》）；「我沿著某些樹的想法／從口吃轉向歌唱」（《無題〔在父親平坦的想像中〕》）；「是父親確認了黑暗／是黑暗通向經典的閃電」（《零度以上的風景》）；水龍頭一滴一滴／哀悼著源泉」（《中秋節》）；「牧師在禱告中迷路」（《使命》）。下面這首短詩《無題》則完全由分裂意象組成：

> 比事故更陌生
> 比廢墟更完整
> 說出你的名字
> 它永遠棄你而去
> 鐘錶內部
> 留下青春的水泥〔註 25〕

　　行文至此，我們有必要重溫一下前文提到的「逆反主題元素」這個短語。我首先必須強調，所謂「逆反主題元素」是指獨立的語言單位在主題上呈對立的關係，但對立的雙方又相輔相成，缺一不可。正是這些對立的元素使意象「分裂」，從而形成了矛盾的關係，轉而成為悖論。然而，認為分裂意象一定會造成歧義和悖論的美學效果的說法恐怕會引起誤解，因為這種說法似乎假定詩人對自己創造的意象有完全的控制力，這顯然違背了中西方關於詩歌

---

〔註 25〕北島《舊雪》。

意象研究的常識。〔註 26〕關於意象的閱讀心理，一如一般文學的閱讀反應，是很難控制的，誰也無法事先確定某一詩歌意象的閱讀效果。因此，有關北島的分裂意象最確切的說法是，它比其他類型的意象更能產生閱讀的歧義和悖論，因為這是它結構性的潛能。這也就是說，分裂意象與別的意象的區別是結構性的區別，而不只是一個閱讀力的區別。

為了更好地說明這個區別，我們一起來分析三首關於意象的詩歌。第一首是唐代詩人柳宗元的《江雪》。

> 千山鳥飛絕，萬徑人蹤滅。
>
> 孤舟蓑笠翁，獨釣寒江雪。

讀這首詩，首先讓人產生聯想的是柳宗元為我們創造的這個細緻、生動的意象：江上白雪皚皚，老人獨坐垂釣。這是用詞語創作的一幅「畫」，眾所周知，一幅和諧、標緻的「畫」：每一個細節都在勾勒孤獨垂釣江邊的老人，沒有多餘的元素能破壞這一意象的結構性完整。於是，從讀者的角度來說，這個意象是所見即所得：自然的一個片段，媚人而又壯觀，老人與他所在的環境難分你我，相得益彰。很顯然，這一閱讀依靠我們認同老人，認同天人合一是人與自然世界的關係最理想的表現形式（否則老人不過是一位執迷如狂的冬釣者）。進一步而言，儘管柳宗元遣詞造句獨具一格，他的意象只不過是在公共空間再次肯定道家的美學與生活哲學的基本原則。正如有評論家所言，這首詩提供了所謂讀者與詩人之間理想關係的絕好例子：「讀者所處的客觀現實與詩人原初面對的客觀現實完全一致。讀者的主體性與詩歌中描述的客觀現實交融在一起，沒有因為詩人的介入而可能產生的任何障礙與扭曲。」〔註 27〕

那麼，如果在「詩人原初面對的客觀現實」本身究竟是什麼並不清楚的條件下，怎麼辦？或者，如果詩人所感受到的現實與他所處的客觀現實不相同的話，那又該如何？如果這樣的話，意象的解讀對讀者的能力的依賴就要加深了。一個很好的例子就是美國詩人埃茲拉·龐德（Ezra Pound，1885～1972）

---

〔註 26〕有關意象派詩歌及一般意象理論，請參閱 Pauline Yu, *The Reading of Imagery in the Chinese Poetic Tradition* (Princeton University Press, 1987), 3～43 和 John T. Gage, *In the Arresting Eye: The Rhetoric of Imagism* (Baton Rouge, LA: Louisiana State University Press, 1981), 1～31.

〔註 27〕Chang Chung-yuan, *Creativity and Taoism: A Study of Chinese Philosophy, Art, and Poetry* (New York: Harper Torchbooks, 1963), 175.

的著名詩歌《在地鐵站內》：「這幾張臉在人群中幽靈般閃現；／濕漉漉的黑樹枝上花瓣數點。」有很多的研究已經指出，龐德的這首詩在意象派詩歌發展史上非常重要，因為它全面地呈現了龐德關於意象的概念：意象等於客觀現實；意象表達詩人直接、自發的感情，不需要借助思想與修辭。對於意象派詩人來說，類比是創造意象的主要手法，龐德在上述詩中將這種手法發揮得淋漓盡致。雖然從詩學與語言的角度來說，龐德的意象與柳宗元的意象相去其實並不遠，但龐德的類比性並置對讀者的要求則要高得多，因為他的事物之間的關係不穩定、無邏輯，而在柳宗元的詩中則不是這樣。龐德從「臉」到「幽靈」到「花瓣」的簡單的類比移動（最起碼在結構上是簡單的）導致了閱讀的迷惑：它們的相似性究竟在哪裏？龐德把他們放在一起，用意何在？學者和批評家對此詩眾說紛紜，莫衷一是。美國學者休‧肯耐爾（Hugh Kenner）的解讀是這樣的：龐德的這個意象與冥府有關，那張人群中分離出來的臉讓人聯想起希臘女神珀爾塞福涅（在希臘神話學中，她是宙斯與德墨忒爾的女兒，被布魯托綁架，一起去統治下界）。這種解釋當然是有說服力的，但遠不是唯一的解釋。〔註28〕比如說，我們可以說該詩描述了現實生活裏我們在喧嘩鬧市觀察路人的一種經歷，「花瓣」表示美麗，而「幽靈般閃現」則意味著路人在我們的視野中迅速出現而又迅即消失。有趣的是，這一解釋也已經為龐德本人所證實。〔註29〕兩種閱讀，哪一更準確？恐怕誰也無法判定。龐德在創造意象時使用非常態的、關係不明確的類比以及不用連詞的造句法是造成解讀不確定性的根本原因。相比之下，北島的分裂意象則無論在類比還是造句上都存在大體相似的模糊性，而悖論本身的歧義和不確定性則是加強了的逆反主題的結果。這也就是說，閱讀北島的不確定性不是像龐德那樣源自廣義的指代不明，而是源自逆反主題之間的張力。

讓我們以北島的《磨刀》一詩為證。這首詩寫的是關於心理與時間的衝突，或者更準確地說，是關於時間作為運動與作為事件兩者相互矛盾的情感體驗。全詩是一系列分裂意象的組合：

> 我借清晨的微光磨刀
> 發現刀背越來越薄

---

〔註28〕Hugh Kenner, *The Pound Era* (Berkeley: University of California Press, 1971), 184～5.

〔註29〕Ezra Pound, *Gaudier-Brzeska: A Memoir* (New York: New Directions, 1970), 86～7.

> 刀鋒仍舊很鈍
>
> 太陽一閃
>
> 大街上的人群
>
> 是巨大的櫥窗裏的樹林
>
> 寂靜轟鳴
>
> 我看見唱頭正沿著
>
> 一棵樹椿的年輪
>
> 滑向中心〔註30〕

　　磨刀是關於時間持續的一個有趣的隱喻，這個一般讀者不難領悟。從「鐵棒磨成針」之類的文化表述中，我們知道磨刀的傳統寓意是耐力與堅持，顯而言之，這也是我們體驗持續不斷的時間流的表達方式，就如同詩中的「清晨的微光」以及升起的太陽所指示的那樣。在肯定亞里士多德式的時間持續的理念之後，北島卻筆鋒一轉，用令人費解的分裂意象打破了這個理念。比如，北島說這把刀「刀背越來越薄」而「刀鋒仍舊很鈍」，這其實在說磨刀的無效。這個逆著「時間」而行的磨刀行為可以理解是牛頓意義上的「間歇事件」，即時間是可分割的事件。時間之流源源不絕，而發生的事件卻逆流而行，磨刀這個分裂意象似乎在宣說言說者對時間多寡的把握不定。

　　在第二個詩節，我們看到持續時間和間斷時間繼續在言說者心中發生衝突。逆向思維使詩人可以把人群和樹林相互轉換，但讀者並不清楚人群與樹林，哪個寂靜，哪個喧嘩。他們或許就是一體的，就如詩中所言：「寂靜轟鳴」。這個簡潔的分裂意象所包含的悖論意義我們並不陌生，因為在唐詩和禪宗裏有很多互文的先例，北島的用意在於強調詩中言說者的心理時間之旅。心理時間與物理時間似乎在詩歌結尾那個滑動的唱針頭的意象那裡發生激烈衝突。一般而言，當唱針頭在唱片上做圓周滑動時，它是在物理時間內逐漸滑向中心；這個滑動過程的結束，也是歌曲的終結。但是，當唱針頭沿著「一棵樹椿的年輪」滑動時，那麼這個過程只能通過心理時間來測量，因為唱針頭滑到年輪的中心意味著樹的誕生，生命的開始。在滑動的唱針頭這個分裂意象的兩個逆反主題之間做出選擇是沒有意義的，因為解釋的不確定性是它的結構性需要，是它自我定位的特別品質。北島似乎在說，我們只有整體接

---

〔註30〕北島《舊雪》。

受這個意象，才能感受到時間的悖論，生活的真諦。

在《黑盒》一詩的結尾，北島寫道：「事件與事件相連／穿過隧道」。〔註31〕然而此句之前北島排列了五個沒有顯然因果關係的事情。這些事件的相連一定只能在北島的詩裏才能發生。也許這就是北島最大的悖論：他認為詩歌是一個發現世界的手段，但世界又如「黑盒」一樣不可得知。從多種意義上來說，本章所討論的北島詩歌都直接地反映了這個悖論。顯而言之，悖論是北島詩歌的最重要的表現手法之一，而由悖論性思維所帶來的內在的模糊性和不確定性也成了閱讀北島的不可或缺的感受。於是有人批評北島的詩歌讀起來「像謎一樣」。有趣的是，這種批評在當代詩論中並不少見。美國評論家羅傑·卡仃納爾（Roger Cardinal）就認為「像謎一樣」恰好認是後結構主義與後現代主義詩歌的一個重要特徵。這種作品存在於「有意義與無意義」之間，並且「既揭示意義，又重新掩藏意義」。〔註32〕對北島來說，這種對意義既揭示又掩藏的效果就是通過悖論的手法而達到的。

---

〔註31〕北島《舊雪》。

〔註32〕Roger Cardinal, "Enigma," *20ᵗʰ Century Studies: The Limits of Comprehension, 12* (December 1974), 45.

# 語言的詩意：宋琳與余秀華

詩以情趣為主，情趣見於聲音，寓於意象。　　——朱光潛

詩人一定是與語言熱戀之中的人。　　——W.H.奧登

想像的花園裏有真實的癩蛤蟆，我們

才有了詩。

也就是說，如果你要求

詩歌的原料

既地道又真實，

你就對詩產生了興趣。——瑪麗安・摩爾（Marianne Moore）

　　語言是詩歌的靈魂，然而任何對詩歌語言的本質性定義都注定是徒勞的努力。沒有不可入詩的語言，而入詩的語言即成為詩歌的言語，它承載幾乎是無窮大的信息而成為「讀者的文本」。詩意是詩歌創作的歸宿，也是詩歌閱讀的終極體驗。在一般情況下，它還可能是一首詩合法性的標誌。詩意是詩歌語言的總體效果，又同時棲身於語言之外，在哲學和藝術的結合之處，代表了人對生命和存在意義的終極追問。

## 語言與詩意

　　人們常說語言是詩歌的靈魂。相對於其他文學樣式，詩歌用詞精練，篇幅短小，對語言有一種自覺和自省的要求。「詩歌語言」不光是對語言之美的世俗表達，也是詩學的傳統術語之一，在詩歌批評中屢見不鮮。可是要在理論上準確地定義詩歌語言卻不是一件容易的事。在格律詩的時代，我們可以

講聲調、對仗和韻律，從而甄別某些「非詩」的語言，在總體上忽視規則之外的特例，從而到達「古典詩歌語言」的印象。在新詩的時代，我們強化詩的選詞排行的自由，而弱化語言的音質因素，越來越遠離對於詩歌語言的任何形式主義定義。〔註1〕至少從文體學的角度，我們不能說新詩有自己獨特的語言。對於任何一個具體的詞彙，我們都無法判定它是詩歌語言或者不是詩歌語言。比如說，「我輕輕地來」是一句很美的詩，但也可以是一句與詩無關的日常表達。

這樣我們便遇到了一個難題：我們既然不知道如何定義詩歌語言，我們又如何談論它？英國文學理論家特雷‧伊格爾頓在他的《二十世紀西方文學理論》一書裏也遇到了類似的難題。在這部介紹當代文學理論流派的名著中，伊格爾頓一開篇就承認他不知道什麼是「文學」，因為當下通行的有關文學的定義都充滿了漏洞，經不起推敲。他以一種近乎詼諧的筆調對它們一一「解構」：文學寫作需要想像，科學也需要想像；文學是美文，哲學的文字有時也很美；文學語言是對日常語言的變形和昇華，可是誰的「日常語言」？大學教授的還是碼頭工人的？在伊格爾頓看來，一切關於文學「本質」的尋找都是徒勞的，但文學的功能性卻是可以描述的、理解的──文本通過閱讀而被賦予文學的身份並在社會發揮某種文化的功能。基於此點，伊格爾頓有點「勉強地」推出了自己的結論：文學是「被賦予高度價值的寫作」，它是一個不穩定的「價值實體」，因為所有的價值判斷都會打上歷史和時代的烙印，而烙印的背後刻著意識形態與政治無意識。〔註2〕

仔細考究一下，伊格爾頓對文學的「定義」也是有問題的。即使我們暫且同意他的一切言說都是有價值的言說的提法，從而推出一切寫作都是「被賦予價值」的寫作，我們還是不能釐清文學作品與非文學寫作的關係。伊格爾頓的權宜之計是給文學加上「高度」兩字，可是什麼是「文學的高度價值」？是文學承載價值的密度還是質量？不管是密度或是質量，它們本身也是價值判斷的問題。抽象地談文學是價值判斷的產物而不考慮價值判斷本身的歷史性和文化內涵，這也許是伊格爾頓的理論「盲點」，但他的文學不是本質而是功能的「洞見」也與之密不可分。我們同樣可以說，詩歌語言不是語言的本質，而是它的功能之一，一種最大限度地窮盡語言的表意性的功能。

---

〔註1〕丘振中：《現代漢語詩歌中的語言問題》，《詩探索》1995年第三期。
〔註2〕Terry Eagleton, *Literary Theory: An Introduction* (Basil Blackwell, 1983), 10～15.

伊格爾頓版的文學定義不那麼高明，但這並不妨礙他高談文學，把二十世紀的主要文學理論派別梳理得頭頭是道。對於詩歌語言我們也可以採用同樣的做法：我們不知道怎樣去定義它，但我們還是可以談論它。實際上，關於詩歌語言的談論，從詩歌開始之日就沒有停止過，作詩的人和評詩的人已經把語言置於詩歌藝術的不可動搖的中心位置。新詩的誕生首先被認定是詩歌語言的一次革命，從文言文到白話並不僅僅是中國詩歌在文體意義上的轉變，而是「詩」本身的鳳凰再生。所以縱觀新詩一百來年的歷史，其發展史上的每一次爭議、每一個節點都與語言問題有關，比如「我手寫我口」，散文化，歐化，戲劇化，民歌風，朦朧詩，口語詩，民間詩人與知識分子詩歌等等，所有這些關於新詩的現在和未來的立場和主張無一不是起步於詩歌的語言資源問題也止步於詩歌的語言資源問題。

雖然語言幾乎成了詩學和美學的代名詞，花費了新詩的全部注意力，但迄今為止新詩並沒有因此而解決自己的語言問題，甚至也沒有某個關於詩歌語言的共享的理論。現實是，每一個應時而生的詩學主張都是獨領風騷若干年，在找到了自己的詩人並催生了一些經典作品之後，迅即成為下一輪詩學主張的批評和背離的靶子，最終僅僅以「意義的痕跡」的形式而保存在文學的記憶之中。比如說，有胡適街頭白話的泛濫才有聞一多「枷鎖似的」節奏，有李金髮的外來語的簡單堆積才有馮至把十四行詩在漢語裏的起死回生，有抗戰敘述詩的平直才有九葉詩派的戲劇衝突，有郭敬之、郭小川民歌風的抒懷才有朦朧詩指向內心的超常的詞語組合，有當代「純詩」對突兀和驚訝體驗的高度追求才有今天梨花體和烏青體對日常經驗的簡單重複。新詩的詩神穆斯就像九月的秋意，在山尖和樹梢之間來去匆匆，永遠不肯久留。

新詩的這種狀況原因很多，有傳統美學和文化習俗的因素，也有詩之外的政治因素，而新詩詩學對語言的定位誤差恐怕也難逃其責。這不僅僅是把詩歌語言等同於詩學本身的問題，而是從規範性的角度談論詩歌語言，把它當成寫法和模式。於是乎，浩瀚的漢語被分化成某些有限的板塊和集合，取其一為圭臬，視其餘為草芥。如上文所述，任何對詩歌語言本質性定義，任何對詩歌語言的宏觀或整體性的規劃都是經不起推敲的，因為沒有不可以入詩的詞語，更沒有只可以入詩的詞語。「土豆燒熟了」可以入詩，「我他媽的喊了一聲」也可以入詩。「祖國啊母親」曾經是膾炙人口的詩句，現在卻無人再寫。王國維說：「『紅杏枝頭春意鬧』，著一『鬧』字，而境界全出。『雲破月

來花弄影』，著一『弄』字，而境界全出矣。」〔註3〕「鬧」和「弄」是兩個普普通通的詞，並沒有內在的詩意，雖然詩人還在用，卻再也沒有創造出王國維之所謂「詩的境界」了。

上述例子表明，從非詩的語言到是詩的語言僅僅是一步之遙。語言的文學性（有人稱之為詩性）是詩人感悟世界的媒介，也是詩之所以為詩的理由。語言的文學性並不神秘，它是語言的根本屬性之一，在語言的特殊使用方式中體現出來，如與日常語言的有意偏離，或是大量運用修辭手段，用形式主義批評的話語來說就是「使語言的陌生化」之後的效果。然而，「陌生化的語言」並不能定義詩歌，因為它不是詩歌語言一成不變的永久屬性。從歷時的角度來說，「陌生化的」詩句由於反覆閱讀而變得熟悉，從而造成「再說」的困難，這便是所謂經典給我們帶來的「影響的焦慮」。從共時的角度而言，「陌生化的語言」很難說有統一的標準，一句話對於某一社會群體是陌生的，對於另一社會群體卻是「親近」的。確切地說，「陌生化的語言」是一種特殊的言語現象，來源於話語之間差異，依靠某種有意的對比閱讀而得到彰顯。

所以，我們談詩歌語言應該從詩人的視覺轉向讀者的視覺，把它當作讀法而不是寫法來討論。這樣一來，詩歌的語言就變成了詩中的語言，兩者之間是語言和言語的關係，前者是基礎與規範，後者是表現與創造。從語言到詩中的言語是詩人的事，詩中的言語成為詩則是讀者的事。詩要讀（包括古時的背誦、圈點和現代的朗誦、細讀），因為我們在讀中發現驚奇，創造詩意。正如美學家朱光潛所言：「詩是一種驚奇，一種對於人生世相的美妙和神秘的讚歎；把一切事態都看得一目了然，視為無足驚奇的人們對於詩總不免有些隔膜。」〔註4〕農民詩人余秀華的詩作《麥子黃了》帶給讀者的正是這樣一種驚奇：「首先是我家的麥子黃了，然後是橫店／然後是漢江平原／在月光裏靜默的麥子，它們之間輕微的摩擦／就是人間萬物在相愛了／如何在如此的浩蕩裏，找到一粒白／住進去？」〔註5〕平淡無奇的鄉間景觀，通俗直白的詩歌語言，提供的卻是「突然發現」的閱讀體驗。物化的世界通過「再寫」（對自然的主觀化想像）而被賦予新的詮釋，詩意從中油然而生。

---

〔註3〕王國維：《人間詞話》，人民文學出版社 2009 年，3 頁。
〔註4〕朱光潛：《心理上個別的差異與詩的欣賞》，《朱光潛全集・第 8 卷》，安徽教育出版社 1993 年版，465 頁。
〔註5〕余秀華：《麥子黃了》，《詩刊》2014 年下半月刊 9 月號。

　　王國維在《人間詞話》中讀詩（詞）也是在「寫」詩。他對「鬧」字的一句評說延續了北宋詩人宋祁（998～1061）作為「紅杏尚書」的美名，而同時也營造了作為讀者的自我——他的美學立場和欣賞價值。王國維推崇中國詩歌寫景抒懷的傳統，並在這個傳統中區別「有我之境」和「無我之境」。實際上，他的「無我之境」也擺脫不了人的影子，如代表「無我之境」的名句「採菊東籬下，悠然見南山」便無疑鑲入了人的視覺。如果說純粹客觀的寫景從語言再現的層面來說本來就是個幻覺，那麼「紅杏枝頭春意鬧」中的「鬧」字就是在凸顯人的觀察角度，從而肯定人和自然千絲萬縷的聯繫。同樣一個「鬧」字，在王國維之前的李漁卻認為用得不好。他說：「爭鬥有聲之謂鬧，桃李爭春則有之，紅杏鬧春，予實未之見也。『鬧』字可用，則『吵』字、『鬥』字、『打』字，皆可用矣。」〔註6〕很顯然，李漁和王國維是完全不一樣的讀者。王國維讀的是驚奇，是對前期美學經驗的改造乃至顛覆；李漁讀的是習慣，是對前期美學經驗的印證甚至重複。

　　李漁也許是誤讀了「鬧」字，可是他的「意則期多，字惟求少」〔註7〕的主張卻也不錯，似乎與現代主義詩派的一些立場暗合。「字少」應該是修辭技巧的問題，其極限是向「無字」邁進，正如某些現代派詩人相信的「最有技巧的詩歌就是一張空白的紙。」〔註8〕現代詩歌經典多為短詩、小詩恐怕不是偶然，龐德的名詩《在一個地鐵車站》英文原文僅十四個單詞，至今依然是我們津津樂道的「字少意多」的典範。從泛意的「字」到特意的「字少」也就是詩歌語言到詩中的語言的轉化過程。

　　「字少」是手段，「意多」則是目的。「字少」有進入「意多」的自然優勢，因為一個字比一個句子更開放、更有想像空間。然而，並不是所有的「字少」都能進入「意多」的境界。不管是字少還是字多，它們之間的組合安排才能決定意義的多寡。所謂的「組合安排」也就是結構主義詩學重筆渲染的「張力理論」，即詞語之間對抗、矛盾、異質、互補、平行、重複等關係。用一個通俗的比喻，張力就是繫在詞語之間的一根彈力繩，其鬆緊程度與詞語意義的遠近有關。如果詞語的能指和所指僅僅靠習俗、習慣和範式來維持，那麼

〔註6〕李漁：《閒情寄偶　窺詞管見》，杜書瀛校注，中國社會科學出版社2009年，250頁。

〔註7〕李漁：《閒情偶寄》，上海古籍出版社2000年，68頁。

〔註8〕Terry Eagleton, *On Evil: Reflections on Terrorist Acts* (Yale University Press, 2010), 91.

這根彈力繩就很鬆，張力即很小。反而言之，詞語的能指和所指的組合越是反習俗、反習慣和反範式，彈力繩就越緊，張力即越大。艾略特曾經說過，「語言、詞彙不斷有細微的更迭，這種變化永久性存在於新穎的、意想不到的組合中。」這是這位「詩人的詩人」對詩歌語言張力問題的直觀而又明睿的表達。〔註9〕

結構主義詩學（俄國形式主義美學和美國新批評為代表）從語言學的角度張揚張力，把它看成是詩歌的靈魂，意義的起始。蘇聯文化符號學者尤里‧洛特曼（1922～1993）認為詩歌文本與其他體裁文體的根本區別就在於前者把最多的信息壓縮在最精練的言語之中，是「語義飽和」的話語系統。信息量不足的詩肯定是壞詩，因為「信息即美」。〔註10〕我們不能不佩服洛特曼的智慧與睿見，他把一個糾纏千古的詩學難題幾句話就說得如此簡單明瞭。然而，我們也注意到他的判斷也侷限於詩歌文本的結構本身，即信息作為張力的指涉與效果，而不去理會信息之間的區別。這是典型的發現結構而遺失內容的形式主義批評方式。

比如說，受惠於洛特曼的啟示，我們可以說北島不那麼有名的一字詩「網」（《生活》）是一首好詩（雖然當年朦朧詩的批判者特別把這首詩例出來作為「壞詩」的標本），因為它含有幾乎無限的信息量。那麼，把這首詩和北島的下述詩句比較一下又如何呢？「是他，用指頭去穿透／從天邊滾來煙圈般的月亮／那是一枚定婚戒指／姑娘黃金般緘默的嘴唇」（《黃昏：丁家灘》）。這個詩節含有很大的信息量，但不是無限，因為讀者的想像必須在愛情和求婚的語境中進行。圓的多重象徵意義通過至美的語言在意象之間跳躍而指向愛的過程，從而使這首詩成為北島的名詩之一。同為寫春天的詩，海子寫的是「那些寂寞的花朵／是春天遺失的嘴唇」（《歷史》），保羅‧策蘭則寫的是「那是春天，樹木飛向它們的鳥」（《逆光》）。讀他們的詩，我們不光要體會詩中言語所包含的信息的密度，更要領悟這些信息的質量，即他們怎樣通過震撼的想像和反轉的詞語來承載個人的精神危機（海子）和歷史重負（策蘭）。詩人和評論家王家新說，他的詩勾勒的是「難予言表的恐懼感，從而將其真

---

〔註 9〕轉引自克林斯‧布魯克斯：《精緻的甕——詩歌結構研究》，郭乙瑤等譯，上海人民出版社 2008 年，12 頁。

〔註10〕轉引自 Terry Eagleton, *Literary Theory: An Introduction* (Basil Blackwell, 1983), 101 頁。

理性內容轉化為一種否定性質。」〔註11〕這句話王家新是在評策蘭，但我想對於海子同樣適用。

我們已談到了詩歌語言（無詩與非詩不可分），詩中的言語（閱讀的驚奇）和詩歌承載的信息（密度和質量），下一步自然就是詩意這個話題。前三者雖然重要，它們只是通向詩意的充要條件，並不代表詩意本身。詩意是詩歌作為寫作的歸宿和目的，也是詩歌閱讀的終極體驗。在一般情況下，它還可能是一首詩合法性的標誌。

那麼，究竟什麼是詩意呢？海德格爾說：「人，詩意的棲居。」〔註12〕他所謂的詩意既是藝術人生也是對存在的總體性領悟。蘇珊‧蘭格說，詩意「表達了一種虛擬的生活體驗。」〔註13〕她的詩意蘊含在對未經歷生活的憧憬和嚮往之中。這兩位學者都把詩意定位於哲學和藝術的結合之處，代表了人對生命和存在意義的終極追問。而這種追問一訴諸語言便使詩人面臨表達的痛苦。存在於語言之中的自我如何能表現超越語言的意義？莊子在《外篇‧天道》中說：「世所貴道者書也，書不過語，語有貴也。語之所貴者意也，意有所隨。意之所隨者，不可以言傳也，而世因貴言傳書。」這段話可以說是中國詩學中「言外之意」美學傳統的源頭。承認語言的工具性，承認它的有限和缺陷，然而利用它去逼近無限和完美的詩意，這便是詩人無法逃避的悖論。

「張力是通向詩意的『引擎』」，詩學理論家陳仲義寫道，「詩語的張力越強，詩意越濃；張力越弱，詩意越淡。當張力無限擴大時，詩語趨於晦澀；當張力無限解除時，詩語落入明白。」〔註14〕這種在語言結構和修辭技術層面上對詩意的解釋很有說服力，但「濃」「淡」「晦澀」「明白」這些貌似中立的詞彙顯示一種「冷面」的超脫，與讀者對於詩詩的美學體驗似乎隔了一層。詩人王小妮描述詩意用的完全是另一套語言。她相信我們現在生活的商品和機器的時代也是「詩意衰減」的時代，所以遭遇詩意也變成了一件很難得的事。「真正的詩意不在好詞好句之中，也不一定在真善美之中」，因為「詩意

---

〔註11〕王家新：《阿多諾與策蘭晚期詩歌：在上海開閉開詩歌書店的講座》，http://www.douban.com/event/11503976/discussion/21942609（2020年12月7日網閱）。

〔註12〕Martin Heidegger, *Poetry, Language, Thought* (New York: Harper Perennial Modern Classics, 2013), 209.

〔註13〕Suzanne K. Langer, *Philosophy in a New Key* (Harvard University Press, 1957), 68.

〔註14〕陳仲義：《現代詩：語言張力論》，長江文藝出版社2012年，87頁。

永遠是轉瞬即逝的，所以詩也只能轉瞬即逝，絕不能用一個套路和一個什麼格式把它限定住。所以詩意是不可解釋的，它只是偶然的，突然的出現，誰撞到，它就是誰的，誰抓住，它就顯現一下，它只能得到一種瞬間的籠罩，瞬間的閃現。」〔註15〕耐人尋味的是，王小妮以一個詩人的身份談詩意，卻把詩意定位於詩歌之外。然而從她那詩意的語言裏我們卻又能看出一種對於創作靈感的焦慮，以及面對普通而又神秘的生活的某些理想化的期盼。

關於詩意的敘述遠不止兩個版本。不管何種版本，想把詩意說清楚都不是件容易的事。也許說清楚了，詩意也就不是詩意了，因為它關係到詩歌的本質以及詩歌作為藝術的功用與價值，所以是和文化和文明本身一樣悠久的話題。從詩歌創作的角度，詩意來源於生活和經驗，包含在詩人對信息的個性化處理之中；從詩歌閱讀的角度，詩意蘊藏於詩語之間的張力，是對言語能指和所指關係的深度挖掘。如果說詩歌本身是一種高度「陌生化」的言說方式，那麼詩意就是不能言說而又必須言說的未知的新奇。一個近在咫尺卻又遠在天邊的未知的新奇，這就是詩意對我們永久的誘惑。

下文的故事是一個關於詩意的個人感悟，是偶然與懷舊的碰撞。2014年末日本影星高倉健離世。因為電影《追捕》，高倉健成了我少年時代的一個美好的回憶。他逝世的消息帶來了幾分惆悵，除了把《追捕》重看了一遍，還用心閱讀了一些關於高倉健的紀念文章，其中記述的一件小事完全顛覆了高倉健在我心中的「任俠」的銀幕形象。1997年，曾經在70年代和高倉健共享日本電影輝煌的製片人阪上順與導演降旗康男邀請他再次合作拍一部叫《鐵道員》藝術片。高倉健不想拍，但礙於多年的友情，還是去見了降旗康男。他問：「這會是個什麼樣的電影？」降旗康男答道：「就像被一場五月的雨打濕了身子。」後來高倉健在一篇題為《在旅途中》的隨筆裏回憶到：「那天從降旗家出來，我一面開車，一面回想著他的話，什麼叫被五月的雨淋濕？不清楚，東大（東映）出來的傢伙說話太難。不過從那時起，我已經一步跨進了《鐵道員》。」高倉健對阪上順和降旗康男的最後回答是：「雖然還不明白什麼是五月的雨，且一塊來淋一次吧。」〔註16〕一年後，《鐵道員》拍成了，據說成了高倉健的最愛，因為是他電影美學的集大成之作。「被五月的雨打濕身

〔註15〕 王小妮：《今天的詩意》，《當代作家評論》2008年第5期。
〔註16〕 葉千榮：《「不用農藥，就靠汗水」：我所認識的高倉健》，《南方周末》2014年11月27日。

子」是一句普通的言語，也是一行詩意盎然的詩句。它已成為我關於高倉健的不朽的記憶。

## 宋琳：感悟詩學

「奇境無以言說，／像太陽和雪的銷魂。」這是宋琳的兩行詩句。我非常喜歡，覺得是他寫得最好的詩行之一。這是詩，也是詩論，有意象有修辭也有哲理。寫詩是為了再現奇境，讀詩是為了體驗奇境。言說之難說的是語言、現實與指意之間的複雜關係，而把這個關係替換成「太陽和雪的銷魂」的明喻則是詩人獨特的詩意構造。這個比喻由具象引入抽象的思考，代表了我個人喜好的感悟詩學，對於何以為詩的問題既回答又遮蔽。

關於詩的本體性思考從詩歌體裁的誕生之日起就沒有停止過。《毛詩序》說：「詩者，志之所之也，在心為志，發言為詩。」從言到詩很好理解，說的是從言語到語言的過程。言語是自然的，語言是書寫，受制於後天累計的語法和邏輯。詩所以為「詩」是書寫的昇華和提煉。然而「志」的解釋卻比較複雜，從志向、懷抱到修身、治國，古今論者大多把它歸屬於理性的範疇，從而形成了中國詩論的「言志」與「緣情」派別之爭。言志或緣情，都是詩歌的功能之說。功能性的定義是人文社會科學的常見策略，無可厚非，但容易引起爭議，因為功能不是有限的概念。對於詩，人們總能發現它的新功能，在個人表意與社會言說之間有無限的選擇，從古典主義、浪漫主義到現代主義，從朦朧詩、口語詩到下半身寫作不一而足。

詩歌可以在形式上區別於其他體裁，如排列、字數與韻律，這在古典時代是詩歌的標誌。自由詩在現代的盛行證明這並不是詩歌的本質。對詩歌本質的追問最有影響的是俄國形式主義評論家什克洛夫斯基提出的所謂「語言陌生化」的形式主義詩學，即詩歌語言是與日常生活語言的有意偏離，包括大量運用修辭手段，如比喻、借代和擬人。然而，「陌生化的語言」不是詩歌的全部，它也並不是詩歌語言一成不變的永久屬性。首次出現的「陌生化的」詩句由於反覆閱讀而變得熟悉，從而造成「再說」的困難，這便是所謂經典給我們帶來的「影響的焦慮」。從社會語言學的角度來說，「陌生化的語言」一定是相對的，沒有統一的標準，因為一句話對於某一個群體是陌生的，對於另一個群體卻是親近的。「陌生化的語言」更像是閱讀的效果，來源於話語之間差異，而且因人而異。這是理解我想說的「感悟詩學」的出發點。

　　寫詩和讀詩都是在「陌生」和「熟悉」之間的腦力遊戲。詩人把自己的所見所聞、所思所慮轉換成「陌生的語言」，讀者由好奇心驅動進入這個陌生的世界，調動他所有的文化資本（語言、文學和經驗），嘗試著體會這個世界，認知這個世界，直至建立新的言語指意關係，這便是感悟。這時，讀者的感悟與詩人本意無關，因為詩與詩意都是閱讀的結果。

　　讓我回到文章開頭所引的宋琳的兩行詩，它們出自《紅螺寺遇雪》（2005）。詩的全文如下：

> 雪，無緣無故，
> 彷彿內部的暈眩，
> 彷彿夢的舞臺，
> 空曠延伸凌亂足跡。
> 在通往小天門的臺階上，
> 懷著又一年的悲辛，
> 香客們攀登。
>
> 無主芒鞋，
> 寂寞載雪，
> 擱淺在亂石旁。
>
> 哦，莽撞的人，
> 回望著來路，
> 正當山兩側的松林裏，
> 鄉人的野煙，
> 消融著初雪。
> 你秘密的許願之花，
> 也旋轉著，
> 飄落在佛像前。
>
> 奇境無以言說，
> 像太陽和雪的銷魂。
> 鐘聲一下復一下，撞響
> 千山的沈寂。

　　位於北京市郊的紅螺寺，我沒有去過，所以對於這座具有近兩千年歷史的古寺我所知甚少。但是我去過其他寺廟，這便於我進行橫向的聯想，激活

我的閱讀空間。所以，「紅螺寺」的題目馬上喚醒了我的個人記憶，引發了我進一步讀詩的興趣。這首詩的語言簡潔而又厚重，節律輕快而又和諧，馬上把人帶入由經典而建立的詩歌文本傳統和文化氛圍之中。登山、觀景、許願、拜佛，這些都是參觀山中寺廟的常見故事情節，是詩與讀者的思想橋樑。上述因素與讀者的已知世界相關相應，使閱讀成為可能。

但是好詩絕不僅僅是重複和印證讀者的已知世界，而是要擴展、甚至挑戰讀者的已知世界。所以，好詩一定具有相對的「陌生化的語言」，這裡「語言」不僅僅是奇異的詞語組合，而是詩歌從內容到形式的整體結構。正是由於熟知與陌生的碰撞，讀者才能體驗詩歌語言的魅力，把玩能指與所指之間的張力，由感知而到感悟。《紅螺寺遇雪》至少在兩個方面給我帶來了「陌生化」的體驗。第一是佛的意象。全詩不直接寫佛，卻充滿佛意，如開篇對雪的描寫，接著是虔誠的香客，路邊的芒鞋，還有祈願和佛鐘。在鄉村的野煙和浩蕩的松林之間，自然是佛，佛是自然。第二是香客與遊客的身份背離。遊客和香客在詩中沒有明確的區別，但我們感覺到他們的不同存在，因為詩人在字裏行間寫出了他們的不同心境。遊客來是為了欣賞景色，山水因寺廟而增色，然而他們對山野和寺廟糅合而成的自然有一種觀察者的距離，對她的理解徘徊於幽美與迷惑之間。香客為了化解「悲辛」而來祈願，但是他們的許願最終成為飛飄的雪花，這似乎暗示著失望和幻滅。這種可能的結果不是對香客心境的摹寫，而是詩中說話者（speaker）的直接評說。詩題中「遇雪」兩字宣布說話者的存在，因為「遇」意味著觀察的主體的存在，他顯然不是香客，可能是遊客，但又不同於其他遊客。他來遊山，也來看佛；他留意香客的舉止，也觀察其他遊客的表情。更重要的是，他在尋找詩，尋找詩意，最終找到了神秘縹緲的佛意，在佛意、自然和人之間感悟到了寫作的創造魅力。

雖然在一般情況下詩人並不能等同於詩中的說話者，但我無法想像宋琳不是《紅螺寺遇雪》的說話者，因為我熟知宋琳，也讀過他的很多詩歌作品，感受到同一說話者的存在。宋琳擅長抒情詩，不像寫敘事詩或戲劇詩的詩人去刻意營造一個異己的說話者。但說宋琳詩中的說話者完全等同於於他本人也不確切，因為從人的實體到詩歌的語言是一個再現與指意過程，也不能逃避意義延遲的規律，其間蘊藏著碩大的創造空間。好的詩人充分利用這個空間，每一首詩都在述說不同的自我，在差異中保持同質的我的意義。宋琳是高度自省的抒情詩人，對於他的抒情對象既親近又疏離，既歌詠又質疑，通

常還加入自嘲與反諷的成分，似乎在說話者之外還有一個冷靜的觀察者，如下面這首詩《伸向大海的棧橋》（2006）：

> 伸向大海的棧橋
>
> 漂浮不定。對於大海藍色的終極，
> 只不過延伸了一點兒。
>
> 像一個告別的手勢，
> 一方絲帕，或一個吻，
> 對於命定的距離
> 只不過延伸了一點兒。
> 眺望大海的人，
> 為了眺望而眺望，
> 棧橋在他記憶中的形式
> 與鳥翅或星光相似。
> 船在開，影子就會
> 在他眼前不停飄落。
>
> 並非棧橋可以在岸上自足，
> 只不過漂浮使意義延伸了一點兒。

「伸向大海的棧橋」是一個美麗的實物，也許是詩歌「自然的題材」。這個實物在宋琳的筆下通過一連串的比喻而成為意象。朱光潛說意象是所知覺的事物在心中所印的影子，龐德（Ezra Pound）說意象是在剎那間所表現出來的理性與感性的複合體。兩人對於意象的理解很相似，那就是意象的形成是實物轉化成符號、符號追逐意義的過程。所以閱讀意象也就是達到感悟。棧橋是什麼？是告別的手勢，是一方絲帕，是一個吻。這個排比讓棧橋定位於告別的語境之中。如果宋琳止筆於此，或再增添一些告別的細節，把這個熟悉的主題寫得傷感悲切，那也算得上一首不錯的詩歌。但這樣一首假想的詩雖然真切，卻流於媚俗。

實際上我們在欣賞宋琳對於棧橋美妙的排比想像之後並未讀到我們預想的詩句，原來詩人描寫的不是瞬時發生的告別，而是關於告別的回憶。「他」重返棧橋，觸景生情，回憶某次告別的一幕，回溯自己的心境。這種構思讓人想起徐志摩的名詩《再別康橋》，但宋琳對告別的書寫遠比徐志摩的更為精緻繁複，也更為含混多義。如果說《再別康橋》中華美的音樂語言傳達了確

定的青春回憶和時不我待的感傷之情，而在《伸向大海的棧橋》中告別沒有具體的對象，只有告別的儀式，而這個儀式的意義被託付於棧橋，同時棧橋又被再次詩化成「鳥翅」和「星光」。這兩個比喻對於詩歌愛好者來說並不陌生，但它們並不能給我們帶來某種確定的指意。在現實生活中，告別的意義其實也是豐富多樣的，從欣喜到傷感，從祝福到失落，不一而足。唯一可以確定的是，告別是生活中不可缺少的環節，它的意義和重逢密不可分，正如北島的詩句所言：「重逢／總是比告別少／只少一次。」很顯然，宋琳寫的告別有意抽空了告別的內容，而指向它的儀式和寓意。從「棧橋」到「鳥翅」和「星光」，通過這些符號之間的意義轉移，他把遭遇告別的感悟空間留給了讀者。

然而到此為止，我們對《伸向大海的棧橋》閱讀還沒有完成，因為我們必須考慮詩人在書寫告別的同時還有對這個儀式本身的質問，而這個質問把我們對告別的感悟帶入一個更高的層次。當我們讀到表演告別儀式的「他」是一個「眺望大海的人／為了眺望而眺望」時，我們在重複的詞語之間不能不領會到自嘲與反諷的修辭效果，彷彿這是另一個說話者對「他」的評說。這是宋琳詩中經常出現的多重說話者的又一個例證。這一詩節結尾處「影子」的比喻也是絕妙之筆。在「他」面前不斷飄落的影子代表往事如雲而又縹緲不定，它既是對記憶行為的肯定，也是對記憶內容的消解。換一句話說，告別是為了從記憶中尋找意義，而意義不在於記憶的細節裏，而在於表演記憶的行為之中。

如果我們聯繫《伸向大海的棧橋》開頭與結尾中對於棧橋和大海關係的描寫，我們會更清楚宋琳這首詩在告別主題之外對於詩的本質、詩的語言與詩的意義的哲學思考。棧橋連接大海與陸岸，它的「中間性」，它「漂浮」的存在讓宋琳著迷。在它能為人提供表演告別儀式的功能之外，宋琳更感興趣的是它「延伸」之大海，指向「大海藍色的終極」，所以它能入詩而成為詩的中心意象。然而，棧橋「只不過延伸了一點兒」，它永遠無法抵達「大海藍色的終極」。毫無疑問，這裡講的是語言與詩意的關係，代表了宋琳作為詩人／說話者關於詩歌的本質性思考，而思考的結果是詩人對於詩歌本質無法抑制的追逐和對這種追逐本身的懷疑。在這個意義上，《伸向大海的棧橋》具有「元詩」（metapoetry）的特徵，類似於馮至二十七首十四行詩最後一首以水瓶和風旗為意象而分辨形式與意義的寫法，兩者都是寫作感悟與閱讀感悟的

有機結合的傑作。

宋琳上大學時開始寫詩，80 年代以城市詩人成名，但這更像是好事的評論家的亂點鴛鴦譜，而不能準確地概括宋琳的詩歌創作。我對任何彰顯地域特徵的批評詞彙表示懷疑，因為詩人的想像不會受時空的限制。宋琳是個精神上的漂泊者，正如北島、顧城等許多中國當代詩人一樣。漂泊到哪裏，宋琳的詩就寫到哪裏，從上海到巴黎，從新加坡到布宜諾斯艾利斯，從山上佛寺到海邊棧橋。把實物昇華為意象，由意象而傳達感悟，宋琳總是在忠實地履行詩人的使命。

## 余秀華：詩意生活

2015 年，余秀華迎來了一個開門紅。短短幾個月之內，她的名字出現在報紙的頭版頭條，電視的黃金段節目以及互聯網的各個角落。陡然之間，她從一個農家婦人，成了中國最受人議論的詩人。之後的幾年，「余秀華熱」成了中國詩壇一道風景，引發了廣泛的公共注意力，使余秀華成為無冕的「桂冠詩人」。在異常熱烈的讚譽和批評聲中，余秀華連續出版了三本詩集，銷量近半百萬之巨，創下了詩歌類書籍的銷售記錄。詩歌作品的流行也激發人們對詩人的興趣，由於余秀華的獨特的身體形象和個人經歷，詩歌閱讀和詩人的故事一道成為余秀華熱的中心情節。余秀華本人積極地參與了關於她宣傳與推銷，在社交媒體活動頻繁，在攝相鏡頭面前也遊刃有餘，以本色表演而打動觀眾，對於突然而來的聲名應付自如。除了一系列的詩歌獎勵以外，她的詩歌被流行音樂家編為歌曲，一部以她為主角的紀錄片錄片已攝製發行，並在電影節獲獎。據報導，一部以她的生活故事為原型的故事片正在製作中。

然而，余秀華成名之前的生活卻相當平淡無奇，在中國農村的芸芸眾生中默默無聞。她出生於 1976 年，是一戶農家的獨生女。他們三口人依循祖先的足跡從貧瘠的土地謀取最基本的生活。與中國日益繁榮的城市中心相比，余秀華所生活的湖北省的村莊是中國偏遠農村的時間膠囊：廣袤的田野，隔絕的世界，不變的節奏。在那裡，現代性的唯一標誌是早期型號的手機和遲到的緩慢互聯網。對於像余秀華這樣的女孩來說，如果想要比父母生活得更好，一條典型的人生道路就是在基礎教育結束後到大城市去尋找機會，比如在聞名於世的中國製造廠商的流水線當工人，如為蘋果手機服務的加工巨頭富士康公司。然而，這條人生道路對余秀華來說卻是不可能的，因為她患有

先天性的腦癱，原因是母親生她時遭遇難產。

不難想像，在中國農村，一個殘疾少女的生活是如何艱難。余秀華成長的艱難不是如何面臨生活的選擇，而是處理基本需求和對父母的依賴。她幼年只能爬行，直到六歲時，她才學會用拐杖搖搖晃晃地走路。她有嚴重的語言障礙，這使求學和交流困難重重，迫使她在十年級時輟學。除了割青草、餵養兔子等簡單的農活外，她不能做其他的事情，因此在村民看來，她總是像個「閒人」。19歲時，父母為她安排了一場「倒插門」的婚姻。丈夫不是本地人，婚前沒有交往，婚後常年在大城市打工。他們之間沒有任何吸引力，更談不上愛情，余秀華只慶幸自己不用天天當面和他吵架。生活如此艱難，前景如此黯淡，她曾經考慮過嘗試以乞討謀生。在中國的大部分地方，殘疾對乞丐來說是一種天然的優勢，可余秀華不願意讓自己跪下，這是她所在地區常見的乞討方式，所以她最終放棄了這一想法。

在余秀華的村莊，人人都知道她是「不合格」的女兒、妻子和母親，這是她公開的生活一面。然而，她同時還過著另一面人所不知的隱秘生活——詩人的生活。這是她所選擇的生活，而不是給予的生活。詩歌是一個很容易的選擇，因為「它是所有文學作品中用詞最少的一種體裁，」余秀華說。如果書寫是一件很困難的事，那當然字寫得越少越方便。她的第一首詩寫於1998年，名為《印痕》，這首詩以「在泥水裏匍匐前進」這句話開頭。之後，詩歌像一條河流源源不斷地流淌。至2015年年初，她已經積累了兩千多首。這些詩句意味著流逝的時間，而流逝的時間即是生活本身。對余秀華來說，這更像是真切的生活，與她疲於應付的鄉村生活交相呼應而又背道而馳。這種生活體驗與態度，既入世又超然，可以說是完美地體現了馬丁·海德格爾所謂的「人在這個地球上詩意地棲居」的願景。

余秀華「詩意生活」的空間是互聯網。它首先是附近小鎮裏的一家網吧，後來延伸至她狹小臥室裏的一臺舊電腦（電腦是幾個詩人朋友捐贈的）。互聯網將余秀華與在線詩歌社區的陌生人聯繫起來，也使她的寫作更易於駕馭，也更有收穫感，儘管這仍然是一項艱苦的勞動。她在互聯網的隱退進一步將她與家人和村民隔離開來，他們現在比以往任何時候都更認為她是一個謎，一個不合時宜的人，這種情形即使在她寫詩的隱秘生活大白於天下以後也沒有改變。網絡文學是中國高速發展的網絡經濟的一個很好的路標，如果僅從作品數量、網頁訪問人次和某些超級明星網絡作家的收入數字來衡量，它已

經取得了驚人的成功。網絡文學以小說為主，儘管廣遭評論家詬病和學者的鄙視，是一個通俗文學的萬花筒，充滿了媚俗的娛樂、模仿秀的盛宴、時尚的烏托邦以及誘人的幻想敘事。然而，在其過剩的商業性之外，網絡文學也體現了創造文學和消費文學的完全民主化，以及對於寫作活動的實驗精神的充分認可，這在中國當今的文化語境中對於文學而言顯然是非常重要的現象，尤其是對於像余秀華這樣的弱勢群體而言。因此，余秀華能夠生活在網絡時代是一件幸運的事情，是互聯網幫助她把孤獨轉化為一種虛擬的存在，以此為原型，她把自己塑造成一位傾訴和聯通的詩性人物形象。在網上發表的每一首詩歌都是這個詩性人物形象的雕塑板塊，最終在 2014 年末一首叫做《穿過大半個中國去睡你》詩中完美成型。

「標題黨」中國網絡文化的流行現象，雖然批評之聲不絕於耳，卻屢見不鮮，因為離奇古怪的標題是爭奪網民越來越短的注意力的有效手段。我們猜想浸淫於網絡文化的余秀華深諳此道，「去睡你」直指性愛，用於詩歌標題讓人驚訝，也引人注目。詩的開篇如下：

> 其實，睡你和被你睡是差不多的
> 無非是兩具肉體碰撞的力
> 無非是這力催開的花朵
> 無非是這花朵虛擬出的春天
> 讓我們誤以為生命被重新打開！

詩中炎熱而又鮮明的愛的欲望撲面而來，直擊讀者的眼球，其非詩化的粗俗語言確實讓人耳目一新。這是有意的表演還是本色的直率？也許熟知余秀華的生活故事能幫助讀者做出合理的選擇。「睡你和被你睡」是一個鄉間俚語，與社會底層人物的性愛話語有關。它傳遞的信息更多的是「性」而非是「愛」，這本身挑戰了性愛話語的文化內涵與詩意傳統。我們注意到，余秀華並沒有提供性與愛的具體原因，也不在意兩者的聯繫與區別，而只是表達了「睡你」的純粹願望，同時又充分意識到實現這個願望的困難。如果說這首詩是一首情詩，而且確實被千百萬人當作情詩來讀，那它所表現的就是一種充滿叛逆、反諷和憤怒的愛情景象。

愛情被普遍理解為詩歌的首要題材，是人們接近詩歌、欣賞詩歌的最自然的方式與動力。在中國這樣一個詩歌傳統源遠流長的國度，來自經典詩歌作品的名句往往是表達愛慕和友誼的交流語言。然而，在經濟快速發展、城

市化進程加快、社會階層分化加劇的當代中國，愛情的體驗與表達面臨著新的挑戰。人們生活的距離越來越近，關係交往變得更頻繁，但是愛卻越來越難，也越來越珍貴。事實上，人們因為各種各樣的假象和幻覺，比如金錢和地位，而變得越來越疏遠。余秀華以詩人的身份寫愛情，並不稀奇，但她談愛情的方式卻很不尋常：粗獷的語言和誇張的嚎叫，赤裸的欲望和肆意的追求。這是一種愛的言說，但更確切地說，這是對於缺愛的言說，它所激發的語境召喚著言說者的出現，這對於閱讀余秀華的讀者有著特殊的意義。於是，當這首詩的作者在網上曝光、現身、炒作，也就是說，余秀華貧困、殘疾和情感飢餓的人生故事從細節碎片成為完整的故事，真誠、真實和共情的情感判斷使她走紅網絡。網絡閱讀是一種新的閱讀方式，不受傳統的批評規則和審美範式所約束，它是一種廣泛搜索和超級聯想的閱讀方式，在這種閱讀方式中，作者在虛擬世界和現實世界中的所有痕跡都成為讀者的文本，而讀者的瞬時評說被累加為後來讀者閱讀體驗的內容，以至於把羅蘭·巴爾特所謂的文本的符號性發揮到了極致。余秀華不是唯一走紅的中國網絡詩人，卻是第一個從網絡閱讀模式中獲益匪淺的詩人。

余秀華的多數詩歌都是愛情詩，即使她的描寫鄉村生活的詩作也充滿了對愛情的渴望，這讓她的評論家和讀者感到驚訝。某個電視主持人問余秀華為何對愛情題材如此感興趣時，余秀華回應說，「什麼沒有，我就寫什麼。」主持人於是祝福余秀華早日找到真愛（余秀華 2015 年結束了有名無實的婚姻），但余秀華的回答是「也許我的下輩子吧。」這發自內心的驚天之語把余秀華完整無缺地裸露在讀者面前：她直率而真誠，固執且愉悅，自信又自卑；她用詩歌的力量與命運抗爭，同時也承認自己命運的必然。

在一首題為《我愛你》的詩中，她寫道：

> 巴巴地活著，每天打水，煮飯，按時吃藥
>
> 陽光好的時候就把自己放進去，像放一塊陳皮
>
> 茶葉輪換著喝：菊花，茉莉，玫瑰，檸檬
>
> 這些美好的事物彷彿把我往春天的路上帶
>
> 所以我一次次按住內心的雪
>
> 它們過於潔白過於接近春天
>
> 在乾淨的院子裏讀你的詩歌。這人間情事
>
> 恍惚如突然飛過的麻雀兒

　　　　而光陰皎潔。我不適宜肝腸寸斷

　　這些詩行以自我介紹的口吻，向遠方的某人示愛。它們描繪了一種似乎平靜而沉穩的生活，且帶有幸福自足的情感因素，但騷動的渴望和自疑的希冀也隱約可見，凸現了一線永遠抹之不去的自我懷疑的陰影。這種自我感知的混合情感集中體現在詩的結尾之處「稗子」這個隱喻上：

　　　　如果給你寄一本書，我不會寄給你詩歌
　　　　我要給你一本關於植物，關於莊稼的
　　　　告訴你稻子和稗子的區別
　　　　告訴你一棵稗子提心弔膽的
　　　　春天

　　要理解「稗子」這個隱喻，需要熟悉中國的鄉村生活，這與余秀華的詩性人格建構密不可分。這是莊稼、泥土和汗水，是稗子和穀苗的共生共滅，是獨特個體與群體效應的張力生產了她靈活、新鮮的詩性語言。穀子是理想的範式，稗子是無用伴生物。余秀華對稗子的自我認同，流露出由於殘疾而被阻擋在正常生活之外的深刻疏離感。

　　如果說殘疾是世界看待余秀華的視覺，那麼殘疾也是她看待自己的棱鏡，有時是綜合性的，但更多的是批判性的，接近一種懺悔式的自我困擾，暴露出她的恐懼和希望，黑暗和信仰，痛苦和欲望。誰能對這些詩行無動於衷：「許多夜晚，我是這樣過來的：花朵撕碎／——我懷疑我的愛，每一次都讓人粉身碎骨／我懷疑我先天的缺陷：這摧毀的本性」（《唯獨我，不是》）。或者拒絕為這些詩句而動情：「遇見你以後，你不停地愛別人，一個接一個／我沒有資格吃醋，只能一次次逃亡／所以一直活著，是為了等你年暮／等人群散盡，等你的靈魂的火焰變成灰燼」（《給你》）。在這首《手（致父親）》的詩中，她憤怒地向父親提出挑戰，那是具有上帝之力的父權化身：

　　　　我要擋在你的前面，迎接死亡
　　　　我要報復你——鄉村的藝術家，
　　　　玩泥巴的高手
　　　　捏我時
　　　　捏了個跛足的人兒
　　　　哪怕後來你剃下肋骨做我的腿
　　　　我也無法正常行走

請你咬緊牙關，拔光我的頭髮，戴在你頭上

讓我的苦恨永久在你頭上飄

讓你直到七老八十也享受不到白頭髮的榮耀

然後用你樹根一樣的手，培我的墳

然後，請你遠遠地走開不要祭奠我

不要拔我墳頭新長的草

來生，不會再做你的女兒

哪怕做一條

余氏看家狗

　　這首詩歌讓我們接近了也許是余秀華生活中最黑暗的時刻，在那裡她經歷了幾乎是無法忍受的辛酸和痛苦，但是她的爆發裏不是自暴自棄的挫敗，而是不屈的抗爭，依然展現了寧靜的韌性和對生活的嚮往。

　　余秀華的走紅，與她的殘疾人和農民詩人的雙重身份息息相關。這是一個罕見的組合，由於詩人的獨特生活經歷與詩性人格經網絡閱讀而產生極為強大的傳播功效。余秀華的出現為中國詩歌注入一股清新氣息，衝擊了由知性和哲理詩歌統領的當代詩歌文化，其常見的複雜結構和花哨文字把普通讀者弄得筋疲力盡，使閱讀成了一種勞人心智的遊戲。相對而言，閱讀余秀華遠卻容易得多，因為她的意義總是存在於她毀容的身體和受傷的靈魂之中，與中國主流文化中的許多廣為宣傳的現實版本相抗衡。余秀華詩歌體現了一種壓抑的寫實主義，它傳達真實，驅散幻想。儘管她多少受到其他詩人的影響，比如她奇特的詞語和支離的意象就帶有 20 世紀 80 年代朦朧詩的韻味——《北島詩選》是她薄薄的書架上的存書之一，但給人留下深刻的印象是獨一無二的余秀華：感性的語言和樸實無華的表達；她的詩就是生活，寫作是為了記錄現有的生活，也是為了追求可能的生活。她曾說：「而詩歌是什麼呢？我不知道，也說不出來。不過是情緒在跳躍，或沉潛。」任何一個成名的詩人發出上述的「詩論」，讀者可能會嗤之以鼻。但這是余秀華的話，因為真實而被認可，成為余秀華「個人詩學」的寫照，並印在她的詩集的封底上。這就是余秀華，真實的生活被書寫成詩化的生活，寫詩成了生命書寫，情感表達與共情訴求為當代詩歌文化貢獻了一道特殊的景觀。

# 古典的回聲：現代詩的循環時空

詩意是不可解釋的。 ——王小妮

詩人，任何藝術的藝術家，誰也不能單獨具有他完全的意義。
他的重要性以及我們對他的鑒賞，就是鑒賞他和以往詩人以及藝術
家的關係。 ——T.S.艾略特

1917 年，胡適發表了著名的《文學改良芻議》一文，吹響了文學革命的
第一聲號角。中國白話詩歌——新詩也隨之誕生。胡適提出的「八事」的第
二條是「不摹仿古人」。這背後的核心觀念是文學的時代性，即文學必須響應
它誕生的時代。〔註1〕胡適認為，新文學（尤其是新詩）對時代的表現標誌著
它與古典詩歌的徹底背離。這個觀點鼓舞了早期的一批實驗白話寫作的作家，
也經常被後來的新詩詩人和評論家重申。比如《現代》文學月刊的主編施蟄
存，同時也是 20 世紀 30 年代推崇現代主義的主力之一，將「現代的詩」定
義為「現代人在現代生活中所感受到的現代情緒，用現代的詞藻排列成的現
代的詩形。」〔註2〕類似的這種對時代的焦慮驅使著大批現代詩人，在西方理
論和美學方法的影響下，共同建造起中國現代主義詩歌的高地。

新詩與舊體詩的對立一直以來都是中國現代文學史中一個常見的議題，
這個議題往往和政治、意識形態有關。但如果說，新詩的定義是與古典詩歌
傳統的徹底決裂，這樣的論斷則有些過於簡單化了。反對舊體詩是新詩運動

---

〔註1〕胡適：《文學改良芻議》，載《新青年》，第 2 卷，第 5 號，1911 年 1 月。
〔註2〕轉引自張桃洲《現代漢語的詩性空間》（北京，北京大學出版社，2005 年），
　　　第 120 頁。

的一個有力而有效的口號，但它不能代表新詩理論與實踐的全部。本章想要論證的是，古典傳統不僅存在，有時候甚至盛行於 20 世紀中國現代主義詩歌的實際創作中。傳統可能失去了它的光澤，但它以回聲的方式延續著自己的生命，並成為一種對於現代經驗和白話詩歌而言不可或缺的美學存在。〔註3〕

如果我們將「古典傳統」解釋為關於詩歌寫作和閱讀的過去的經驗，那麼古典傳統不僅從未在中國現代詩歌中消失，反而在後者對其體裁合法性的探索中，作為一種規範性和穩定性的力量存在。這種古典的影響在很多中國現代主義詩潮的核心批評概念中都有體現，比如「意象」「契合」「晦澀」「音畫」和「詩意」。這些概念都有從法國象徵主義到英國現代主義的西方根源，然而，這些創造性的譯介卻蘊含著一種古典詩學的維度。〔註4〕縱觀中國現代詩歌史，類似古典意味與現代闡釋的交合遠比歷來批評家願意承認的要普遍得多，尤其是當新詩的形式問題面臨質詢和爭議的時刻。

對於上文提及了五個在新詩運動中具有革新性的審美概念，我們將從最後一個概念——「詩意」開始講起。「詩意」是確認一首詩是否成詩的標準，是定義詩歌的文學形式的合法性的標準，它將詩歌定義為一個表現獨特、具體的審美經驗的文學體裁。可以說，每一首詩歌都在力求表現「詩意」。對「詩意」的追問可大可小。我們可以對一句或許不能稱之為詩的修辭化表達作「詩意」的追問，也可以將這種追問放大成詩學中最基本的問題，比如，詩歌是什麼？它的意義在哪裏？在中國現代詩歌的背景下，這種追問顯得格外迫切，因為對於新詩而言，詩歌的定義第一次變得如此多變和不確定。每一首詩都在以實驗的姿態證明自身存在的理由，在現有白話語言可觸及的範圍

---

〔註 3〕也許有必要說明的是，英語範圍內有許多研究現代中國舊體詩寫作的著作，包括 Jon Eugene Von Kowallis 的突破性的魯迅詩歌研究（*The Lyrical Lu Xun: A Study of His Classical-Style Verse*, 1996），吳盛青對 20 世紀初期中國舊體詩寫作的主題研究（*Modern Archaics: Continuity and Innovation in the Chinese Lyric Tradition 1900～1937*, 2013），以及其他針對某一詩人（包括毛澤東在內）的作品的解讀與翻譯。儘管上述的這些研究與本文的論述方向有一些整體性的聯繫，但在對舊體詩的態度上卻存在實質性的不同。這些研究的立足點是舊體詩即古典傳統，現代舊體詩的創作代表了古典傳統的回歸，而筆者卻認為「古典回聲」恰恰是因為現代詩人對舊體詩形式的集體性的刻意離棄而持續存在，並不是因為現代仍然有人創作舊體詩。

〔註 4〕張新：《二十世紀中國新詩史》，上海，復旦大學出版社，2009 年，第 102 至 129 頁。

之外做一種未知的探索。新詩詩人似乎也因此表現出了一種無法擺脫的對於「詩意」的集體性焦慮，彷彿不經意間，「詩意」就會從他們的指縫中溜走。對於這種焦慮的表達，我將引用當代詩人王小妮的例子來具體說明。這並不是因為王小妮最為突出地表達出了這種焦慮，而是因為她呈現「詩意」這一問題的方式與我後文的論述存在一定的聯繫。

王小妮的一篇文章以「今天的詩意」為題。這個標題一方面暗示了她的文章對於「什麼是詩歌」這一問題所做的嘗試性探索，另一方面也強調了這種探索的當代中國背景。一開始，王小妮就提出了「什麼是詩歌」的問題，這是中國現代詩歌史中最棘手、最複雜的問題之一，深受我們的歷史意識，以及文化無意識的影響。之後，她用很長的篇幅探究了「詩意」在中國古典詩歌中的體現。在分享了她對於古典詩歌的深入理解和個人經歷之後，王小妮將「詩意」在古典詩歌中的體現總結為兩個方面：1.「山河」的意象母題；2.傳統詩歌形式──或者她所說的更為寬泛的「模式性」。〔註5〕這兩個方面，在王小妮看來，與「詩意」有著千絲萬縷的關聯。然而，她認為，作為現代人，我們基本不再會有一種暢遊於河山的閒情雅致，而且新詩也早就和古典詩體劃清了界限。她由此暗示了──或者說有力地說明了，基於這兩個方面的缺席，當代詩歌的「詩意」問題將無法找到答案。然而，既然詩歌在當代沒有絕跡，人們也沒有停止對詩歌的寫作和閱讀，我們還是有理由相信，「詩意」是存在的──儘管它的蹤跡顯得有些難以捕捉。所以，與其承認失敗，王小妮反而以一種詩人特有的姿態宣布：「詩意是不可解釋的，它只是偶然的，突然的出現，誰撞到，它就是誰的，誰抓住，它就顯現一下，它只能得到一種瞬間的籠罩，瞬間的閃現。」〔註6〕

在有意或是無意之間，王小妮涉及了現代詩歌詩性問題的關鍵。她探究的問題已經超出了有關形與意的糾葛，而是直接觸及了「究竟什麼是詩歌」這一基本的問題。我們往往覺得，這個問題的答案很簡單，但細想下去，這些回答好像又都經不住拷問。當然，王小妮沒有表現得像她知道答案一樣，正相反，她似乎為我們這個時代裏詩意的缺失而深感憂慮。作為一個詩人，她依靠內在感受表達看法。從理性出發，她同很多當代新詩詩人和詩歌批評

---

〔註5〕王小妮：《今天的詩意》，林建法編《文學批評：二十一世紀中國文學大系2008》，瀋陽，春風文藝出版社，2009年，第378至385頁。
〔註6〕王小妮：《今天的詩意》，第384頁。

家一樣，深知回歸古典詩歌傳統將不再可能。然而，她依然感受到，在現代詩歌陷入的讓人憂心的處境中，有一種源自古典詩歌的持續的呼喚。當代詩歌究竟是走進了一個更「純粹」的詩性空間，還是陷入了一段持久的危機，這個問題還有待討論。〔註7〕但是，無法忽視的是，我們確實感受到了「詩意」在古典詩歌中的豐盛，以及它在現代詩歌中的來之不易。也許，這是一種擾人的懷鄉情緒，或者說，一種想急於擺脫懷鄉目的的情緒表現。

在現代中國詩歌史中，王小妮不是第一個表現出這種懷鄉情緒的詩人。20世紀初新詩的艱難誕生，即新詩與古典詩歌的公然決裂，與這種懷鄉情緒有脫離不開的關係。這個過程和拉康精神分析理論中嬰兒自我身份的確立十分相像：嬰兒對自我的感知基於在父母注視下的自主活動，同時也時刻伴隨著對母親的子宮的無限眷戀。如何在一種還未被詩化的語言中進行詩歌創作？如何在古典詩歌豐富的詩意表達之外開拓一種新的詩意？古典傳統似乎每每浮現在新詩陷入認同危機的關鍵時刻，並且揮之不去。

新詩幾乎在剛剛誕生的時候，就陷入了一種認同危機之中。胡適對詩歌語言口語化，形式自由化的呼籲為白話詩歌的最初的湧現創造了動勢。但是呼籲畢竟不是創作本身。對發起一項運動來說，激進主義可能是必要的，但對持續發展一項運動來說，激進主義則顯得有些難以為繼了。周作人以一種五四時期特有的勇於探索的精神回應那些對他的詩歌的評論：「有人問我這詩是什麼體，連自己也回答不出……或者算不得詩，也未可知；但是這是沒有什麼關係。」〔註8〕當這種對傳統和過去一筆勾銷的態度在早期新詩的支持者中盛行時，反對的阻力自然隨之而來。比如聯繫鬆散的中國早期象徵派詩人群體，包括李金髮、馮乃超、王獨清和穆木天等詩人，便率先向胡適的白話詩學發起攻擊。他們常常在詩歌中大量運用新奇、隱晦的象徵，藉此喚起感官與感覺上的心理反應。李金髮甚至將法語的短語和文言式的表達強行並置在他的詩歌中，製造出一種既貼近感官又極其晦澀的陌生化效果。例如李金髮的這首《十四行詩》：

---

〔註7〕在這裡，我不得不指出存在於新詩／白話詩歌史上的另一種「回聲」，一種在新詩體裁聲勢浩大的擁護聲中持續迴蕩著的否定的聲音。這種聲音往往在私人談話的空間中迴響（比如1936年魯迅回答美國記者埃德加·斯諾時，那段著名的否定新詩的評論），或者是私下聽聞的傳言中（比如21世紀上海地鐵站張貼的清一色古典詩歌的宣傳海報）。

〔註8〕周作人：《〈小河〉小引》，載《新青年》，第6卷，第2號，1919年2月。

海浪直沖到山腳，

卻把平地銷鎔下去，

我將閉目聽這畢生之攻打，

飽受點惰性之諧和。

我們眼兒死了，但心仍清新，

蕩漾在 desir divin 裏；

聊想到更遠之遠處去！

地獄之火正燃燒頸項。

合著掌兒，跪了膝兒，

我們欲祈禱什沒？

月兒長跳蕩在波心，

海神唱了，海神獨唱，

如同你，初期，月下的哀吟：

渴望痛飲生命之泉。〔註9〕

　　文言詞語與生硬句法之外，這首詩的確通過「地獄之火」「生命之泉」「波心的月影」等意象，描繪出了一個在浪濤洶湧的海岸邊飽受追尋和渴望折磨的抒情主角的形象。然而追尋的具體內容，則始終隱晦不清。這也許是李金髮想要刻意營造的審美效果，與中國象徵派詩人總體的美學追求遙相呼應。

　　雖然中國早期象徵派詩人的作品一時引起了很大的反響，但是對中國現代主義詩學影響更深的則是兩位象徵派詩人的系統性詩論。穆木天與王獨清分別在 1926 年 3 月 16 號的《創造月刊》的創刊號上發表了一封長信。兩封信中首次使用了「純詩」這一概念，一場「純詩學運動」隨之展開。這場運動不僅僅影響了後來直到 40 年代的詩歌討論，它的影響甚至出現在 80 年代圍繞朦朧詩的爭論中。穆木天首先在他的信中對胡適發難，稱他為「最大的罪人」，指責他應當對當時「prose in verse」（散文化的詩）的泛濫負起最大的責任。這一類詩歌，穆木天認為，應該被「poesie pure」（純詩）取代。〔註10〕

---

〔註 9〕李金髮：《十四行詩（其二）》，許霆、魯德俊編《中國十四行體詩選》，北京，人民文學出版社，1996 年，第 68 頁。

〔註 10〕穆木天：《談詩》，《穆木天文學評論選集》，北京，北京師範大學出版社，2000年，第 140 頁。

穆木天認為，「純詩」的關鍵在於去營造一個「詩的世界」。詩的世界既來源於平常生活，也超出平常生活；它在「潛在意識的世界」進行探索，尋找與暗示人的各種「內生命的深秘」。〔註11〕王獨清對「純詩」的闡釋則主要體現在形式方面。他對形式的討論主要基於用詞上的表現力以及詩行的格律化方面。在用詞的表現方面，王獨清開創性地提出了他的「音畫」理論，也就是說，詩歌語言通過突出聽覺和視覺層面來表現情感。為了更詳細地闡釋他的「音畫」理論，王獨清特意提及了如下這首詩：

　　　在這水綠色的燈下，我癡看著她，

　　　我癡看著她淡黃的頭髮，

　　　她深藍的眼睛，她蒼白的面頰，

　　　啊，這迷人的水綠色的燈下！〔註12〕

這樣的詩行描繪一種「色的聽覺」，構建出一種「音畫」的體驗，引導讀者通過「感覺的交錯」感受一種詩意的世界。〔註13〕在分行的運用方面，值得注意的是，王獨清並不是強調詩歌形式的齊整，更不是想要規範詩歌每行和每段的格律，他所說的是一種「形式的完整」的感覺，這種整體感對於不同的詩和語境而言有不同的體現。〔註14〕

表面上，如果我們簡單地翻閱穆木天和王獨清的頗具「翻譯體」風格的詩論，看到引用的大量英文和法語詞彙，可能很容易認為他們的理論是對西方理論的直接引進。然而，我們不難發現古典詩學傳統對他們的影響。雖然穆木天和王獨清表達了他們對早期白話詩歌的不滿，他們卻經常提及、引用古典詩人和文人。他們攻擊胡適提倡的白話詩學是因為認為很多新詩「非詩」，認為它們在內容上直白淺陋，形式上粗糙渙散。相反，他們提倡的「純詩」強調含蓄、暗示的表達手法，強調有一定規律感的形式，而這些都有我們熟悉的古典詩歌的影子。

新月派詩人進一步加深了新詩和傳統的聯繫。在新月派，又名「新格律詩派」當中，聞一多是最有影響力的詩人之一。聞一多在 1926 年 5 月發表的《詩的格律》一文，在新詩史中落下了重要的一筆。他將格律重新寫進中國

---

〔註11〕穆木天：《談詩》

〔註12〕王獨清：《玫瑰花》，《聖母像前》，北京，中國文聯出版公司，1999 年，第 33 頁。

〔註13〕王獨清：《再譚詩——寄給木天、伯奇》，載《創造月刊》，第 1 卷，第 1 期，1926 年 3 月。

〔註14〕王獨清：《再譚詩——寄給木天、伯奇》，載《創造月刊》，第 109 頁。

現代主義詩潮的話語中。他的「三美」的主張——即詩歌應有「音節」上的「音樂美」、「詞藻」上的「繪畫美」以及詩行和詩節上的「建築美」——成為之後中國詩人和學者對詩形討論的重要參考依據。聞一多很詳細地闡釋了他的「三美」主張：「音樂美」是詩歌的生命，通過節奏和節拍表現出來。此外，為了突破漢語中一字一音的侷限，他特意提出了「音尺」的概念。「繪畫美」要求詩歌的措辭突出包括顏色等具體、形象的視覺感受，營造像古典詩歌「詩中有畫」的效果。最後，聞一多認為，基於漢字的「象形」特徵，「建築美」延伸了新詩作為一種空間的藝術的可能。〔註15〕

　　聞一多在他的文章裏對西方文藝傳統的熟練引證可能會讓當代的讀者由衷地感到歎服。比如，他引用王爾德的觀點來強調藝術不能和生活／自然混為一談，以此來反駁和挪揄早期新詩詩人過度擁護自然主義和浪漫主義的傾向。在論證格律不僅不減損情感，反而促進情感表達的時候，聞一多引證了莎士比亞的例子。他指出，莎士比亞往往在戲劇衝突最緊張的關頭，使用帶有韻律的語言。另外，他對於英語詞彙的直接使用，例如，反覆出現的「form」（形式），可能也給人一種印象，讓人認為他的新詩主張來源於他對西方理念的引進。雖然西方詩歌對聞一多的啟發是毫無爭議的，尤其是在他的詩歌創作方面，但是如果仔細審視的話，聞一多只是用西方的文藝理念來證明新詩格律化的合法性，而不是它的具體內容。不用說聞一多同樣頻繁地指涉了中國古典傳統，他在解釋「三美」主張時使用的語言也有很濃厚的傳統詩學的影射。也許有人甚至會說，詩歌格律化本身就是對中國漫長的格律詩傳統的致敬。聞一多的確不止一次明確地表達過他對古典詩歌的讚歎。他說：「他（律詩）是中國詩的藝術的最高水漲標。他是純粹的中國藝術的代表。因為首首律詩裏有個中國式的人格在。」〔註16〕當然，這不是說聞一多在呼籲一種對律詩的回歸。相反，他把現代格律詩和古典律詩做了詳盡的區分：「（傳統）律詩永遠只有一個格式，但是新詩的格式是層出不窮的……律詩的格律與內容不發生關係，新詩的格式是根據內容的精神製造成的。律詩的格式是別人替我們定的，新詩的格式可以由我們自己的意匠來隨時構造。」〔註17〕

---

〔註15〕聞一多：《聞一多論新詩》，武漢，武漢大學出版社，1985年，第82至85頁。
〔註16〕聞一多：《聞一多全集》，第10卷，武漢，湖北人民出版社，1993年，第159頁。
〔註17〕聞一多：《聞一多全集》，第10卷，第85頁。

這相當是說，新詩需要格律，但是這格律由詩人自己制定。

聞一多不僅是一個有原創觀點的文學批評家，也是一個讓人欽佩的詩人。他的詩歌創作向我們證明了：他的格律理論中那些看似矛盾的地方，也並非像乍一看的那樣難以駕馭。他的「死水」是一首廣為認可的現代格律詩的傑作：

> 這是一溝絕望的死水，
> 清風吹不起半點漪淪。
> 不如多仍些破銅爛鐵，
> 爽性潑你的剩菜殘羹。
>
> 也許銅的要綠成翡翠，
> 鐵罐上繡出幾瓣桃花；
> 再讓油膩織一層羅綺，
> 黴菌給他蒸出些雲霞。
>
> 讓死水酵出一溝綠酒，
> 飄滿了珍珠似的白沫；
> 小珠笑一聲變成大珠，
> 又被偷酒的花蚊咬破。
>
> 那麼一溝絕望的死水，
> 也就誇得上幾分鮮明。
> 如果青蛙耐不住寂寞，
> 又算死水叫出了歌聲。
>
> 這是一溝絕望的死水，
> 這裡斷不是美的所在，
> 不如讓給醜惡來開墾，
> 看他造出個什麼世界。〔註18〕

這首詩在結構上的均齊歷來被評論家們所稱道。聞一多在詩中充分展示了他在《詩的格律》裏提及的詩歌格律化的主張，包括：音尺（每行有四個音尺）；變化的韻腳；有色彩的、具體的意象；整齊的詩行（每行九個字）；段與

---

〔註18〕聞一多：「死水，」收入詩集《死水》，北京，中國文聯出版公司，1999 年，第 18 頁。

段之間形式的相同。這是一首連聞一多本人也不免偶而稱讚的傑作。〔註 19〕
然而，較少被提及的是，聞一多在這首詩中是如何運用一種獨特的想像力，
將一個平常的事物轉化成「死水」這樣的詩歌意象的。「死水」的主題也許受
到了法國象徵派的影響；法國象徵派詩人經常在詩歌中對象徵進行昇華的處
理。具體而言，「死水」可能受到了波德萊爾那種將墮落作為藝術快感的觀念
的啟發。不過，「死水」這一中心意象的構建無疑也受到了中國古典意象詩論
的影響。聞一多將他學術生涯的很大一部分時間都投入在了對古典意象詩論
的研究上。以一種常見的東、西方比較的視角，聞一多評論道：「《易》中的象
與《詩》中的興……本是一回事，所以後世批評家也稱《詩》中的興為『興
象』。西洋人所謂意象、象徵，都是同類的東西，而用中國術語說來，實在都
是隱。」〔註 20〕恰恰是「死水」這一意象的豐富的暗示性使得這首詩成為一
首「中國意象主義」的作品。「死水」的意象不僅僅指射它自身，不僅僅描繪
一場對於「墮落」本身的自我麻醉式的探險，它還有另外一層影射；作為一
首諷刺作品，它表達出對於凝滯的中國社會文化的絕望。除此之外，值得指
出的是，這首詩中展現了一個介入性的主體，但是卻又沒有一個明確的敘述
者。這可以體現出現代的詩情既受傳統格律意識的激發，又受它的約束。

　　毫無疑問，古典詩歌是在格律中發展、繁榮起來的，而新詩在自由中誕
生。在格律中尋求自由是中國現代主義詩歌中一個核心的悖論，而「詩意」
的蹤跡或許可以在這個悖論之上被重新捕獲和闡述。自聞一多開始，中國現
代詩人進行的爭論不斷地圍繞這個悖論展開，其中最能表現出這種爭論的複
雜之處的莫過於中國的十四行詩體。

　　比起另一種引進詩體——小詩在 20 世紀 20 年代的曇花一現，十四行詩
體的引進史則顯得更複雜與漫長。實驗十四行詩體的中國詩人一直不算多，
因此十四行詩體在新詩中也一直處於邊緣的地位。這種由十四行組成的抒情
小曲直接被翻譯為「十四行詩」。〔註 21〕對於中國新詩詩人而言，它是一種典
雅的西方詩體，並且與很多偉大的西方詩人掛鉤，比如莎士比亞、勃朗寧夫
人，或者是奧登和里爾克。因此，十四行詩體這一西方傳統的文學體裁自然

---

〔註 19〕見聞一多：《詩的格律》，第 85 頁。聞一多曾在文中提及，這首詩是他「第一
　　　　次在音節上的最滿意的試驗」。
〔註 20〕聞一多：《古詩神韻》，北京，中國青年出版社，2008 年，第 48 頁。
〔註 21〕聞一多在 1920 年將 sonnet 音譯成頗具古典韻味的「商籟體」，但是很快就被
　　　　「十四行詩」的翻譯所取代。

而然地成為了新詩的實驗對象之一。類似這種向西方看齊的觀念，在早期白話詩歌運動中相當普遍。但是歸根結底，十四行詩的吸引力還是來源於它的格律。它對格律的要求和中國古典詩歌對格律的要求是相近的。正如我們已經討論過的，對傳統格律的追溯總是存在於對自由詩體盛行的反撥中。梁實秋有力了說明了十四行詩的優點：「十四行詩因結構嚴謹，故特宜於抒情，使深濃之情感注入一完整之範疇而成為一藝術品」，並且總結道：「中國詩裏，律詩最像十四行體。」〔註22〕

十四行詩體與傳統格律詩體的「親近感」也許是十四行詩在中國流行的理由，它的流行也反映出那些「發現」這種詩體的詩人和批評家的審美傾向。正因如此，聞一多也順理成章地成了推動十四行詩的先驅者之一。1921 年，聞一多翻譯了亞歷山大・蒲柏的《獻給姑姑哈迪》，並且首先對十四行詩體的優點進行了評價。〔註23〕一開始，聞一多並不確定十四行詩體在中國是否能被接受。他擔心大多數新詩詩人可能會對使用這種陌生的詩體感到懷疑，甚至感到強烈的排斥。〔註24〕所以聞一多幾乎是用一種小心翼翼的態度在進行他的詩歌實驗。他在一年後發表了自己的第一首十四行詩，隨後把它「隱匿」在他 1923 年出版的流傳甚廣的詩集──《紅燭》中。五年後，當他出版自己的第二本詩集《死水》時，又增加了近二十首十四行詩。總體來說，聞一多的十四行詩嚴格地遵循了莎士比亞詩體的節奏和韻律，以及詩節之間的連接方式。聞一多也被認為是首先將十四行詩的詩節間的連接解釋為傳統詩論中的「起承轉合」的人。他因此更加拉近了十四行詩和中國古典詩歌的關係，更加強調出十四行詩體給人的「親近感」。

相左於聞一多的觀點，李金髮的十四行詩寫作有意弱化了這種詩體的形式束縛。李金髮作為中國最多產的十四行詩的創作者之一，幾乎是「天然」地在運用這種詩體，毫不在意他的讀者怎麼看待這種體裁。在巴黎生活和創作的李金髮，比起同時代的中國的新詩詩人，總體上對詩歌形式的在意程度並不那麼高。除了一首之外，他的十四行詩基本無韻，大體上使用參差不齊的詩行，或者跨行的詩句，也不見詩節之間「起承轉合」的痕跡，上文引述

〔註22〕梁實秋：《偏見集》，南京，正中書局，1934 年，第 269 至 270 頁。
〔註23〕之間發表的某些詩歌在形式上與十四行詩體十分相近，比如，鄭伯奇的《贈臺灣的朋友》，於 1920 年 8 月發表於《少年中國》第 2 卷，第 2 期。但是，這些並未言明的十四行詩，在當時並沒有引起對這一體裁本身的注意。
〔註24〕聞一多：《聞一多論新詩》，第 6 頁。

的那首十四行詩便可見一斑。這種對十四行詩的運用——儘管可能讓一些西方傳統的推崇者感到不悅——卻給之後若干年內十四行詩的實驗寫作打開了思路。

然而，成果豐碩的十四行詩的實驗作品依然體現了約束的格律，這也是為什麼十四行詩吸引了很多對現代格律詩體感興趣的詩人的原因。所以，在20世紀20年代後期和30年代初期，很多著名的十四行詩詩人，比如孫大雨、梁宗岱、饒孟侃、陳夢家、邵洵美，都與聞一多有較密切的聯繫，並且都以《新月》和《詩刊》等強調格律的刊物為主要陣地。十四行詩寫作的目標，正如朱自清解釋的一樣，「是摹仿，同時是創造，到了頭（十四行詩）都會變成我們自己的」。〔註25〕但是，十四行詩體在剛剛誕生的新詩中的運用恰恰是爭議的焦點所在。白話詩歌剛剛脫胎於古典傳統的束縛，為什麼隨後便要重新引進一種新的約束呢？胡適曾戲謔十四行詩體為「外國的裹腳布」。〔註26〕左翼作家因為反對任何不以推動社會效益為目的的寫作，對十四行詩體的攻擊更為強烈。對於十四行詩體，瞿秋白寫道：「什麼自由詩，什麼十四行詩的歐化格律，……這些西洋布丁和文人的遊戲，中國的大眾不需要。」〔註27〕儘管十四行詩體備受強烈的指責，很多新詩詩人卻意外地對它展現出了經久不衰的興趣。馮至與十四行詩的關係或許可以給我們提供一個清晰的答案。

談及十四行詩，我們不能不提及馮至的名字。20世紀40年代初，馮至創作的二十七首十四行詩被廣為讚譽為該體裁中的經典之作。〔註28〕在涉足這種體裁之前，馮至已經是一位較有名氣的年輕詩人。他的兩本口碑甚佳的詩集——《昨日之歌》（1927）和《北遊及其他》（1929）——以流浪的、神秘的、形而上的復活聲音和一種浪漫的情懷描述了挫敗、孤獨、愛與死亡等母題。這些詩作中，不難看出詩人對於作為形式要素的韻律的關注，他對修辭性表達的考量，以及他在語言的精微之處和意象的生動性上所做的審慎的處理。1930年12月，馮至赴德國留學。此後，他潛心研讀哲學和藝術史，偶而閱讀歌德和里爾克的作品，這時候，詩歌創作似乎被他遺忘在了學術世界以

---

〔註25〕朱自清：《新詩雜話》，香港，太平書局，1963年，第98頁。

〔註26〕胡適：《胡適文集》，北京，作家出版社，1991年，第287頁。

〔註27〕瞿秋白：《瞿秋白選集》，北京，人民文學出版社，1959年，第58頁。

〔註28〕這些十四行詩最初在1942年以一本名為《十四行集》的詩集在桂林出版，隨後因為大受歡迎，於1949年在上海再版。這本詩集也是第一本以「十四行詩」命名的作品。

外的一個角落。不過，當他 1935 年回國以後，這點似乎又有了轉變。他起先任教於上海的同濟大學，隨後又任教於為躲避侵華日軍而在昆明臨時成立的西南聯大。

在一個最沒有「詩意」的戰爭年代，馮至重新感受到了一種詩意的呼喚。他詳細地回憶了自己創作十四行詩時的情景：

> 1941 年我住在昆明附近的一座山裏，每星期要進城兩次，十五里的路程，走去走回，是很好的散步。一人在山徑上、田埂間，總不免要看，要想，看的好像比往日看得格外多，想的也比往日想得格外豐富。那時，我早已不慣於寫詩了，——從 1930 到 1940 年十年內我寫的詩總計也不過十來首，——但是有一次，在一個冬天的下午，望著幾架銀色的飛機在藍得像結晶體一般的天空裏飛翔，想到古人的鵬鳥夢，我就隨著腳步的節奏，信口說出一首有韻的詩，回家寫在紙上，正巧是一首變體的十四行。〔註29〕

馮至想向讀者傳達的是他對十四行詩體的運用完全是偶然的。在此之前，他沒有使用過這種陌生的詩體。這種體裁只是偶然中成為了他的某一刻經驗的外在體現。馮至在序言裏也贊同了李廣田對《十四行集》的評論，認為十四行詩展現出的是由穿插的韻腳伴隨著的多層次的結構。馮至總結道：「（十四行詩體）只是把我的思想接過來，給一個適當的安排。」〔註30〕馮至在他的一首十四行詩裏，特地表達了他對思想和形式兩者之間關係的思考：

> 從一片泛濫無形的水裏，
>
> 取水人取來橢圓的一瓶，
>
> 這點水就得到一個定形；
>
> 看，在秋風裏飄揚的風旗，
>
> 它把住些把不住的事體，
>
> 讓遠方的光、遠方的黑夜
>
> 和些遠方的草木的榮謝，
>
> 還有個奔向遠方的心意，
>
> 都保留一些在這面旗上。
>
> 我們空空聽過一夜風聲，

---

〔註29〕馮至：「序言」，《十四行集》，香港：文心書店，1971 年。
〔註30〕馮至：「序言」，《十四行集》。

空看了一天的草黃葉紅，

向何處安排我們的思想？

但願這些詩像一面風旗

把住一些把不住的事體。〔註31〕

這首詩（第 27 首）作為馮至詩集中的最後一首應當不是巧合。詩中很多仔細選擇的意象，如水、風、風旗等等，可以讓讀者瞬間進入到敘述者的意識活動之中。正如風旗總是指向自身之外，隨著風向舞動一樣，人的意識並不指向自身，而是時刻面向這個無限的、未知的世界，並且需要另一種「容器」去把握和表達這種無休止的意識活動。面對著古典詩人曾面對過的「山河」，馮至詩中的敘述者在無形之中與自然進行了一次對話。詩中用了很多無生命的意象來影射對話發生的背景。而詩中敘述者對於「自我」與世界、語言與思想、永恆與瞬間等等關係的思索，都發生在這樣的背景之內。「自我」的渺小在這首詩中的展現不禁讓人感到一種熟悉的古典詩歌的意味。但這首詩無疑是「現代的」，或者如很多批評者所說，可以被認為是「後現代」的。〔註32〕是什麼造就了這首詩的「現代」感？是因為語言、思想和自我的話題造就了一種現代的審美？是因為詩中對於本體定義的不確定感體現了一種可以輕易辨認的現代意識？或是因為詩中對「自我」的渺小的展現不僅沒有縮小人的意識範圍，反而擴大了人對於世界的認識？換言之，這首詩對「天人合一」的感覺的描述並沒有將人的意識消融在一種想像的、理想化的自然世界中，而是聚焦於人的主觀意識本身，描述人在認識、把握現實世界時存在的侷限和所做的嘗試。

除了探索意識的「定形」之外，馮至同時也充分展現出了十四行詩體的潛能。這二十七首十四行詩天衣無縫地整合了他對諸多主題的探索與思考。從那些被歷史銘記的靈魂到村落中無名的孩童和村婦，從神話和虛構的事物到附近山坡上的草木昆蟲，從個人記憶的瞬間到人類共有的生命體驗，可以說，馮至讓自己的思想自由地馳騁在這一體裁中。不過，儘管馮至對這一體裁的化用已十分自如，仔細地考量他的最後一首十四行詩，也可以發現他在其中流露出的一種對這種體裁的矛盾的態度。詩中「定形」與「無形」、「把

---

〔註31〕馮至：「序言」，《十四行集》，第 55 到 56 頁。

〔註32〕如 Michelle Yeh（奚密），見 Michelle Yeh, *Modern Chinese Poetry: Theory and Practice since 1917* (New Haven: Yale University Press, 1991), 90～2.

住」和「把不住」、「有限」和「無限」的交錯使用突顯出一種對於「定形」的不確定和模棱兩可的感受。也許，最矛盾的地方莫過於，這首詩用了一種很容易指認的形式寫出，但卻表達了形式（包括十四行詩體）在把握事物上存在的侷限性。馮至立論的依據在於他對形式這一概念的抽象化，他的「形式」同時涵蓋了所指和能指。或者換句話說，十四行詩對於他來說，不僅是一個經過時間檢驗的詩歌形式，而是一種詩人在創作時需要的，可以應對混亂的意識流動的有序的、規範性的文學符號。

也許，我們如今能夠更清楚地理解為什麼馮至「正巧」選擇了十四行詩體作為他詩歌的言說方式。當詩人在為詩意尋覓外在形式時突然懷念起舊體詩，感到悵然若失的時候，也是我們可以運用「形式即內容」這句名言的時候。如此說來，具體的形式變得次要了，而重要的是形式作為一種梳理的、約束的力量，在對於內容的思考和創造方面所展現出的價值。可以說，古典詩意的回聲無形中塑造了現代詩人和讀者對於詩歌工具價值的認識與認同。

眾所周知，古典傳統的影響力幾乎存在於所有關於新詩的理論性的，或者體裁性的討論之中。30 年代的新格律詩、40 年代的九葉詩派、50 年代的民歌運動、六七十年代的新古典詩、80 年代的朦朧詩、90 年代的「民間」與「知識分子」論爭——圍繞在這些討論中的每種立場都以聲明自身與傳統詩歌特點的遠近來開始和結束。而這種與古典詩歌的遠近不僅僅侷限在形式的層面。正如馮至表現出的對十四行詩體的著迷一樣，古典傳統對於新詩的影響更深地反映在它把握、具象化詩意的作用上。從這一角度說，古典傳統可以被表述為一種對意識、對靈感、對想像、對抒情的一種追溯。20 世紀前半葉，許多現代主義詩人的經典詩作中都表現出這種「對古典的追溯」的主題，除了馮至的《十四行集》之外，徐志摩的《再別康橋》、戴望舒的《雨巷》、卞之琳的《斷章》等詩作中都有這種主題的體現。對這些詩作的解讀不僅要求我們識別它們對古典詩歌的互文指涉，也需要我們識別一種由懷舊驅使的循環時空中體現出來的現代意識。

在當代詩歌中，「運用」古典傳統的例子數不勝數。儘管這些運用顯得更加無形、難以捕捉和變化多端。古典的回聲不僅僅存在於對於各種韻律、形式方面的考量上，而漸漸作為一種反襯現代主義想像的背景存在。下文筆者以大陸詩人韓東的《有關大雁塔》和臺灣詩人洛夫的《隨雨聲入山而不見雨》為例討論古典回聲如何建構現代的詩意。

《有關大雁塔》

有關大雁塔

我們又能知道些什麼

有很多人從遠方趕來

為了爬上去

做一次英雄

也有的還來做第二次

或者更多

那些不得意的人們

那些發福的人們

統統爬上去

做一做英雄

然後下來

走進這條大街

轉眼不見了

也有有種的往下跳

在臺階上開一朵紅花

那就真的成了英雄

當代英雄

有關大雁塔

我們又能知道什麼

我們爬上去

看看四周的風景

然後再下來〔註33〕

《隨雨聲入山而不見雨》

撐著一把油紙傘

唱著「三月李子酸」

眾山之中

我是唯一的一雙芒鞋

---

〔註33〕韓東：《有關大雁塔》，金宏宇，彭林祥編《一世珍藏的詩歌 200 首》，武漢，長江文藝出版社，2010 年，第 281 頁。

啄木鳥　空空

回聲　洞洞

一棵樹在啄痛中迴旋而上

入山

不見雨

傘繞著一塊青石飛

那裡坐著一個抱頭的男子

看煙蒂成灰

下山

仍不見雨

三粒苦松子

沿著路標一直滾到我的腳前

伸手抓起

竟是一把鳥聲〔註34〕

　　《有關大雁塔》是韓東的一首代表性的詩作，最初在 1983 年發表時，受到極高的評價。這首詩被普遍地解讀為對毛澤東時代鮮明的價值導向——崇高和英雄主義——的拒絕，更廣義地說，它體現了對歷史和權威的解構，對平庸和普通的突顯。這種十分「正確」的解讀不僅反映了 20 世紀 80 年代中國普遍存在的一種嘲諷的、懷疑的情緒，也符合韓東眾所周知的反「知識分子」的「民間」立場。然而，這樣的解讀似乎忽視了這首詩從標題中就明確透露出的對古典的召喚。「大雁塔」是標誌中國歷史和傳統的最為著名的建築之一。詩中的敘述者選擇它來作為一種與平凡相對立的符號本身就引人深思。那麼，詩中的敘述者在敘述時是否瞭解大雁塔所具有的象徵意義呢？顯然不是這樣的。「有關大雁塔／我們又能知道（些）什麼」的重複暗示了攀登者和這座建築之間的斷裂的關係。不僅如此，詩中描述的所有在塔中逗留的遊客的行為，包括跳塔，都與這座塔具有的象徵意義無關。一座在古代中國為保存佛經建造的佛塔與當代中國的一處觀光景點之間發生了斷裂。對於遊客對大雁塔這一象徵的斷然無視，詩中敘述者並非採取了一種全然中立的態度；相反，我們能從他的描述中體會到一絲的嘲弄的意味。我們在生活中對

---

〔註34〕洛夫：《隨雨聲入山而不見雨》，《洛夫自選集》，臺北，黎明文化事業公司，1975 年，第 164 頁。

傳統的漠視，以及表象與意義之間存在的矛盾關係似乎構成了這首詩豐富的表現力的基礎。也許有人會認為，這首詩對「大雁塔」的「誤用」意在表現一種蔑視傳統的姿態。然而，我們注意到踐行這種姿態似乎沒有帶來一個好的結果，這本身是對「誤讀」大雁塔的再次顛覆。也許可以說，詩人恰恰通過這首詩，給剛剛經歷過「文化大革命」中「破四舊」激進運動的一代人傳達了一種警示。

相比之下，20 世紀 70 年代的臺灣則沒有這麼濃厚的政治氛圍。洛夫在他的詩作中敘述的或許是真正的平常生活的瞬間，一次極為常見的登山的經歷。一開始，敘述者就為了重溫一種融入自然的古典美夢作足了準備，比如他不僅準備好了一把雨傘，還配好了一曲小調。但是一切都不怎麼盡如人意：天沒有下雨，一個陌生男人渾然不知地用煙灰毀了殘存的青石板。這首詩的結尾讓這個古典的美夢還不至於全然破滅，因為敘述者至少撿到了三粒「苦松子」得以珍存。這三粒松子，因為某種原因逃逸出了自在的自然世界，而成為了對這種求之不得的古典美夢的象徵符號。這最終化為鳥聲的三粒松子，作為古典傳統留下的紀念，意味著我們對古典的重溫只能在偶然和不經意間發生。這種不確定的，只能在意料之外的相遇既讓人心馳神往，也讓人沮喪，這便是處於循環時空的現代人的真實存在感。

理論上來說，現代主義話語產生於與古典傳統的斷裂，它存在的邏輯就在於一種全新的寫作方式。然而，就實踐來說，在一個具體的文化背景之中，傳統總是作為一種催化的力量，在多種方面影響著現代主義的具體生成。對艾略特來說，傳統不可避免地是我們自身的一部分。他認為詩人的意識近似於一種容器，儲藏可以形成新的化合物的無數感受、詞句以及意象。〔註 35〕弗吉尼亞‧伍爾芙認為，通過母親我們回想過去（think back through our mothers），以此而發現自我。〔註 36〕埃茲拉‧龐德將漢字，一種表現上看來「古老」的表述方式，作為他發起的現代主義意象派詩歌運動的基礎，這足以證明西方現代派受惠於傳統的事實。

在現代中國，「傳統」被多種不同的激進的聲音賦予了持久的污名，似乎現代化在中國的實現只能以傳統的消失為前提。新詩最初的誕生則最為清

〔註 35〕 T. S. Eliot, "Tradition and the Individual Talent," *in Selected Prose of T.S. Eliot*, ed. Frank Kermode (London: Faber & Faber, 1975), 41.
〔註 36〕 Virginia Wolfe, *A Room of One's Own* (New York: Harcourt, 1989), 76.

楚地體現出了這種對傳統的敵對態度。文學革命發起後，當倡導者以極先鋒的姿態和立場逐漸退場之後，中國現代詩人卻與傳統進行著持久的、深刻的對話，並為中國現代主義詩歌探索著道路。這種探索並不是為了恢復古典詩歌輝煌，而是意在通過傳統去思考與探討關於詩歌的本質、文學的作用等問題。古典詩歌的確已經逝去，但它又重新以一種古典傳統的方式存在，延續著自己的生命；它存在於我們的格律意識之中，也存在於互文所帶來的對於現代詩意的啟發之中。這樣說來，我們應當把古典意識理解為在脫離了細節之後而生成的一種精神和風味的結晶，也可以理解為一種重構的美學範疇與詩藝模式。更確切地說，它是一種循環時空的現代歷史意識。這種意識的沉澱在現代主義詩人那裡普遍存在，無時無刻不在參與他們書寫新詩、追求詩意、表意抒情的活動之中。在另一方面，在放棄了格律詩歌的具體要求以後，我們可以說每一首新詩的書寫都是一種實驗與創新，但其結果並不是新詩體裁的模板化和規則化，而是每個詩人個性化的張揚，每首詩作格律意識的自主化。這正是現代主義文學的核心美學價值所在。也正是在這種意義上，我們可以說在 20 世紀中國現代主義詩潮中一直迴蕩著一種古典的回聲，一種與傳統有關的共情美學追求。

# 命名的意義：當代詩歌的理論迷茫

如果命名是一種壟斷真理的方式，那麼詩歌即是反命名的。

——王小妮

和別人爭論，我們靠雄辯；和自己爭論，我們靠寫詩。

——威廉·勃特勒·葉芝

中國當代詩歌自朦朧詩以降，一向是贏弱的詩歌理論追逐繁雜的詩歌創作，這不是因為理論家的不為，而是批評範式、概念和價值的零亂。1999 年 4 月 16 日至 18 日，由北京市作家協會、中國社會科學院文學研究所、《北京文學》雜誌社和《詩探索》編輯部聯合主辦的「世紀之交：中國詩歌創作態勢與理論建設研討會」在北京近郊的盤峰賓館舉行，包括謝冕在內的來自全國各地的近四十位詩人、批評家參加了會議。從會議的主題來看，主辦者是希望借助這次會議來對近二十年中國新詩的發展歷程做出總結、評價，並對未來詩歌的走向進行展望。

然而令人詫異的是，在一番溫文爾雅的開場白後，分別代表「知識分子」立場和「民間」立場的兩個詩人群體就展開了論戰。前者的代表主要有西川、王家新、程光煒、臧棣、唐曉渡、陳超、孫文波，後者的代表主要有于堅、伊沙、楊克、徐江。兩個群體之間的矛盾異常尖銳，相互攻擊對方的寫作，一時間呈現出劍拔弩張、刀光劍影的激烈場面。詩歌的價值判斷本是一件嚴肅的事情，不同派別的學術爭論也理應坦誠相對，但這場論戰卻始終充斥著情緒化的言辭和惡意的人身攻擊，不僅偏離了會議的初衷，也違背了學術會議的慣例。雖然「盤峰會議」匆匆宣告閉會，但論戰並未因此而結束，反而隨著時

間的推移逐漸升級，諸多媒體和文藝界的人士相繼參與其中，儘管他們當中的許多人對詩歌並不感興趣。結果這場論戰從 1999 年一直持續到 2002 年，數量龐大的論爭性文章在各種媒介上發表，形成新舊世紀之交中國文壇上一道獨特的景觀，而許多參與者所表現出的排他、偏狹的浮躁情緒，也是史無前例的。

事隔多年再次審視這場論爭，我們不禁要追問：隱藏在那些人身攻擊及口水戰背後的真正動因是什麼？參與者的眾聲喧嘩究竟是對詩歌理論建構的新銳表達還是吸引公眾目光的做作「表演」？在本章中，筆者將全面梳理論戰雙方的代表性言論，旨在重新審視他們各自所持有的主要觀點、美學立場，並將其放置於中國當代詩歌的發展歷程中進行批評、闡釋。

首先，讓我們將視線投向「知識分子寫作」這個頗富爭議的理論話題。詩人、批評家西川認為，知識分子富有獨立之精神、懷疑之態度以及強烈的道德意識，他們通過文學來介入當代重要的社會生活事件。〔註1〕歐陽江河也指出，知識分子這個稱謂「不是一個名譽光環，它與某些不確定的個人主義密切相關，是典型的自由主義者。」〔註2〕可以看出，上述這類觀點其理論資源很大程度上來自於西方，但如果將其與中國士的傳統相比較，它似乎又不全是外來理論的移植和演繹。眾所周知，西方文化傳統中有「知識分子是社會的良知」這一界定，中國文化傳統中有「士為天下憂」的價值定位，這兩種表述其意蘊極為相近。當然，將知識分子描述成富有懷疑精神的生命個體，這其實也是對「文革」那段不堪回首歲月的一種反抗。

西川等人以西方文化和中國「士的傳統」為參照界定了知識分子概念，並在此基礎上對「知識分子寫作」進行了闡述，這有一定的創造性價值。但是，在其間我們卻找不到西方學者所強調的「政治干預」和「社會責任」這兩個關鍵因素。由此看來，雖然較之於其他詩歌派別，「知識分子詩歌」對朦朧詩更為擁戴和讚賞，但事實上二者間卻存有本質上的差異。早在 20 世紀 80 年代中期，已有詩人提出「知識分子寫作」這一概念。到 1988 年，民間詩刊《傾向》創刊，它對這個概念做出了更為細緻的闡釋，並進一步標舉起了知識分子立場和理想主義精神的旗幟。一時間應者雲集，王家新、西川、陳

---

〔註 1〕邵建：《知識分子「自我批判」的意義》，《作家》1998 年第 3 期，104 頁。
〔註 2〕歐陽江河：《89 後國內詩歌寫作——本土氣質，中年特徵與知識分子身份》，《花城》1994 年第 5 期，5 頁。

東東、程光煒等眾多詩人、批評家接受並升揚這面旗幟。1993 年，歐陽江河撰寫了《89 後國內詩歌寫作——本土氣質、中年特徵與知識分子身份》一文，完整、清晰地闡述了這一派別的理論立場。這篇文章因而也被視作「知識分子寫作」的宣言書。歐陽江河認為，「（知識分子寫作）它並不提供具體的生活觀點和價值尺度，而是傾向於在修辭與現實之間表現一種品質，一種毫不妥協的珍貴品質……一方面，它把寫作看作偏離終極事物和籠統的真理、返回具體的和相對的知識的過程，因為籠統的真理是以一種被置於中心話語地位的方式設想出來的；另一方面，它又保留對任何形式的真理的終生熱愛，這是典型的知識分子式的詩歌寫作。」他進一步指出，在這個轉型時期，當下詩人的一個基本任務是結束大眾寫作和政治寫作的神話，因為它已成為過去的傳統了。在此基礎上，他坦言：「我所說的知識分子詩人有兩層意思，一是說明我們的寫作已經帶有工作的和專業的性質；二是說明我們的身份是典型的邊緣人身份，不僅在社會階層中、而且在知識分子階層中我們也是邊緣人。」〔註3〕從對「現實」和「真理」的論述來看，歐陽江河的文學觀點已具有後現代主義的意味。然而，他又將詩歌寫作的功用定位於淨化心靈、提升品質、指導人生，從而摒棄了文學與現實之間機械的反映論和烏托邦式的文學理想。在文章中，歐陽江河也提到了過去年代的寫作情況，對於如何將詩歌作為一項專職工作也進行了具體的探討。在這點上，他無疑是借鑒了美國學院化的創作模式，我們可將其視作中國詩人消極地融入全球化的一個標誌。撇開後現代主義意味這一點，歐陽江河的論述確實為知識分子寫作指明了新的價值傾向，因為他的美學空間的焦點在於系統外、個人化與邊緣化。雖然這是三個理論上難以定義但操作上易於認同的美學範疇，它們正是「知識分子寫作」和「民間寫作」之間的可能的共同語言，至少可以是縮短兩者距離的理論橋樑。

作為一個語言符號和文學概念，「民間」早已存在。在 20 世紀前期，「民間文學」常常指與風俗、傳說、歌謠、地方戲曲和歷史故事有關的文學樣態。1949 年以後，它的內涵被限制在了「非專業」作家（比如說，不是「作協」會員的作者和藝人）的創作範疇內。然而，對「民間文學」這一概念做出確切

---

〔註 3〕歐陽江河：《89 後國內詩歌寫作——本土氣質，中年特徵與知識分子身份》，《花城》1994 年第 5 期，15 頁。

的界定卻並不容易，因為它包含了文體、作者身份、情感、立場、姿態以及主題等諸多因素。在這種意義上，「民間文學」和其他文學概念的話語運作非常相似：內涵多義且易變但在多重語境中流傳甚廣。

20 世紀 90 年代以後，「民間」從「民間文學」中剝離，成為一個獨立的批評概念。這一剝離使「民間」跳出了其特殊的歷史語境，並獲得了廣泛的含義，成為一種主導性的批評話語。這一概念的提升（確切地說是創建）在很大程度上得益於陳思和的理論闡發。他在 1987 年出版的《中國新文學整體觀》一書為新文學做一番宏觀的表述，幾乎所有的文學現象和文化敘事都從「民間」的角度輻射和伸延。具體而言，在描述「民間」這一術語時，陳思和區分了它與西方學者提出的「民間社會」（civil society）、「公眾空間」（public sphere）的差異，做出了以下概括：「民間是與國家相對的一個概念，民間文化形態是指在國家權力中心控制範圍的邊緣區域形成的文化空間。」〔註4〕依據「民間」這一概念強有力的參照作用，陳思和對 20 世紀 30 年代以來的中國文學史進行了頗富創建的描述和概括。很顯然，將「民間」從被「忽視」的狀態下「提升」出來，這一構想成功地更新了文學史的敘述話語，提供了一種迥異於流行的官方文學史的歷史敘事模式。

當然，作為一個批評術語，「民間」一詞存在許多顯而易見的問題，其中最主要的是它的歷史內涵和象徵意義的不穩定性。陳思和也意識到了這一點，他坦言：「民間文化形態不是在今天才有的文化現象，它是一個歷史的存在，不過是因為被知識分子的新文化傳統長期排斥，因而處於隱形狀態。他不但有自己的話語，也有自己的傳統，而這種傳統對知識分子來說不僅僅感到陌生，而且相當反感。民間文化具有藏污納垢的特點，不像知識分子文化那樣單純，但即使在污垢的一面裏，仍然有我們新文化不能理解的東西。」〔註5〕在當今這個失重和奢華的年代，許多批評話語往往趨向極端的立場，陷落於新詞、新語的裏挾而不能自拔，陳思和能清醒地意識到這一概念的潛能和侷限，確是明智的。一方面，「民間」這一概念的運用，提示出中國現代文學一些重要的研究角度和論題，從而成為近二十年來「重寫文學史」討論中的重要議題。可以說，「民間」自被提出以來，就成為了與「國家權利」「知

<hr />

〔註4〕陳思和：《民間的浮沈：從抗戰到「文革」文學的一個解釋》，收錄於《陳思和自選集》，廣西師範大學出版社 1997 年版，200 頁。
〔註5〕陳思和：《陳思和自選集》，112 頁。

識分子」相對的第三個話語空間，對中國文學批評產生了深遠的影響。另一方面，作為一個批評術語，特別是與「國家權利」「知識分子」相關的一個批評術語，它的缺陷引發了無休止的爭論，而「民間詩歌」的倡導者們大多有意迴避了這種缺陷。

　　陳思和率先提出了「民間」的理論意義，而「民間詩人」緊隨其後倡導「民間詩歌」寫作，二者間似乎有一種承傳關係，但事實上它們的相似性微乎其微。朦朧詩之後「民間」詩歌的寫作和批評就已經存在，在這裡指的是那些 80 年代中期出現的諸如「莽漢」「他們」「大學生」等反朦朧詩潮的民間詩歌團體。進入 90 年代，「民間」這一批評概念儘管意義不明確，但大體上是用來批評甚至嘲笑「知識分子詩歌」；批評者毫無例外地認為其玩弄語言文字，已遠離了日常生活和普通讀者。只有到了「盤峰會議」之後，詩歌領域的「民間」建構才成為焦點，這顯然是出於雙方論爭的需要。眾多詩人和批評家抓住論辯的時機，分別從各自的立場出發，撰文闡述「民間」概念。此時又經過媒體的一番炒作，「民間」似乎一夜之間成了一個耳熟能詳的術語。令人驚異的是，儘管不少人將「民間」這一概念用於詩歌批評時，明顯帶有陳思和式思維的痕跡，但他們卻並不承認這一理論來源。韓東曾強調「獨立精神和自由創造」是「民間」的一個主要特徵，他認為：「民間的使命即是保存文學，使其在日趨物質化和力量對比為唯一標誌的時代裏獲得生存和發展的可能性，維護藝術的自由精神和創造能力。」〔註6〕民間詩歌的倡導者謝有順也表達了類似的觀點，他指出民間是一種獨立的品質，民間詩歌的精神僅取決於詩歌本身。〔註7〕顯然，韓東和謝有順所指稱的「民間」理論建構帶有很強的論爭目的，雖然他們缺乏陳思和式的客觀和嚴謹，但是卻和陳思和一樣都把「民間」理解為獨立於「國家權利」和「知識分子」之外的一個話語空間。更有趣的是，韓東和謝有順用於闡述「民間詩歌」的許多詞彙——如邊緣化、獨立性、對抗性及個性化——也恰恰被王家新和歐陽江河用來界定「知識分子詩歌」。指出這一點，並不意味著爭論是空穴來風，而是意欲說明「民間」和「知識分子」這兩種詩歌派別的真正分歧在於對所指的選擇，而不在於對能指的定義。當然，這也並不是說批評中對所指的選擇無關緊要。如上文所言，陳思和提出的「民間」概念是重寫文學史的有效手段，這就是對批評概

〔註6〕韓東：《論民間》，《芙蓉》2000 年第 1 期，27 頁。
〔註7〕謝有順：《內在的詩歌真相》，《南方周末》1999 年 4 月 1 日。

念的所指進行選擇的結果。

在「民間詩歌」的倡導者中，于堅也許是唯一一位充分探究「民間」這一概念潛在蘊涵的詩人。他試圖通過闡發「民間」能指空間來創造一種新的詩學，使其區別於「知識分子詩歌」的審美取向。但和其他論爭者一樣，于堅也未能完全擺脫宗派主義情緒，偶而也會稍動肝火，雖然這種做法無濟於事。于堅似乎比其他人更有「資本」，因為他是最有影響力的後朦朧詩人之一。他堅信詩歌應該書寫日常生活，堅信詩歌應該具有可讀性，這種堅守為他贏得了批評家的賞識和大眾的讚譽。卓著的聲譽，加上對論辯的貢獻，使于堅成為了「民間詩人」群體中的領袖人物。

眾所周知，于堅首次將「民間」概念引入了詩歌批評領域。在《1998 年中國新詩年鑒》序言中，他和楊克提出了「民間」的詩歌美學，該書所集選的詩歌即代表了他們的觀點。接下來，于堅又撰寫了一系列文章來探討這一主題，「盤峰會議」之後發表的《當代詩歌的民間傳統》一文最具代表性。在文章中，于堅總結了自己對「民間」概念的理解，認為當代詩歌始於 70 年代的地下文學和民間刊物。在特定歷史時期，「民間」被認為是遠離官方文學和國家權力的最有力的文學空間。不管這種「遠離」是真實的還是想像的，「民間」總是被認作支撐詩歌寫作的唯一的真實力量。也就是說，「民間」不應該僅僅被理解為一種抗爭的姿態，它其實是一種態度、一種立場，是中國古今詩歌優良傳統的表徵。

在一種頗為混亂的邏輯語境中，于堅毫不遲疑地將《詩經》、李白、杜甫以及其他他所敬慕的詩人納入了「民間」的陣營。對此，他曾做出這樣的闡釋：「民間是這樣一種東西，它可能對任何一種主流文化都陽奉陰違。在統治思想的左派或右派之外，民間堅持的是常識和經驗，是恒常基本的東西。常識總是被意識形態利用或歪曲，一旦煙消雲散，露出水面的乃是民間平庸但實在的面貌。民間並不準備改造世界，它只是一個基礎。民間堅信的是世界的常態，而不是它的變態。而文學的基礎也是如此。真正有價值的文學必然是民間的。至少它們必須是在民間的背景下創作的。卡夫卡的整個寫作活動表明的正是一種民間立場，因為它的所謂先鋒性揭露的恰恰是世界的『基本荒謬』，而不是某種『時代性的荒謬』。」〔註8〕于堅這段表述中有兩個關鍵詞

---

〔註 8〕于堅：《當代詩歌的民間傳統》，收錄於譚五昌編《中國新詩白皮書 1999～2002》，北京崑崙出版社，2004 年，553 頁。

——「常識」和「經驗」，或許是于堅認為這兩個詞彙太熟悉和常用了，他並沒有對其做出清晰的界定。但是，它們又的確構成了于堅「民間詩歌」理論的基礎，被認作遠離意識形態和文化體制的超脫的美學概念。在這裡，我們似乎捕捉到了陳思和「民間」理論的回音。但與陳思和不同的是，于堅剝離了「民間」所蘊含的意識形態內容，將它看成是創作中「恒常基本的東西」，即超越特定時間和歷史背景的一種普遍的人文精神想像。

在于堅的論述中，「相對」一詞是帶有貶義色彩的。知識分子詩人總是在意其反抗的立場，于堅卻認為「民間」詩人應當在他們的詩歌中抹去「反抗」的痕跡，為此他決絕地宣告：「民間不是一種反抗姿態。」〔註9〕但為了賦予「民間」一種可靠的、可操作性的批評地位，他又不得不將其從已存在的官方文學和知識分子詩歌中分離出來。為了闡明這種差異，他採用了「分離」而非「對抗」的方式，這意味著不是去「挑戰」或「顛覆」，而是去「保守」和「恢復」。「保守」和「恢復」的目標雖具有吸引力，但其具體路徑卻含糊不清。于堅認為：「民間社會總是與保守的、傳統的思想為伍。在激進主義的時代，民間意味著保守的立場。是民間，而不是官方，也不是主流文化，而是民間，保護了傳統中國的基礎。」〔註10〕在這裡，我們發現了在恢復當代文學民間傳統這一籲求上陳思和與于堅的本質差異。前者認為的「恢復」是檢測歷史真實的一種方法，是重新探察被忽視的文本意義的一種策略；而後者則是要恢復失去的價值觀，促進本土的美學以抗衡全球化的力量，它所順應的是中國文化話語中正在上升的民族主義潮流。

行文至此，「知識分子」群體和「民間」群體的差異不言自明。差異是爭辯的導火索，但又不是爭辯的全部意義所在。對於任何一個客觀的考察者而言，兩者的詩學主張其實存在著諸多相似之處。首先，他們都將詩歌與其他社會政治力量相比較，以此來定位詩歌的文化功能；他們皆認為詩歌是一種嚴肅的、有意義的藝術形式。正是出於這種考量，一些頭腦冷靜、超脫於兩個陣營之外的批評家，就犀利地闡明了雙方的共通之處。張清華即指出：「在我看，它們的含義不但不是對立的，而且是統一的，在當代的語境中尤其如此，『知識分子』的非體制性同『民間』的概念很接近。從寫作來看，兩者一個強調活力，一個強調高度，一個傾向於消解，一個傾向於建構，正好優勢

〔註 9〕于堅：《中國新詩白皮書 1999～2002》，552 頁。
〔註10〕于堅：《中國新詩白皮書 1999～2002》，552 頁。

互現，不足互現，因此大家要達成兼容互諒，保持自省。」〔註 11〕張清華的
這番論述體現了一種學術的客觀性，其意義體現在兩個方面：首先，他釐清
了「知識分子」和「民間」詩人相同的邊緣地位，淡化了雙方的差異，指出了
其間的互補性，認為他們是可以相互包容、相互容忍的；其次，他通過闡釋
二者間一系列的詩學差異界定了雙方迥然有異的美學立場。張清華始終從寫
作的角度來考慮問題，即把藝術傾向和美學價值置於詩歌創作行為中進行考
察。在他看來，藝術傾向是詩人寫作前的選擇，而美學價值是批評家寫作後
的判斷。

　　如前所述，論戰中的詩人們傾向於將自己和國家權力、主流文化進行區
分，我們姑且將這一定位稱作「理論詩學」；那麼，在這裡張清華所闡釋的這
種與寫作相關的理論體系，就可稱之為「實踐詩學」。「實踐詩學」主要關涉
寫作過程中具體的、實踐的價值觀，通過對它進行剖析，我們可以清晰地洞
察到論戰雙方鋒芒所指的焦點問題——詩歌的語言問題。

　　「知識分子詩人」和「民間詩人」均繼承了朦朧詩以來將詩歌語言作為
一個獨立美學議題的傳統，都對創造一種新的、成功的詩歌語言表現出了濃
厚的興趣。于堅和韓東就多次談到：詩歌既始於語言，亦結束於語言。歐陽
江河則試圖接近語言的內在力量，他用詩化的語言描述道：我們是一群由語
言塑造而成的死寂的靈魂。〔註 12〕然而，興趣一致並不意味著觀點一致。事
實上，朦朧詩之後「知識分子詩人」和「民間詩人」的詩歌語言取向就分道揚
鑣了，這場論爭恰恰為他們表述各自的觀點提供了平臺。論爭中，詩歌語言
問題的核心是「語言資源」的問題，這一問題關涉到對語言本身的理解及對
語言的運用，關涉到文學語言和口語的深刻區別。在其間，這一問題又進一
步引發出兩個次問題——詩歌語言緣自何處？在詩歌創作中如何有效地使用
語言？這些問題複雜糾纏，雙方的論爭亦因此變得異常尖銳、激烈。

　　毋庸諱言，語言資源問題是寫作中的首要問題。「民間詩人」從自身定位
出發，持一種「回顧」的態度，力圖從東方的、原始的、本土的和傳統的文化
資源中尋找創作靈感，這不僅是對主流文化的質疑，也是對現代西方文化的
挑戰。

　　對他們而言，詩歌寫作帶有文化重建的意義，並被賦予了重構文學語言

---

〔註 11〕張清華：《一次真正的詩歌對話與交鋒》，《北京文學》1999 年第 7 期，22 頁。
〔註 12〕歐陽江河：《89 後國內詩歌寫作》，《花城》1994 年第 5 期，5 頁。

的偉大任務。為此，詩歌必須將自己設定在傳統和本土的維度上（區別於現代與西方的維度），必須從常識、經驗及日常生活中尋找寫作的素材。簡言之，「生活」是民間詩人的旗幟，像「逼近生活」和「還原生活本質」這些理論表述就是指稱一種以經驗為中心的、自然主義的詩學，它主張客觀寫實地記錄日常的世俗生活，反對任何有關超驗、形而上和崇高的指涉與象徵。

「民間詩人」的雙重構想——要求書寫生活的原則與回歸傳統的願望——之間互為矛盾，前者要求「正視當下」，後者要求「回顧」歷史。一方面，他們將「生活」視作在特定的時間、地點正在發生的事件；另一方面，他們又認為「生活」是一個歷史的、普遍的概念，它能使長期存在的、有時被遮蔽的中國傳統一體化、合法化。換言之，在「民間詩人」的視野中「生活」是一個文化概念，但當其被應用於文本實踐時，為使「生活」成為一種自在、自為的狀態，其文化特性又必須弱化。

「口語」的提倡就是一個例證。「民間詩人」將口語視作一種不證自明的藝術評判量尺，以此來反對「知識分子詩人」的「書面語」寫作。「民間詩人」如韓東、徐江、伊沙等對「口語寫作」的看法眾說紛紜，不一而足，大多重印象而少理論。對這個問題于堅用功最深，且持續不懈。早在「盤峰會議」之前，他便就口語寫作的理論問題發表了一系列文章，代表作就是那篇《詩歌之舌的硬與軟：關於當代詩歌的兩類語言向度》。于堅將詩歌語言區分為「硬」語言與「軟」語言，前者指普通話寫作的向度，後者指受方言影響的口語寫作向度。之所以將普通話稱為「硬」語言，是因為它「乃是令他們舌頭變硬的非生活化的官方話語。」〔註13〕方言作為一種「軟」語言，在一定意義上它是生活的真諦，它有助於表現本真、日常的生活狀態。事實上，于堅自己所使用的方言非常單一，文中所舉的例子都來自他最熟悉的雲南方言，但這並不妨礙他去鼓勵以全國各地形形色色方言寫就的口語詩歌。他說：「口語寫作實際上復蘇的是以普通話為中心的當代漢語的與傳統相聯結的世俗方向，它軟化了由於過於強調意識形態和形而上思維而變得堅硬好鬥和越來越不適於表現日常人生的現時性、當下性、庸常、柔軟、具體、瑣屑的現代漢語，恢復了漢語與事物和常識的關係。口語寫作豐富了漢語的質感，使它重新具有幽默、輕鬆、人間化和能指事物的成分。也復蘇了與宋詞、明清小說中那種以

---

〔註13〕于堅：《詩歌之舌的硬與軟：關於當代詩歌的兩類語言向度》，收錄於楊克編
《1998年中國新詩年鑒》，廣州花城出版社，1999年，462頁。

表現飲食男女的常規生活為樂事的肉感語的聯繫。」〔註14〕在這段話中，于堅的激情和雄辯清晰可見，他是如此坦然自若地去倡導口語寫作，堅定地將其認作當代文學發展的一條正確路徑。

問題是，「口語寫作」的語言資源究竟在哪裏？五四時期的一代文人倡白話、廢文言，創造了新文學。如今于堅要在方言中發現新的「白話」。毫無疑問，普通話已經佔據了主導性地位，它吸收了官方話語、外來語匯、革命話語等多種話語形式，其功用廣泛而又具有超越性。以外來語匯為例，眾所周知，自五四以來現代語言的歐化就已經成為一個重要的語言現象，直至今天這種歐化色彩顯得日益濃重。在某種意義上說，普通話的存在本身給予方言以生命，正是在它們二元對立的空間「民間詩學」得以成立。在于堅看來，普通話擁有不可動搖的地位，它已深刻地影響到中國的文化、意識形態和地緣政治。而方言處於邊緣位置，代表著「民間詩人」尋找的原始的美學空間。如果說普通話是與方言相對立的，那麼這是否就意味著普通話與土語和口語相對立？難道土語和口語不是普通話的一個組成部分？就此而言，事實上任何主要的活語言——不管是官方還是非官方語言——總是包含著口語和書面語的元素。真正有價值的問題是，什麼構成了同一語言中口語與書面語的部分？遺憾的是，于堅沒能就這個問題做出深入的剖析。他把方言作為口語的替代品，以此來建構口語寫作的詩學，很顯然，這種替代邏輯不僅違背了包括他自己在內的民間詩人的美學理念，〔註15〕而且也將一個重要的詩學問題簡化成了一個並不成立的簡單公式。

一般而言，「知識分子詩人」重視書面語的價值，同時也不排斥口語化的寫作，在這一點上他們比于堅等人排斥書面語的態度顯得更為溫和。許多「知識分子詩人」熱情地談論著理想的口語寫作的目標。陳東東認為「口語從來都是令現代漢語充滿生機的原因」。〔註16〕張曙光則進一步指出，口語的音調和節奏在詩歌語言中不可或缺。他坦言：「把握住了語氣和節奏，一首詩

〔註14〕于堅：《1998年中國新詩年鑒》，463頁。
〔註15〕曹文軒就曾討論過于堅詩歌理論與實踐「脫節」的問題（見曹文軒《二十世紀末中國文學現象研究》，北京大學出版社，2002年，287頁）。雖然我並不認為詩人的理論和寫作必須保持一致，但于堅在這裏所犯的邏輯失誤顯然與他的口語寫作的理論弱點有關。
〔註16〕陳東東：《回顧現代漢語》，收錄於王家新、孫文波編《中國詩歌：九十年代備忘錄》，人民文學出版社2000年版，264頁。

就會寫得很順暢，否則就很難寫下去。在語氣和節奏中，包含著談話或傾訴的對象（關係或身份）、你的態度（認真或調侃）以及感情色彩，等等，也有助於意義的衍生，細節的運用。有時我在創作一首詩時，主要在尋找這種節奏，一旦找到了，就會寫得順手。從八十年代中後期，我主要使用口語，但儘量使用提煉過的口語，或在書面語中給人造成一種類似口語的感覺。使用這種所謂『口語的節奏』，我覺得能在更大程度上容納當下的經驗，抵消詩歌由於高雅給人們帶來的疏離感。」〔註17〕其他「知識分子詩人」在創作實踐中則適度地採用口語，其中西川的觀點頗具代表性。在西川看來，口語是詩歌寫作的一種有效的語言形式，因為在現在這個時代用傳統語言去創造新詩幾乎是不可能的。他認為有兩種口語，一種是街頭的口語，如方言或江湖行話；另一種是書寫語，與文化和普遍性有關。他所選擇的是後者。〔註18〕這裡值得注意的是，西川試圖在口語維度中概括書面語，這一做法著實令人驚奇。他意欲將兩個概念有意「混淆」，從而消解它們之間的絕對區別。這其實反映了許多「知識分子詩人」的立場——口語成為詩歌的語言之前，必須經過處理。這種「處理」，也就是西渡所言及的「提煉」。西渡認為，「那種不加揀擇地使用口語的做法顯然是可疑的。事實上是放棄了世人對語言的責任，其後果是使詩歌降低為語言，而不是把語言提升為詩。」〔註19〕

「民間詩人」和「知識分子詩人」在語言資源問題上的分歧，絕不只侷限於「口語」定義問題這一點。我們知道，「知識分子詩人」向西方學習的姿態——公開承認外國詩歌的典範價值，頻繁地從西方文化資源中引經據典，借鑒西方詩歌複雜的寫作技巧，在創作中借鑒使用歐化的句式結構——都讓「民間詩人」感到不快。于堅就諷刺到，對「知識分子詩人」而言，生活總是在別處的。〔註20〕另一位「民間詩歌」的倡導者沈奇則提出了更為嚴厲的批評：「知識分子寫作是純正詩歌陣營中開倒車的一路走向，他們既丟掉了朦朧詩的精神立場，又復陷入語言貴族化、技術化的舊轍，且在精神資源和語言資源均告貧乏的危機中，唯西方詩歌為是，製造一批又一批向西方大師們

〔註17〕張曙光：《語言：形式的命名》，人民文學出版社 1999 年版，246 頁。
〔註18〕西川：《讓蒙面人說話》，東方出版中心 1997 年版，24 頁。
〔註19〕西渡：《寫作的權利》，收錄於王家新、孫文波編《中國詩歌：九十年代備忘錄》，人民文學出版社 2000 年版，29～30 頁。
〔註20〕于堅：《當代詩歌的民間傳統》，553 頁。

致敬的文本。」〔註21〕

誠然，許多「知識分子詩人」是把西方詩歌視作自己寫作的重要精神資源，但他們並不認為自己的寫作僅僅是「向西方大師們致敬」。在他們看來，創作中出現的西方詩歌的痕跡僅僅是一種互文性的體現。王家新將這種互文性放置於中國社會文化的語境中做出了完整的解釋：「需要指出的是，對當代寫作的互文性的認識，並非意味著詩人們對『中國身份』或『中國性』的放棄。只要深入考察詩歌的發展就會發現，詩歌進入90年代，它與西方的關係已發生一種重要轉變，即由以前的『影響與被影響關係』變為一種對話或互文關係。具體說，詩人們由盲目被動地接受西方影響（對於從『文革』文化沙漠走出的一代，這在一開始有什麼可指責的呢？）轉而自覺、有效、富有創造性地與之建立一種互文關係。這種互文關係既把自身與西方文本聯繫起來，但同時又深刻區別開來。」〔註22〕需要指出的是，互文性理論來自西方，王家新在這裡卻做了跨文化語境的運用，難免有「循環論證」之嫌。儘管如此，「中國身份」「中國性」或「西方性」這些概念在王家新的筆下與民間詩人那裡顯得陳舊的且未加論證的本土主義鮮明對照，在視覺高度上還是略勝一籌。這也就是說，因為互文性是一種自覺的行為，因為它擁有已經證明的理論活力，接受它能有助於中國詩人開闢出某種新的寫作空間。此例證明，「知識分子詩人」的理論視野更為開闊，而「民間詩人」則自圈於意蘊含混的方言和口語範疇，僅從詩歌語言的角度來說，言語、文本、互文等眾多話語形式都是前者的美學資源。

詩人王小妮曾言：如果命名是一種壟斷真理的方式，那麼詩歌即是反命名的。實際上，自朦朧詩以來，詩歌界便開始了「命名」與「反命名」之爭。眾所周知，朦朧詩是在與外界文化壓力的抗爭中獲得了自己的命名，但其後中國詩歌走的卻是一條「自我戰鬥」之路——在中國文化、社會的轉型期決絕地進行自我定義。「超越北島」，是年輕一代的詩人射出的第一箭，他們決意要比北島更加反叛。這既是一種「影響的焦慮」的表現，也顯示出為了保持戰鬥精神而與過去疏離的強烈願望。我以為，20世紀80年代中期之所以各種詩歌群體不斷湧現，其背後就隱含著這種戰鬥精神。當年，一百多個形態各異的詩歌群體曾在《深圳日報》上亮相，成為令人難以忘懷的文學景象。

---

〔註21〕轉引自謝有順：《誰在傷害真正的詩歌》，《北京文學》1999年第7期。
〔註22〕王家新：《沒有英雄的詩》，中國社會科學出版社2002年版，第122頁。

遺憾的是，他們大都沒有提出富於創見的詩學構想，因而也就默默無聞地相繼消失。但自此之後，詩壇上的派系紛爭之風卻遺留了下來。

20 世紀 90 年代可被視為中國詩歌的轉型期。不可否認的是，因讀者群的流失以及社會影響力的減弱，詩歌不可避免地走向了衰退，其所遭遇的危機可謂史無前例。在這種境況中，許多已成名的詩人由於種種原因奔赴海外，而年輕的詩人尚未在詩壇上引領風騷。令人匪夷所思的是，在這十年中雖沒有出現象朦朧詩那樣的經典作品，但詩歌的產量卻依然可觀。其中的很多作品明顯帶有論戰的色彩，詩人們忙於創造新詞、展示新意，其目的是為了以此來獨樹一幟、排斥異己。同樣是在這十年中，詩人及批評家們掀起了一場又一場論爭，涉及的主題包羅萬象，如敘事性、抒情性、中年寫作、個人化、本土化、女性詩歌，等等。五四以來新詩「無家可歸」的離散狀態似乎更加顯著而集中。

「知識分子詩人」和「民間詩人」的論爭就發生於這種語境之下，並儼然成為世紀之交一種主要的文學景象。應當承認，這場論爭當中出現的結社、命名、詰難、辯解等現象對於當下文化氛圍的營構不無裨益。儘管其中的許多觀點並不新銳，理論性和系統性也還有待改善，但在論爭過程中，我們見睹了不少重新充電的所指以及經過調整修繕的審美立場。對於詩歌而言，這無疑是一個絕佳的理論生成的平臺，至少許多在新詩發展史上難以駕馭的理論問題成了注意的焦點。誤讀和誤解是文學論爭的常例，本次論爭也不例外。拋開其間的個人恩怨，當論辯的激情冷卻下來以後，我們可以看到，這是在經濟全球化時代裏中國詩人、批評家所做的一次英勇的集體性努力，他們在傳統與現代交錯構成的文化語境中執著地尋找著詩歌的意義，在離散中尋找精神的家園。

# 審問現代性：羅卓瑤的影像自然

電影的創世神話就是為這個世界創造另一個影像的世界。

——安德烈·巴贊（Andre Bazin）〔註1〕

電影形象即自身，它讓我們看到了這個世界赤裸的形態。

——皮埃爾·保羅·帕索里（Pier Paolo Pasolini）〔註2〕

羅卓瑤（Clara Law）是在香港電影業第二次浪潮中湧現出來的最有才華的導演之一。第二次浪潮初始於 20 世紀 80 年代中期，之後的十幾年成為香港藝術電影的支柱。第二次浪潮的主要成員，諸如王家衛（Wong Kar-wai）和關錦鵬（Stanley Kwan），已經以他們新穎的美學思想和對電影語言改革的大膽試驗引起了全世界的關注。《1967 年的女神》（2000 年）也許是羅卓瑤電影作品中最富有哲學意味的一部。它充分展示了羅卓瑤的電影美學：詩意化的電影語言，淡化因果敘述而刻意營造氣氛和渲染畫面。通過一種「與風景的對話」，羅卓瑤試圖在跨民族空間中尋找自然新的寓意，使之成為疏理自我和他人之間複雜關係的一個鏡象，最終自然從個人贖罪和拯救的工具轉化為跨民族性和後現代性的一個組成部分。

第二次浪潮的導演集體表現出對時事的關注，對歷史的責任以及對香港

---

〔註1〕André Bazin, "The Myth of Total Cinema," in Gregory Currie, *Image and Mind: Film, Philosophy and Cognitive Science* (New York: Cambridge University Press, 1999), 79.

〔註2〕Pier Paolo Pasolini, *L'Expérience Hérétique*, in Jean Bessiè, "Nature, Naturel dans les Théories Contemporaines de L'Artifice Artistique: Barthes, Giacometti, Pasolini," in Svend Erik Larson et al., eds. *Nature: Literature and Its Otherness/La Littérature et Son Autre* (Gylling, Denmark: Odense University Press, 1997), 263.

地域文化和民族身份認同的興趣，這在 1997 年香港回歸祖國前後出品的電影裏尤其明顯。與王家衛對於都市異化和孤獨的抒情描寫和關錦鵬對性存在和邊緣身份問題所做的長篇獨白相比，羅卓瑤的影片就是一首關於華人離散／移民（Diaspora/migration）的詩歌。通過滿載意義的形象和引人深思的表達，羅卓瑤引導我們走進了那些流動和遷移的人們的內心世界，在他們身上，我們間接體會到了文化衝突帶給人們精神上的創傷和自我解放後的狂喜。離散現象，對羅卓瑤來說，是現代生活最大的悖論，是一面通過他人而照射自我的多棱鏡，也是歧義叢生、矛盾百出的隱喻。這裡，痛苦和快樂、死亡和復活、墮落與贖罪共存於不同文化之中。作為一名電影人，羅卓瑤致力於真實可信地在屏幕上捕捉和重現這種悖論性的生存狀態。

　　《1967 年的女神》不乏羅卓瑤以往作品的回聲：隔絕和移居的主題，在非常環境中搭配毫無共性的人物，跨越民族和文化界限的旅途的隱喻，無法實現且意義模糊的對於自我身份的浪漫追尋。儘管導演回顧自己喜歡的主題是很常見的事，但觀眾往往希望看到重複中有所變化，熟悉中帶有幾分驚訝。《1967 年的女神》在變化之餘驚喜不斷，不負眾望。羅卓瑤一貫被看作是「作者電影」（auteur film）的導演〔註3〕，長於使用新穎的攝影技術和非常規的敘述結構，《1967 年的女神》在這兩方面都呈現了羅卓瑤前期電影中未曾見過的更大膽、更老練的境界。它充分展示了羅卓瑤的電影美學：詩意化的電影語言，淡化因果敘述而刻意營造氛圍和渲染畫面。所有技術手段，如取鏡、色彩、意象、結構和布景都服務於滲透電影人物內心世界的功能。電影令人震撼的畫面，不管是澳洲內陸的原始風景還是東京鋼鐵和玻璃的龐然大物，都染上一層經過磨洗的色彩，其強烈的對比幫助電影成為一種「與風景的對話」。對話中，受傷的靈魂相互安慰，尋求解救。兩位主人公從外到內的旅行指向跨民族主義和後現代主義的思想歸宿，而自然和文化的持續張力則強有力地烘托了他們的艱難之旅。羅卓瑤在影片中表現的自然世界既是原始的自然又是後現代的自然，兩者在跨民族空間內合而為一，成為梳理當今社會自我和他人之間複雜關係的一個鏡象。

---

〔註 3〕「作者導演電影」的概念由 Andrew Sarris 在 "Notes on the Auteur Theory in 1962" 一文中首次提及。受法國新小說理論的影響，「作者導演」強調導演的特殊作用，影像世界的成功與否決定於其藝術和技術能力。導演，如 Andrew Sarris 所言，是電影製作過程中的「熱忱的靈魂」。

電影殘缺不全的敘事聚焦於人、機器和自然的三角關係上。J.M.是一位年輕、時髦的日本工薪族，酷愛法國風行一時的著名舊車「雪鐵龍」（Citroen DS），綽號為「1967年的女神」。他在因特網上找到了一輛，要到悉尼取貨。在那兒，他遇見了一個叫 B.G.的年輕盲女。她說他的連絡人死了，但如果他仍想要這輛「雪鐵龍」，她能幫他找到真正的車主。這位車主住在澳洲內陸深處，必須驅車五天才能到達。他們驅車前行的空間之旅不停地被時間的倒轉所打斷。倒敘讓兩位主人公回到了過去，而過去並不美好。過去的 J.M.是一個銀行搶劫犯，正受日本警察通緝；B.G.曾遭外祖父亂倫，而外祖父才是「雪鐵龍」的真正擁有者。本次旅行的終點是一個被遺棄的金礦，B.G.的外祖父獨自生活在井下，近乎瘋狂。面對外祖父，B.G.無法扣響扳機，最終放棄了她蓄謀已久的復仇，而 J.M.一路上就強烈勸阻她謀殺外祖父。電影最後以這一對青年男女朝一條骯髒的道路盲目加速而結束──「盲目」既是比喻又是原義，因為 J.M.在 B.G.的要求下已閉上雙眼，把加速板一踩到底。但隨著片尾創作人員名單的滾動，觀眾看到汽車逐漸減速，聽到引擎熄火前的掙扎。

片尾這個簡潔精練的意象是這部電影的點睛之筆。它首先突破了「旅途電影」（road movie）的風格限制，如聾人聽聞的犯罪加上賞心悅目的愛情。「雪鐵龍」死火的引擎在敘述層面上或許僅僅是 J.M.和 B.G.精神之旅的意外中斷，但它卻富有更多的象徵意義。它對 B.G.的「盲人智慧」和這臺機器被大肆宣傳的完美技術開了一個殘酷的玩笑。更重要的是，它幾乎把影片變成了對自身的戲仿：完成對過去的重訪之後，兩個受折磨的靈魂卻又陷入今天的泥潭，因為可靠的機器不能把他們帶向未來。要理解羅卓瑤是如何抵達這一寓意深刻的僵局的，我們必須回到電影的開頭，那兒「雪鐵龍」被描述為一種充滿懸念和可能性的神物，是從文明／文化到自然的轉化的敘述喻體。

《1967年的女神》以東京夜景的俯視鏡頭開篇：臨空的攝影機先是慢慢地搖過浸入夢幻藍色的城市輪廓，接而追蹤蛇行於摩天樓之林中的高架子彈頭列車，一幅幅鋼鐵和玻璃交織的超現代建築之景變幻無窮。時間在這個科學幻想的世界裏停滯了，機器人般的人類乘客在這個高速移動的機器裏默默無言，面無表情，不知道要去何方。羅卓瑤的鏡頭為我們提供了東京城市風景的視覺盛宴，而恰恰是這場盛宴抹殺了東京作為城市的特殊性，使之與其他任何現代都市無從區別。在一篇討論當代日本電影空間和種族問題的文章裏，影評家四方田犬彥認為：在押井守、岩井俊二和崔洋一執導的電影裏，

東京成為一個後現代的場所，在那裡視覺的和虛擬的城市風景反映了多元文化與多重語言的雜糅，而這種雜糅性「起源於東京的地方特性，又不停地塑造新的東京，使東京最終變成世界上一個無民族差別的但又無可比擬的大都市」。〔註4〕

在電影《秋月》中，羅卓瑤使用了完全相同的攝影技術且更完整地描述了表面意象下的香港：整齊劃一的公寓群顯得既微小又失調，汽車尾燈的軌跡在迷宮般的高架公路上似乎停滯不前，月光在巨型玻璃牆上拼寫出無數神秘的圖案。兩部電影裏都沒有出現標誌性的建築，人物活動的場所顯然是在香港或東京，但這些場所也可以輕易地轉移到別的大都市。對羅卓瑤來說，地點因為相同已變成了一種抽象的、可以互換的東西，是跨民族性和後現代性的意義載體。

作為香港「新電影」第二次浪潮的顯要人物，羅卓瑤透過跨民族主義和後現代主義兩面多棱鏡來表述地點是很自然的。香港電影學者阿克巴・阿巴斯（Ackbar Abbas）認為香港「回歸」前後的電影對舊聞瑣事的集體關注體現了身份危機的焦慮，可以稱之為一種「消失的文化」（culture of disappearance），其代表性特徵就是舊聞瑣事之間反覆循環使用，一如炸毀新樓來造更新的大樓。這種處理電影意象的手法旨在渲染「病態的在場」（pathology of presence），是對「不在場」的逆反幻覺。這就是為什麼這時期懷舊電影大行其道，把過去重新包裝，當成紀念品來保存。〔註5〕阿克巴・阿巴斯的分析，儘管對香港電影的操作邏輯有灼人之見，似乎還在暗示存在著某種再現香港的理想方式，而這一方式與再現本身的理論侷限無關。要是我們把幻覺與逆反幻覺之間的悖論看作是香港地域身份和人文身份本身的悖論，「懷舊」也許是「迎新」的一種獨特方式。據而推之，這種新與舊的悖論可以被認為是自我在跨民族空間不斷更新銳變的一種策略，更確切地說，一種調整和估量自我與在場的關係的策略。不管它是以有待於消費的舊聞瑣事的形式出現還是以有待於闡釋的記憶的形式出現，在場本身就是被敘述的對象。

〔註4〕 Yomota Inuhiko, "Stranger Than Tokyo: Space and Race in Postnational Japanese Cinema," in *Multiple Modernities: Cinemas and Popular Media in Transcultural Asia*, ed. by Jenny Kwok Wah Lau (Philadelphia: Temple University Press, 2003), 80.

〔註5〕 Ackbar Abbas, Hong Kong: *Culture and the Politics of Disappearance* (Minneapolis: University of Minnesota Press, 1997), 26～35.

　　《秋月》和《1967 年的女神》都把地點作為敘述對象而強調離家的動機。兩部電影中的人物都身陷現在，而且想不顧一切地把現在拋在後面。李佩惠是《秋月》裏年僅 15 歲的主人公，即將移民到加拿大去和家人團聚；〔註6〕《1967 年的女神》中的 J.M.正打算到澳大利亞開始他的冒險經歷。如果離家是跨民族自我建構的必要條件——跨民族主義中的「跨」（trans）意味著自我總是處於一種「中間地帶」，一種永遠的運動之中，而後現代主義則為離家的欲望賦予了某種目的性，那麼，離開作為現代化標誌的城市則意味著返回萬物之始的自然。馬克斯・霍克海姆（Max Horkheimer）和西奧多・阿多諾（Theodore Adorno）已描述了現代化是如何與自然為敵的，並且認為啟蒙運動的最大問題就是因為人類對自然的異化。〔註7〕美國著名後現代主義評論家弗雷德里克・詹姆遜（Fredric Jameson）以一種戲謔的語氣說道：「後現代主義實現之日就是現代化過程完結和自然消亡之時。」〔註8〕自然的缺席在羅卓瑤鏡頭下的東京達到了震耳欲聾的地步：人造奇蹟的壯觀場面無法遮掩城市冷漠的矯揉造作，人與城市已完全疏離。毫無疑問，J.M.和他的居住環境格格不入，離家的欲望書寫他的每一個生活片刻，似乎城市的後現代性的存在本身召喚著缺席的他者——自然。自然既是逃避的目的地，在某種意義上又是對本我的回歸。

　　《1967 年的女神》是這樣在我們眼前展現 J.M.的生活的：在一長串由超現代城市風景的相映而成的快照中，我們聽見一陣來自 J.M.耳機中的搖滾樂，看見沉默的 J.M.麻木而超然地過他的例行生活；他乘坐子彈頭火車，蹬踩健身器，狼吞虎嚥地吃麵條，與女朋友並床而臥，好似一具行屍走肉，或者說是為他人而不是為自己而活。只有當他用死老鼠餵兩條寵物蛇時，他才露出一絲微笑，打破了沈寂。「你的飯在這兒，」他充滿深情地說，「新鮮的，沒有防腐劑。」兩條兇猛的蛇吞噬死老鼠的場面很難說是令人愉快的景象（觀眾後又看到 J.M.在地下室收藏的各種奇異和嚇人的動物），但它暗示了 J.M.和自然隱蔽的關係。動物是 J.M.生活的重心。他對寵物百般柔情，卻對女朋友生

〔註6〕本書作者另有專文討論《秋月》的中「跨民族離散」的主題。參見 Dian Li, "Between Memory and Forgetting: Clara Law's Vision of Transnational Self in *Autumn Moon*," *Asian Cinema* Vol. 15, No. 1, Spring/Summer 2004, 57～72.

〔註7〕Max Horkheimer and Theodor Adorno, *Dialectic of Enlightenment, trans. by John Cumming* (New York: Continuum, 1989), 42.

〔註8〕Fredric Jameson, *Postmodernism or The Cultural Logic of Late Capitalism* (Durham: Duke University Press, 1991), ix.

硬冷落，這使我們想起了他失去的純真和壓抑的人性。這一對比很顯然是為了勾勒 J.M.的危機感和他想逃離高科技生活的欲望，同時它也是觸發 J.M.與澳大利亞內陸精神聯繫的契機。

然而，眼下「雪鐵龍」才是 J.M.從東京到悉尼的直接動機。當我們目睹他毫無趣味的生活時，我們也看見他的手指在鍵盤上就車的價格討價還價。羅卓瑤使用別致的新聞短片技巧，加上慢鏡頭和讚美詩般的音樂，把「雪鐵龍」描述為我們的夢想之車。我們看到一系列的事實和數據：「雪鐵龍」產於1955～1975 年間，共有 1455746 輛問世；它先進的液壓懸置系統使戴高樂總統在 1962 年的一次刺殺企圖中幸免於難。用文化名人羅蘭・巴特（Roland Barthes）的話來說，「雪鐵龍」根本就是「天上掉下來的尤物」。難怪 J.M.愛上了「雪鐵龍」，為了它而不盡其煩，因為他明白「雪鐵龍」早已不僅是一輛車而已，它是一件戀物，擁有它 J.M.就成了眾多物戀（fetishization）者中的一員。

J.M.的物戀卻是一場危險的遊戲，因為他對遊戲規則及其後果所知甚少。首先，「雪鐵龍」本身的形象模糊，充滿矛盾：它具有超前的設計，卻是一輛舊車；它是物質的卻又給人以靈感；它是一個無法再造的商品卻又是完美技術的象徵。其次，物戀通過對物體的情感寄託而製造非現實的幻覺，這種幻覺壓制了物質性卻不能摧毀它。一如愛德華・薩義德（Edward Said）和霍米・巴巴（Homi Bhabha）所言，物戀最初起源於殖民主義話語體系。為了保持對被殖民文化的遠距離控制，殖民主義者有意把活文化樣式凍結而懸置於時間和歷史之外。J.M.不僅沒意識到物戀情結的殖民主義包袱也不知道物質主義恰恰是他個人危機的根源。電影通過倒敘告訴我們，J.M.在日本的生活已經很奢侈，但他仍不滿足。於是他利用電腦才能從銀行竊取了一大筆錢。他的朋友兼同謀在分贓時突然改變主意不要一分錢，之後在聚會餐館外卻葬身橫空飛來的交通事故。J.M.孤獨一人，傷心至極，剛剛完成的聚財大手筆陡然之間頓失光采。他既缺乏朋友那樣的意志和決心，又不想在監獄裏或潛逃中度過餘生，J.M.做出一個「壞中求好」的選擇——求購一件既是物質又是非物質的、能充分體現物戀情結的物體。具有諷刺意味的是，使 J.M.受益的首先是「雪鐵龍」的物質性，它作為交通工具引導他接近了 B.G.，而 B.G.又反過來幫助他破除「雪鐵龍」的神秘光環。也就是說，J.M.將不得不弄明白「雪鐵龍」儘管是物戀的對象，但它最多只能算是自然的幌子，它悠久的歷史和

宣稱的完美無法掩飾人造機器的真實身份。簡而言之，「雪鐵龍」是一輛汽車，與其他汽車並無二致。

J.M.和 B.G.在跨民族空間裏必然的結伴同行有兩個原因。首先，物戀在差異的世界——文化和民族差異的世界裏流通。英文 fetishism（物戀教）的詞根就來源於跨文化和跨民族的接觸，這是威廉姆斯・皮諜茲（Williams Pietz）考證得出的結論。〔註9〕第二，「雪鐵龍」代表著 J.M.的性幻想，而且他以此來彌補自己真實人際關係中所缺乏的想像力。電影通過 J.M.的眼睛和男性畫外音以一種誇張的方式把「雪鐵龍」描繪成一個帶有性別色彩的物體。它被稱作「女神」，粉紅色，具有迷人的曲線。這顯然是為了在這輛法國車和 B.G.之間引發想像的類比。這種語言和視覺的類比關係一旦建立起來，「雪鐵龍」作為一個物戀的物體開始消失，繼而成為 B.G.的記憶和過去的一個物證。B.G.個人史的重建又把這個類比延伸為 B.G.即自然的隱喻，而 B.G.即自然的寓意對於構造跨民族自我身份的意義正是影片的核心主題。

把自然比作女人並不新鮮，可這個古老的比喻最近卻引起了許多女性文學學者的濃厚興趣，美國學者斯泰希・阿萊莫（Stacy Alaimo）便是其中之一。從眾所周知的自然女性化的文學傳統入手，她把女性即自然的想像機制看成是厭惡女人的意識形態的思想根源。斯泰希・阿萊莫寫道：「女人不僅僅被定義為自然，而且自然又被用來維護這一定義的合法性。」〔註10〕雖然早期女性主義學者如西蒙・德・波伏娃（Simone de Beauvoir）和朱麗葉・米徹爾（Juliet Mitchel）號召女性從自然中集體逃亡，斯泰希・阿萊莫卻提倡女性應該積極參與這一話語，挑戰男性和女性、文化和自然、主體和客體的絕對界限，而避免重複這些概念之間的根本對立。「這種微觀化的理論依靠腳踏實地的滲透而不是無形的逃亡」，她又寫道，「它不僅適用於環保女性主義，而且適用於所有拒絕笛卡兒知識論、主觀和主體理念的女性主義理論。」〔註11〕從爭辯差異轉變到爭辯自然的新定義之後，自然不再是靜態和本質的儲藏場，不再是文化的鏡象，女性的主體性就存在於自然和文化對立消亡之後的想像空間之中——「這是一個女性主義的新空間，它既不完全證實也不完全否認差

〔註 9 〕Williams Pietz, "The Problem of the Fetish, II." *Res 13* (Spring 1998): 23～45.

〔註10〕Stacy Alaimo, *Undomesticated Ground: Recasting Nature as Feminist Space* (Ithaca and London: Cornell University Press, 2000), 2～10.

〔註11〕Stacy Alaimo, *Undomesticated Ground: Recasting Nature as Feminist Space*, 2～10.

異的存在。」〔註12〕在這個新空間裏，無數女性話語的開動和開展將成為可能，而文化的至高無上將受到挑戰，自然也將不再永遠貶值。正如馬克・斯策爾（Mark Seltzer）所言，文化相對於自然的論題將讓位於探究「什麼是自然的？什麼是文化的？它們之間的鏈接又是如何被表達、被授權和被控制的？」〔註13〕

很顯然，羅卓瑤是一個深諳女性主義理論的電影導演，因為《1967年的女神》所表現的自然根本不代表僵固的本質，嚴格的性別差異以及顯而易見的規範、價值和禁忌。恰恰相反，它是一片開放的、性質不明的荒野，一個未定的所指（signified），充滿了自相矛盾的意義。J.M.和B.G.兩人主體性的運動軌跡銘刻在自然之中，它是J.M.所缺乏的東西，卻又是B.G.所富有的東西。如果B.G.代表J.M.向自然逃逸的終點，但她絕不是J.M.自我救贖之旅的結束，而是他理解自然意義的開始，因為B.G.作為「女神」的形象化身幾乎在它初建之時就變得很不穩定，充滿疑問乃至悖論。一方面，B.G.顯得可愛、高雅、寧靜，極有女人味，是一幅自然賦予的完美鏡象。她對於自然界的親密認識與J.M.對自然界的生疏在他們面向澳大利亞內陸之旅的開端就形成了鮮明的對比。一條巨大的蜥蜴出現在他們車前的路上，J.M.這個溫室裏出來的自然主義者拒不聽從B.G.的勸告，下車去捕捉蜥蜴。也許他是想擴大他的寵物收藏吧，但蜥蜴咬住了他的手指，毫不鬆口。接下來是這樣一個令人難忘的鏡頭：在一把白傘下，一臉平靜的B.G.和沮喪的J.M.耐心地在路邊等待著蜥蜴放掉它的受害者。這個幽默的插曲不僅僅只是重演愚蠢的遊人和聰明的本地人的老戲，它和電影中其他恰到好處的細節一道說明了B.G.與自然的黏合。然而，在另一方面，B.G.不僅身具盲目這個「非自然」的缺陷，而且做了一些對女人來說只能算是「不自然」的事情。比如說，她把死去的堂兄的孤兒，一個可愛的年僅6歲的女孩，拋棄在悉尼街頭，只留下告別的話語：「叫警察吧，但你誰也不要相信。」在第一次試開「雪鐵龍」時，J.M.駕車享受他的「天堂般的歡樂」，B.G.坐在乘客席位上。忽然，兩個穿戴整齊的暴徒駕駛一輛箱子式的汽車橫了過來，二話不說，要把「雪鐵龍」擠下路面。此刻J.M.驚慌失措，而B.G.卻平靜地掏出一把手槍，連發幾槍，暴徒逃得無影無蹤。

---

〔註12〕Stacy Alaimo, *Undomesticated Ground: Recasting Nature as Feminist Space*, 2～10.

〔註13〕Mark Seltzer, *Bodies and Machines* (New York: Routledge, 1992), 155.

「我憎恨暴力，」B.G.事後面無表情地對目瞪口呆的 J.M.說道。

這樣一來，B.G.成了某種自然的謎團。她的屏幕形象引發對自然的聯想，卻又同時拒絕與自然同義。這也就是說，她既是自然的書寫又是對自然的擅越。這個悖論指向在少年時代那些以「自然」的名義而強加在她身上的心靈創傷。電影從頭至尾，壯觀、神秘和狂暴的大自然展示出了其氣象萬千的面貌，為 B.G.的心靈創傷提供了背景。具體地說，當亂倫的苦痛變得不可忍受時，是自然為她提供了庇護。我們多次看見年幼的 B.G.從家裏跑進森林，她白色的睡衣在高高的草叢中飄動。B.G.在黎明時分抱著一棵老樹痛哭的鏡頭也許是整部電影最難忘的意象。即使是成年以後，B.G.也不得不依賴於自然來躲避企圖冒犯她的罪犯。在一次去城裏的路上，B.G.不明智地選擇了一個綽號為「鼓手男孩」的流動馬戲團拳擊手作為同伴，而這個滿臉凶相的男子在露宿時突襲了她。B.G.設法逃了出來，整個夜晚睡在一棵老樹上，幾條野狗圍成一圈，意在保護呈胎兒睡狀的 B.G.。這個意象暗示 B.G.是自然之子，似乎她幼年時從大自然尋找母親的本能欲望總算在成年時得到了大自然沈寂但肯定的回報。

在上述有點過於雕琢的形象裏，羅卓瑤把母親／自然從一個隱喻變成一個可觸摸的形體。這是必然的，因為 B.G.的生母瑪麗從未盡一位母親的責任。瑪麗對亂倫的默許令人迷惑，但它是顯示一個完全「非自然」家庭的症狀之一。我們瞭解到瑪麗自己的母親與人私奔後，她成了一個早熟的孩子，是她父親亂倫的犧牲品。這樣一來，B.G.很有可能是外祖父和母親的私生女，她的失明是一個骯髒開端的標誌，或者按照瑪麗的解釋，是上帝憤怒的標誌。兩代人的亂倫事件都是在我們稱之為「文明」的戒備的眼皮底下進行的。就拿瑪麗的宗教信仰來說吧。對於女兒的每一次求助，瑪麗的反應總是向上帝祈禱，重複人人負罪的信念。B.G.最終看穿了瑪麗的枉然，瑪麗無能為力，只好以自焚來為一個沒有反應的上帝做最後的犧牲。

瑪麗的人物形象和她受文明驅使的「非自然」的行為是對自然和自然在形成女性主體性的雙重作用的無情解構，但瑪麗形象的建立也是一種強勢的文化批評，尤其對文化構意自然的批評。在這種文化批評的操作過程中，羅卓瑤考慮了文化和自然的對立，但對它們的本質差異涉獵甚少。她所關注的焦點在於自然和文化的中間交錯地帶，在那裡兩者互為你我，對婦女的暴力行為不能被任何一方自然化。具體而言，羅卓瑤先把外祖父塑造成文化的喻

體，隨即又通過他對自然的親近把這個喻體複雜化。外祖父可以說是一個生活在荒野的文化人。他同時是一個舞蹈高手，老練的垂釣者，講故事的藝人，業餘釀酒專家，礦工和淘金者。雖然他的行為通常以古典音樂片段為伴，他總是鬍子拉碴，穿著骯髒、破爛的衣服。換句話說，外祖父的出現使人同時想起他與自然的調和及不諧。然而，可以肯定的是，外祖父對自然的瞭解只是為了掠奪自然。在某種意義上，他是人類對自然無止境的侵犯的集體形象的代表。他挖出來的每一個金塊就是他對地球母親實施一次象徵性的強姦，而且這種象徵性的強姦和他對 B.G.無法形容的肉體摧殘有著直接的聯繫——兩者都在自然那裡找到藉口。面對瑪麗的詰問，外祖父反駁道：「誰說我不能與我的外孫女做愛？」言下之意是，亂倫對他來說是一件「自然的」事情，因為他被賦予了自然的力量。正是依據自然的力量，幾個世紀前盧梭寫下了著名的「自然法則」，它所「創造」的女人是為了「取悅和服從男人」。〔註 14〕令人奇怪的是，瑪麗對外祖父的謬論毫無反擊之力。她選擇離開，再也沒有回來。為什麼羅卓瑤讓一個富有潛在戲劇性的時刻悄悄溜走呢？為什麼她不讓瑪麗發出更強的道德之音？而這正符合一般觀眾的期待和要求。或許羅卓瑤認為外祖父的話是如此荒唐以至於任何回答反而會增加它的合法性。或許羅卓瑤和瑪麗都意識到任何有意義的回答都將不得不呼籲文化的權威，而玩弄文化正是外祖父的拿手好戲。外祖父也許具有一個洞穴人的外表，但他熟知文化與文化對自然作為他者的依賴。如果說他是環境的產物的話，他這個版本的環境便是一個有利於維持婦女作為犧牲品的女性化了的自然。他粗糙的個性反映了美麗但又充滿野性的山水。他大概也可以算一個自然主義者，但他是另類的自然主義者，充滿原始自私的欲望，依靠吞噬他人來滿足自己。很顯然，他的陰影伸及 B.G.的性格，她的寧靜平和與暴力、死亡和毀滅的傾向並存，兩者都衍生於自然。從隱喻角度來看，外祖父的存在使 J.M.從物質主義的廢墟返回自然的心路歷程變得困難重重，因為跨民族運動既是象徵性的，又是地域性的，它的意義有賴於旅行者對所經之地的想像和瞭解。即使羅卓瑤肯定地告訴觀眾外祖父的死亡即將來臨，但這並不意味著自然既優美又醜惡、既腐蝕人又救贖人的這種思想的終結。實際上，我們可以說在《1967年的女神》這部影片中存在著不止一個自然，而是幾個相互衝突的不同版本

---

〔註 14〕Stacy Alaimo, *Undomesticated Ground: Recasting Nature as Feminist Space*, 2.

的自然，每一個版本都是自然作為「人類建構和再現」〔註15〕的一種具體形式。外祖父控制自然的結束正是 B.G.通過自然解放自我的開始。在這個意義上，這部電影的結局暗示 B.G.和 J.M.新的起點：他們一道走入後現代的自然，在那裡人與機器融入自然風景之中，執意要去旅行，可卻不知道目的地在哪裏，手上也沒有一幅標示路線的地圖。

《1967 年的女神》是羅卓瑤第一部跨國製作的影片。像吳宇森指導好萊塢影星那樣，羅卓瑤利用澳大利亞經濟和藝術資源講述了一個關於離家旅行的普通故事，使這部電影成了所謂中國跨民族電影現象的一個範例。中國跨民族電影的概念幾年前由旅美學者劉小鵬等人提出。〔註16〕《1967 年的女神》不僅在製作上體現了中國跨民族電影的典型特徵，如：資金、發行、特定觀眾和電影節的讚許，〔註17〕而且還描述了真正超越民族和文化界限的跨民族主體的形成過程。這也許是中國跨民族電影應該追求的藝術境地。在一次採訪中，羅卓瑤關於她的導演意圖說了如下的話：「既不平靜，又不運動。既可察覺，又不可察覺。既不虛無縹緲，又什麼都不是。一種神秘莫測、自相矛盾、模棱兩可的狀態。這就是我在這部電影中要捕捉的東西。」〔註18〕的確，《1967 年的女神》是一首視覺的詩歌，一次關於人類、機器和自然關係的沉思。在電影殘缺不全的敘事中，自然和人造意象的剪貼，真實世界和虛擬世界的重疊，寫實和抽象的並用，所有這些藝術手段都被調動起來，為兩個深陷危機的年輕人拍攝了一幅生活快照。他們對贖罪的渴望，不管是多麼難以實現，只能在文化交流的空間裏才有被表達的可能。B.G.和 J.M.的未來當然是不確定的，但假如他們還有未來的話，羅卓瑤認為，它一定與 B.G.和 J.M.的文化相補性有關，與他們怎樣處理跨民族主義和後現代自然問題的能力有關。

---

〔註15〕Carolyn Merchant, *Earthcare: Women and the Environment* (New York: Routledge, 1996), 221.

〔註16〕Sheldon Liu, ed., *Transnational Chinese Cinema: Identity, Nationhood, Gender* (Honolulu: University of Hawaii Press, 1997), 1～31.

〔註17〕《1967 年的女神》已獲得如下榮譽：2000 年，芝加哥國際電影節 Hugo 銀獎（最佳導演）和威尼斯電影節金獅提名獎；2001 年，斯洛伐克國家藝術電影節金鑰匙獎（最佳導演）和挪威國際電影節 FIPRESCI 獎。

〔註18〕羅卓瑤的評論引自香港 Universal Laser & Video Co., Ltd 在 2002 年發行的《1967 年的女神》DVD 中文版「導演手記」。

# 想像過去：香港新電影的記憶與遺忘

我對遺忘有過目不忘的記憶力。

　　——羅伯特・路易斯・史蒂文森（Robert Louis Stevenson）

記憶過去的事情並不等同於記憶它們在過去的本真。

　　——馬塞爾・普魯斯特（Marcel Proust）

　　從懷舊的角度談香港盛行於 20 世紀末的新電影是一個悖論的立意，但我恰恰認為這是解釋其受觀眾喜愛的重要原因之一。懷舊是整理過去的一種方式，是記憶的感情之旅。〔註1〕正如著名後現代主義學者琳達・哈欽所說，懷舊的魅力恰恰來自過去的不可追溯性。〔註2〕俗話說，過去的事就讓它過去吧，而懷舊卻不認這個理，反其道而行之，對過去的「過去性」糾纏不息。當然，懷舊所感興趣的過去往往並不是所經歷的過去，而是所想像的過去，即在記憶和欲望中被浪漫化的過去。在這個意義上琳達・哈欽又說，「懷舊是關於過去的，但它更是關於未來的。懷舊的操作過程一如米哈伊爾・巴赫金所說的『歷史的反演』，即當今未實現的理想被投射到過去，被『記憶』成過去。這些對先前時空的追溯既有記憶的成分，也是遺忘的結果，還要加上欲望從中對之加以扭曲和重組。」〔註3〕這也就是說，懷舊是跨越三個時空的心靈之

〔註1〕關於懷舊（nostalgia）的敘述理論與政治含義，請參閱本書討論阿來詩歌和短篇小說的章節。

〔註2〕Linda Hutcheon, "Irony, Nostagia, and the Postmodern," http://www.library.utoronto.ca/utel/criticism/hutchinp.html.

〔註3〕Linda Hutcheon, "Irony, Nostagia, and the Postmodern," http://www.library.utoronto.ca/utel/criticism/hutchinp.html.

旅——對過去的反思、對當今的失望、對未來的寄託。所有懷舊的行為都與現今的危機有關，這種危機微小如夫妻之間的鬥嘴，博大如社會在激變之下的煩躁不安。

1997 年之前的香港正是後一種情形。毫無疑問，回歸中國這樣的「百年一變」對香港人的影響是不難想像的。在他們多種多樣的「應對」措施中，懷舊成了最通用的表現，因為回歸意味著變化、消失和不確定的未來。隨著回歸中國的日子一天天臨近，香港人的懷舊感覺就越發強烈，正像美國華裔學者周蕾在回了趟香港老家之後說的那樣，其時香港正籠罩在一片懷舊文化之中：

> 淺水灣酒店、太平山餐廳、西港城這些地標性建築不是被重建就是被修復，以展現當年殖民時代的風光。1992 年，香港還舉辦了一系列的展覽，展出了從十九世紀末到二十世紀初的香港明信片，1950 年代以來的電影海報，1930 年代以來的香煙與雜貨的海報，以及 1950 年代和 1960 年代的各種流行文化出版物和日常器皿。昔時的家具、音樂、服裝、鞋，還有化妝品重新流行了起來。一時間，收集懷錶、機械表、老唱片、舊報紙、老雜誌、老照片、舊的連環畫等「古董」，與傳統的收藏品，如錢幣、郵票、鼻煙瓶、家庭用品、畫、書法以及地毯一起，蔚為時尚。對歷史、傳統和文化的懷舊通過商品的無邊複製而表現出來。〔註4〕

有感於這股濃鬱的懷舊之風，一位香港時事評論家敏銳地指出：「對於這一『懷舊俱樂部』以及他們正在迅速增加的票友們來說，美好的事物只在舊時。玩味這種美好就如同鑽入一個時間隧道，去追尋那隱藏著的秘密。」〔註5〕

香港電影界向來擅長投市場所好，他們當然知道如何去打這張懷舊牌。香港電影評論人黎肖嫻說，那時候香港拍的大部分電影都屬於懷舊電影。這些電影迎合大眾對香港的熟悉印象，編製易於辨認的故事情節，重現眾所周知的人物形象，以及採用經典粵語或國語片中慣用的藝術手法而創造一個神

---

〔註4〕Rey Chow, "A Souvenir of Love," in Esther, C. M. Yau, ed., *At Full Speed: Hong Kong Cinema in a Borderless World* (Minneapolis: University of Minnesota Press, 2001), 209.

〔註5〕Chen Bingzhao, "Ningding guoqushi de meigan" (Beauty in the condensed past tense), *Xin Bao* (Hong Kong Economic Journal, overseas, edition): 16 August 1992.

秘不定的香港。〔註6〕觀賞這些電影，就是通過對一些現存的、熟悉的文化符號和再現模式的慶祝，來一起追溯一種共同的文化記憶。此時的香港人渴望確定自己獨特的文化身份，因為這種身份在 1997 年回歸之後將不復保持它的「純正」。無疑，這些電影就是迎合了人們的這種願望。「香港新浪潮電影」中很多名片都與香港回歸的主題有關。羅卓瑤和關錦鵬兩位「第二波」導演尤以講述有關永遠變動之中的香港的故事見長。前者的「秋月」與後者的「胭脂扣」都以記憶為入口，在消失的香港和想像的香港之間尋找歷史的痕跡和個人的身份認同，同時也把香港人對「97」後的焦慮轉化為對香港未來多元性的、跨國性的想像。

關錦鵬的「胭脂扣」（1987）和羅卓瑤的「秋月」（1992）大體屬於所謂的「懷舊電影」，但它們也頗有過人之處。這兩部電影並沒有將香港的過去理想化，更沒有試圖「忠實」地複製過去。相反，這兩位導演不僅質疑香港大眾記憶中的那個過去的真實性，而且把記憶本身轉變成一種想像過去的參與性行為。這兩部電影都試圖表明，尋找香港的文化身份並不是要回到那個「純正」的過去，其實在香港的殖民歷史中根本就不存在所謂「純正」的過去。進而言之，他們都認為這種文化身份的形成其實是一個過程，該過程不僅包括記憶，也包括遺忘。

電影「胭脂扣」有一個精緻的雙重敘述結構，其情節大致如下。1930 年代，色情業在香港仍然合法。一個叫如花的女子是當時青樓的名妓。富家公子陳振邦經常出沒青樓，人稱「十二少」。他們陷入了愛河，不能自拔。陳家父母因如花出身低賤，斷然拒絕兒子與其結合的請求。既然今生無緣做夫妻，他們決定吞食鴉片，共赴黃泉，並選擇了 3 月 8 日晚 11 點殉情。為了方便陰間再聚，如花與十二少約定密碼「3188」。如花殞命，於陰曹地府苦等五十三年，不見十二少。到了 1987 年，如花覺得不能再等，於是以未來壽命換來還陽幾日，去尋找十二少。她在報上登尋人啟事，希望愛人仍記得「3811」的約定，好在老地方重聚。

如花的故事於是與兩個現代戀人袁定和林楚娟交叉。袁定是報社市場部的職員，林楚娟是另家小報記者。經過最初的疑懼之後，這對戀人為如花的忠誠所感動，決定助其尋找十二少。因為除密碼「3811」外，再無線索，找十

---

〔註6〕Linda Chiu-han Lai, "Film and Enigmatization: Nostalgia, Nonsense, and Remembering," in *At Full Speed*, 232.

二少可謂大海撈針。他們從身份證、電話號碼、駕駛證及其他證件號碼一一入手，終於與十二少的兒子通上電話，並獲知其父的消息。原來殉情自殺後，十二少被救活，並按父母所囑娶表妹為妻。時過境遷，妻已早亡，兒子也不願再理父親，為掙鴉片錢，十二少在片場做群眾演員。面對苦等多年的戀人，如今如花心灰意冷，只剩輕蔑。在毅然歸還十二少當年贈予的愛情信物——一隻胭脂盒後，她拂袖而去。如花因愛而生怨，她的激情和忠誠給她帶來了苦難，影片的結尾似乎在暗示如花的苦難並未結束。關錦鵬認為苦難是最重要的人生經驗之一，所以他大部分電影都是一種「苦難的美學」。關於「胭脂扣」，他說道：「我的人物的苦難也是我所經歷的苦難；我的苦難，我也要讓如花經歷。」〔註7〕

　　電影「秋月」講述的是一個十五歲的香港中學生的故事，情節則比「胭脂扣」簡單得多。慧的父母已經移民去了加拿大，而她卻留在香港跟奶奶一起生活。奶奶年紀大，無法移民，所以慧得照顧奶奶，或者說等奶奶過世後好去加拿大跟父母團聚。電影中的另一個主人公名叫「時夫」，是位日本遊客，他來香港的目的是為了尋找美食、便宜貨和色情。在傳統的意義上，兩人都不是移民，但是他們的故事與移民息息相關。慧和時夫因緣巧合，進而建立了一種尷尬的關係。靠著結結巴巴的英語，經歷了一番失望和誤會之後，他們終於得以互相理解。更重要的是，他們的「忘年之交」成了兩人各自尋找身份認同的基石，使他們能在這個冷漠、機械和異化的跨國環境裏有所安慰，有所依託。在故事的結尾，他們用燈籠、小船、煙火這些中日傳統的儀式道具，來慶祝他們的相遇以及行將到來的分離。很明顯，這是一個不是結尾的結尾，它的象徵意義就在於，在全球化之下的跨國環境裏，我們的漂移是沒有終點的漂移，是一種近乎「永恆」的生存方式。

　　熟悉中國古典文學傳統的人對電影「胭脂扣」中所精心呈現的那個奢華而令人嚮往的過去應該不會陌生。這不僅僅是因為如花與十二少的愛情故事在所謂「真實」的香港社會歷史環境中展開，還因為該影片是對至今還中文影劇舞臺上常演不衰的才子佳人的經典故事的改寫。我之所以說它是改寫，是因為關錦鵬的電影和經典故事的模式有所不同，比如說結尾：無論在天上還是人間，他都沒有讓這對才子佳人結成秦晉之好。這看起來有點像如花和

---

〔註7〕 "Interview with Stanley Kwan," *Hong Kong Panorama 96～97, 21st Hong Kong International Film Festival* (Hong Kong: Urban Council, 1997), 43.

十二少出現了記憶上的錯亂，沒能忠實地按照預定的劇本來扮演他們的角色，最後成了一齣反悲劇的「悲劇」。因此我們有理由質問，在為我們呈現了一個關於過去的充滿魅力與魔幻的視覺盛宴之後，關錦鵬是否有意「大失所望」，而將一個經典的才子佳人的浪漫故事演變成了一齣荒誕的鬧劇？如果是這樣，那麼可笑的一定不是如花對十二少的癡情以及兩人愛情故事中令人動容的細節，可笑的恰恰是這些對歷史照單全收的那個「懷舊俱樂部」的票友們。關錦鵬似乎想要說，歷史，不僅是一個文本，而且是一個被不斷改寫的文本；歷史的美並不等於現在的美，因為過去的眼中之美也許是現在的腦中之惡。

其實「胭脂扣」中有很多情節表明記憶對現在的建構性作用。在電影中，袁定與林楚娟這對現代戀人是如花和十二少這對舊時的戀人的鏡象反襯，後者為癡情，前者則為情乏。袁定與林楚娟整日為職業操勞，聚少離多。因為太忙，他們無法為彼此操心動神，只能靠電話和短信來維持聯繫。在快節奏的現代生活中，激情和浪漫成了一種奢侈，漸行日遠。林楚娟的生日，袁定給戀人的禮物是一雙球鞋，因為林楚娟作為小報記者為追新聞疲於奔命，腳太累。袁定的禮物當然是愛的表現，但同時也表達了對日常生活的無奈（林楚娟在辦公室接受禮物後，匆匆之中換上新鞋，奪門而去，一聲感謝還是話外音）。顯而言之，袁定與林楚娟的戀情也是如今大部分香港戀人（或者說所有生活在發達社會中的戀人）的常態。他們在戀愛，他們也在等待，期望某種奇蹟的發生能夠化解日常生活的平庸和機械。於是，如花的魂靈出現了，但她的造訪能「拯救」袁定與林楚娟這兩位小戀人嗎？乍一看，似乎可能。如花的出現確實給他們千篇一律的生活增加了情趣。通過幫助這個對現代技術一籌莫展的弱女子找到情人，他們不僅成了如花眼中的英雄，也加深了對彼此的瞭解。最重要的是，如花的出現給了他們反思自己平庸生活的機會。有趣的是，這種反思促使他們羨慕如花的執著與癡情，但並沒有造成他們認同如花。即使在如花的故事出人意外地以悲劇收場之前，他們也不認為他們能像如花那樣去愛。下面他們關於如花這個不速之客的一段議論意味深長：

> 楚娟：你會不會喜歡上如花呢？
>
> 袁定：她感情太激烈，我受不了。
>
> 楚娟：你會不會為我自殺？
>
> 袁定：我們哪會這麼浪漫呢？

楚絹：只要說會不會？

袁定：不會。你呢？

楚娟：不會。

　　正是如花的出現使這對戀人有了這種真誠的枕邊談話的機會，但具有諷刺意味的是，他們羨慕如花和十二少動天地泣鬼神的戀愛，卻並不認可如花所代表的浪漫理想。換句話說，不僅傳統的才子佳人故事通過關錦鵬的改寫而被否定，而且作為這個故事第一讀者的那對現代戀人認為如花的故事儘管動人，卻不願師法。電影的餘味只剩下純粹的懷舊，即無關內容的懷舊的情感與傾向。香港的文化認同當然離不開記憶，關錦鵬似乎要告訴我們，記憶是歷史的見證，但記憶不能還原歷史，更不能代替歷史。我們之所在動盪不安之際迷戀記憶，是因為記憶通過召喚歷史的魂靈而昭示現實，從而強化我們悵然若失的體驗。

　　羅卓瑤的電影「秋月」中的慧就被這種悵然若失的感覺所困擾：一切都在她的面前漸漸地消失——香港這個熟悉的城市，她的家庭成員，她的同學和朋友。她的整個世界都在與「回歸」有關的逃港熱衷變得支離破碎。她知道某一日她將去加拿大與父母團聚，但她的將來在很大程度上取決於她帶走什麼和留下什麼。母親去加拿大前交代了她兩件事情，一是照顧好奶奶，二是錄製電視上播出的粵劇節目。這兩件似乎毫無關聯的事情被意象化地交叉在一起。影片中有一場戲是慧機器人一般地用錄像機錄製粵劇節目，她的畫外音抱怨自己成了母親的「錄像機器」。另一場戲是奶奶在安頓好慧睡覺後，自己卻去看電視粵劇。後來當慧出來查看奶奶時，卻發現奶奶在沙發上睡著了。電視節目早已播完，屏幕上閃著雪花點。慧又通過畫外音告訴我們，這是她奶奶每天的習慣。很明顯，粵劇對奶奶和慧有著不同的含義。對奶奶而言，粵劇是她的最愛，她的文化源泉，她的身份認同。她願意伴著粵劇睡去，或者說正如眾人所願，甚至伴著粵劇而死。然而對慧來說，粵劇只是表明了她跟香港之間的一種若即若離的關係。這種她所不熟悉的藝術形式，只有當她離開香港的日子一天天鄰近，她的恐懼感與日俱增的時候才會產生象徵性的意義。奶奶聽粵劇是聽唱腔、聽故事，慧「聽」粵劇是體驗傳統及其回憶的形式。於是，一走一留的一老一少通過粵劇而形成了有趣的矛盾組合，在傳統和未來的衝突中相濡以沫。當然，電視粵劇也是一個喻義濃厚的視覺意象，它是一種很方便的文化產品，不受時空限制，便於複製且易於攜帶，對於跨

國移民來說，它是聯繫本土文化一個不可多得的記憶媒介。

因為年輕，準移民慧離面臨著時空上的雙重錯位。她無法像奶奶那樣依靠懷舊來取得心理安慰，因為她無「舊」可懷。像粵劇這樣的視覺紀念品她一是積存有限，二是她對其具體價值仍然很有疑問。因此，慧與「胭脂扣」中現代戀人袁定與林楚娟對記憶的態度有所不同：袁定與林楚娟關注是記憶什麼，而慧關注是怎樣記憶。前者強調內容及其的批評性解讀，後者強調記憶過程本身的主觀性和不完整性。於是，慧的記憶與遺忘交錯而行，而且遺忘成為慧尋找「家園」、重建自我的重要方式。

雖然遺忘通常被理解為記憶的反義詞，但遺忘實際上是記憶的組成部分，在某種意義上還是記憶非常重要的組成部分，因為記憶作為一種有意識的心理活動總是零星不全的，所謂完美的記憶就語言重述而言根本是不存在的。著名的阿根廷作家博爾赫斯曾經斷言：「遺忘是記憶的形式之一。一枚硬幣的隱秘的反面。」〔註8〕在短篇小說《博聞強記的富內斯》中，他塑造了一個記憶超群的年輕人，對在眼前發生的一切都能過目不忘，回憶如新。比如說，他能記住天空雲彩在每一刻的形態和運動方向。可是因為他沒有遺忘的能力，記憶成了一種累贅，生活的細節變成了不可不可擺脫的過去，最終身心交瘁，死於「肺阻塞」。

在「秋月」中，遺忘作為記憶的反向運動是通過慧和時夫對待兩者各自不同的態度來體現出來的。日本人時夫來香港是為了尋找記憶，因為他患有失憶症，已經記不清自己與日本的關係，記不清自己的童年與初戀，最重要的是他失去了自我的身份認同。他由「拜物」而「拜神」，由求美食而對仰慕中國傳統文化，與初戀日本戀人巧合而喚起回憶的欲望，最終一個體貼又溫柔的時夫似乎象徵著他的重生。慧則相反，在一開始她卻為自己對祖父母、童年，還有男朋友的記憶所累。這些難以擺脫的記憶讓慧倍受煎熬，不是因為它們是不愉快的經歷，而是因為它們與即將來臨的離家相互牴觸。每時每刻她都在梳理這些記憶，最終在時夫的幫助下，她學會了遺忘。這就是慧和時夫相互逆反的心理歷程：一個從記憶到遺忘，另一個從遺忘到記憶。換句話說，在各自尋找自我的旅程中，慧和時夫互為鏡象，不可分離。

---

〔註8〕 Jorge Luis Borges, *Obras Completas*. Buenos Aires: Emece, 1974, p 1017, quoted in Lisa Block e Behar *A Rhetoric of Silence and Other Selected Writings* (New York: Mouton de Gruyter, 1995), 291.

他們的旅程終於在一個荒島上達到了高潮。這個結局也是記憶與遺忘的象徵。這個無人荒島對慧並不陌生，因為她曾和父親一起來這裡釣過魚。看起來，慧有點像「故地重遊」，由於時夫的參與，這卻不是純粹的懷舊，兩人是為了向這個已經被人遺棄的地方告別而來的。確切地說，他們要用煙火和節日來慶祝她的離開。這個做法本身既是記憶，也是遺忘。首先，時夫用畫外音來點綴電影中切換的荒島意象，但又告訴我們他所講的並不是他自己的故事，而是慧的故事，似乎暗示慧已經遺忘了她自己的故事。然後，同樣用畫外音，慧開始背誦一首悲歎家園不再、生命短暫的著名唐詩。她卻忘記了詩的最後兩行，於是她的朗誦也就停留在了那裡。最後，他們對中秋節的慶祝活動其實也是記憶與遺忘的結晶：中國與日本的傳統儀式加上他們獨創的內容，中日文化的混合來象徵他們的友誼、他們的分離以及他們在跨國空間的再生。

毫無疑問，1997 年香港回歸中國是關係香港民族與文化身份的一個重要時刻。它所帶來的焦慮與期待促進了 1980 年代末與 1990 年代初「香港電影新浪潮」的崛起。「香港電影新浪潮」電影的主旨是香港的文化認同與建構。在各種各樣關於「後 1997」的電影預言中，羅卓瑤和關錦鵬這兩位屬於「第二波」的導演在敘述香港的變化主題時角度獨特，喻義深長。電影「秋月」與「胭脂扣」都把記憶作為書寫文化與建構社群的手段，以便抓住永遠在消失之中的香港。但為了強調主體與想像中的香港的獨特關係，記憶在這兩部電影中卻呈現一種很不相同的意義指向。電影「胭脂扣」通過對前現代香港的懷舊，從而引發觀眾的失落情緒，既表達了對現代社會中人與人之間的冷漠的批評，又反對對過去理想化的傾向。而電影「秋月」一方面慶祝超現代的香港表象，另一方面又強調記憶在體驗文化傳統中的作用。但記憶不等於本質主義的懷舊，它與遺忘一道是在跨國空間建構自我的重要策略與手段。記憶與遺忘都是關於過去的想像話語，其中的情愫表現體現了多姿多彩的共情美學。

# 戲仿遊戲：馮小剛電影的道德批評

道德行為即張揚生命的行為。

——約翰·加德納（John Gardener）〔註1〕

戲仿是自我反省現代表達的主要方式之一，是指向內心藝術話語的一種形式。 ——琳達·哈欽（Linda Hutcheon）〔註2〕

20 世紀 80 年代以來，先是以陳凱歌、張藝謀為代表的第五代導演製作的具有厚重文化意蘊的電影為中國電影帶來了國際聲譽，之後賈樟柯、張元、王小帥等第六代導演承繼了精細寫實的藝術電影的範式，繼續在國際電影節上占盡風華，但在中國國內電影市場，是馮小剛幾乎單臂開創商業電影的模式，成為世紀之交中國民族電影的標誌性人物。

20 世紀 90 年代，「獨立製片」這一全新的電影製作形式在中國悄然興起，並逐漸成為中國電影生產的一種主導性因素。就是在這種背景下，馮小剛投身於電影界，二十餘年間幾經沉浮，最終成為中國電影業的個性人物〔註3〕。他的崛起也標誌著「中國民族電影一種新範式」〔註4〕的確立。但是馮小剛也一直是個飽受爭議的明星級人物，評論家們對他的電影作品的評價總是毀譽參半。在林林總總的批評聲音中，最激烈的莫過於對其「道德感缺失」的指

---

〔註1〕John Gardener, *On Moral Fiction* (New York: Basic Book, 1977), 23.

〔註2〕Linda Hutcheon, *A Theory of Parody: The Teachings of a Twentieth Century Art Forms* (University of Illinois Press, 2000), 2.

〔註3〕吳小麗、徐甡民：《九十年代中國電影論》，文化藝術出版社 2005 年版，7 頁。

〔註4〕Jason McGrath, "Metacinema for the Masses: Three Films by Feng Xiaogang," *Modern Chinese Literature and Culture* (http://mclc.osu.edu/jou/abstracts/mcgrath. htm). Accessed 1/25/2009.

謫。近年來，馮小剛致力於追求影片的娛樂性，在敘事、人物塑造等方面他力圖使意蘊趨於朦朧、模糊，以期突破「善良戰勝邪惡」的敘事慣性。而這種電影風格上的新穎範式是以犧牲道德準則為代價的，票房上的巨大成功也因此而蒙上了一層陰影。評論界對於馮小剛的犀利指責是鞭闢入裏的分析還是一種先入為主的誤讀？娛樂性和社會責任感這兩種要素在馮小剛的電影中果真不可兼容？本章將把馮小剛置於第五代導演的藝術譜系中加以考察，去釐清他的獨特定位，從而對上述問題做出獨特的思考。雖然他面臨著相同的社會問題與第五代導演相比去之不遠，馮小剛卻採取了一種截然不同的處理方式：他在影片中設置出一種去政治化的、世俗的文化語境，在此基礎上憑藉戲仿與譏諷的表現手法，生動地呈現了日常生活中所隱含的重重道德危機。電影所刻畫的這類道德危機因其細節的真實而會使觀眾產生一種身臨其境之感，並以之為鏡映像出自我在其間的脆弱與渺小。另一方面，影片中的道德危機往往以無奈的結局告終，這其實反映了處於轉型期的中國當代社會在多元價值觀的激烈衝突之下的一種無定狀態。

馮小剛的成功與「賀歲片」現象密不可分。在 20 世紀 90 年代，電影業已逐漸形成了以票房為導向的製片格局，香港電影遂成為一種可供借鑒的範本，馮小剛敏銳地從中汲取到娛樂化的構成要素，隨而創生出賀歲片這一「電影品種」，並使之一躍成為內地電影市場繁榮的決定性力量。自 1994 年以來，雖然有好萊塢電影、香港電影的兩面夾擊，馮小剛的電影卻總能持續獲得最高票房紀錄，還沒有一位導演能像他那樣將電影的藝術形式與娛樂價值結合得如此之緊密。盛名之下，是眾說紛紜所帶來的包袱。既有人將馮小剛視為票房之王、「民族電影」潮流的領導者，也有人斥之為「偽藝術家」「膚淺」的藝人。

事實上，直到今天馮小剛在國內外電影節的重要獎項上鮮有摘冠，這似乎表明了同行及批評家對其電影的一種「冷處理」。雖然馮小剛電影的商業化製作模式偶而被提升到新的電影美學話語的高度，但來自評論界的另外一種聲音卻異常嚴厲。一些批評家堅決地認定：馮小剛的電影除了娛樂大眾之外，鮮有美學上的價值，其中最不能容忍的便是故事敘述、性格塑造層面道德感的缺失。他們認為，電影中的主人公大都具有玩世不恭的性格特徵，藉此傳達出的則是娛樂為上的價值取向，而故事結局往往是對「正義戰勝邪惡」藝術準則的直接顛覆。雖然馮小剛的近期電影如《唐山大地震》（2010）和《溫故1942》（2012）對正義和生命的主題有所強化，但這並不能改變人們對馮小

剛電影的總體印象，因為為他帶來巨大聲譽的早期電影依然是他的藝術名片。

　　就曝光頻率而言，馮小剛或許能算得上是當下大眾傳媒中的焦點人物之一。在百度網輸入「馮小剛」三個字，即刻間就會獲得三千萬以上個相關結果。平面媒介、視聽媒介對他的追蹤之緊、報導之繁竟然導致了某種程度上的「視覺疲勞」。在他的新片即將公映之時，尤為如此。這種現象或許與名人效應有關，而作為一位善於自我推銷的導演，事實上馮小剛更願意為其推波助瀾。他顯然渴望最大限度地亮相於公眾面前，甚至曾王婆賣瓜似的自誇：「如果我不拍電影，中國觀眾看什麼呢？」當然，老練的馮小剛也有其理性的一面，從他的部分講座、談話中我們即能探察到他作為電影藝術家豐富的內心世界。在一次面對大學生觀眾的演講中，馮小剛說過這樣一段話：

> 在正劇方面，從《一地雞毛》《一聲歎息》到《手機》，我的創作反而表現得很不嚴肅很不正經，在長於此道的行家看來缺失深刻很不入眼，不僅內容上糾纏於瑣碎的生活和狼狽不堪的男女關係，形式上也不倫不類無章可循。但我卻偏偏固執地認為這些影片的內容正是我們生活的主旋律，是對處於變革中生活形態的透視。觀眾在觀看這些影片的時候形成了一種奇特的局面，每個人的臉上都洋溢著事不關己的輕鬆笑容，但他們的內心卻在恐懼中掙扎。有記者好事兒，曾在《手機》的放映場跟蹤中途離場的觀眾來到洗手間，發現裏面站滿了匆忙刪除手機短信的觀眾，回到座位又恢復了娛樂應該有的從容。這是多麼恐懼的觀影經歷。我不知道深刻意味著什麼？但我看到了一部影片竟能對觀眾的內心構成這麼大的威脅，讓他們又愛又怕。〔註5〕

　　在這裡，馮小剛的語氣中似乎帶有一點牴觸情緒，這其實是情有可原的，他顯然被那些忽視他票房成績的所謂「職業影評家們」激怒了。他一反常態，沒有如數家珍般地列舉每部電影所取得的驚人利潤，以此來顯示商業上的成功。相反，他的語氣語調無異於一名嚴肅的電影製作人，他努力地向世人證明：自己同樣關注社會，同樣致力於表達人的真實生活經驗，製造幻覺和夢想並非自己的初衷。對這樣的電影製作人來說，觀眾是其考慮的首要因素，但這並不意味著觀眾想要什麼就拍什麼，他要思考的是一部電影究竟能為觀眾帶來什麼。或許在馮小剛看來，批評家對他的「誤讀」正緣於此。《手機》

---

〔註5〕馮小剛：《馮小剛自述》，《當代電影》2006年6期，第42頁。

就是一部能帶給觀眾複雜意味的電影。根據馮小剛的自我描述，我們大概能想像這樣一幕場景：電影散場後，思緒萬千的觀眾，拖著如鉛的雙腿，在沉思之中緩緩退場，而隱身於銀幕之後的操控者——導演馮小剛臉上掛著一絲笑意，以悲憫的口吻說道，你看，「愛和恨」就是這樣製造出來的。這裡的「愛和恨」都與一種自身恐懼感有關，而恐懼則來自一種如影隨形的威脅，馮小剛並沒有道破這種威脅的根源所在，也沒有闡明電影是通過何種方式將恐懼感傳達給了觀眾。之所以如此，原因就在於他不願去深入探討諸如倫理、道德這些形而上的話題，他很討厭在公開場合使用這些宏大的概念。從那些中途離場刪除手機短信的觀眾身上，我們可以發現，電影所傳達的恐懼感並不存在於電影本身，而是依賴於社會的道德背景。在世俗生活中，人們患得患失，是否去愛，是否能守護住這份愛，威脅與恐懼無處不在。由此可見，《手機》雖然被冠以商業電影的名號，但它其實是一部關涉道德主題的意蘊深厚的準藝術電影，這部電影把握住了當代社會某種精神危機的脈搏。

其實，從 1994 年他的導演處女作《永失我愛》一直到近期的《集結號》《非誠勿擾》，馮小剛塑造了一系列形態各異的、深陷道德或倫理危機的人物形象。他的電影密切關注著諸如跨國移民、民營企業家、暴發戶、性解放等敏感的社會潮流，通過人物形象的喜劇化刻畫，呈現出人文精神失落、價值秩序失衡的社會景象。更為難得的是，電影在此基礎上發出了自我檢測、自我調節的呼聲，以對抗來自瞬息萬變社會的無休止的誘惑，道德勸誡的電影話語從而顯示出救贖的能力。一般而言，告誡與拯救的主題是通過家庭生活、社會關係、浪漫故事以及鴛夢重溫的愛情經歷而得以表現的。這在馮小剛的早期電影中，表現尤其突出。〔註6〕

《永失我愛》中身患不治之症的蘇凱，希望通過善意的謊言讓格格和楊豔放棄對自己的愛情。《沒完沒了》中，「劫犯」韓冬為了使雇主阮大偉償還拖欠已久的租金，綁架了阮的女朋友劉小芸，而故事的結局卻極富喜劇性，韓冬不僅拿到了錢，還贏得了女孩的芳心。電影《大腕》的拯救主題則擴展為國際化的視野，好萊塢重量級導演泰勒在中國拍片時，因為內心的焦灼病倒了，被告知將不久於人世。泰勒將自己的命運全權託付給了失意潦倒的攝影師尤優，要他精心策劃一個「喜劇葬禮」以告慰自己的人生。尤優之所以

---

〔註 6〕胡泊《拯救說——馮小剛電影的主題》，《福建藝術》2004 年第 2 期，第 47～49 頁。

被委以如此「重任」，其原因不僅在於他對泰勒的熱情接待，更是由於他向泰勒展示了博大精深的中國文明。從尤優的形象中，我們看到的不是馮小剛自我主體的改造再現，而是一種反英雄氣質的表徵──迷人的親切感，嬉笑胡鬧，甚至玩世不恭，但關鍵時刻也能決絕地展現救贖他者的英雄行為。的確，尤優的行為顯得不夠誠實。然而，隨著其高尚意圖的展露以及由此而引發的喜劇情節的展開，人們對於尤優的不良印象也隨之煙消雲散。

　　「為達到目的而不擇手段」，《大腕》提出了這樣一個令人深思的道德問題。然而，這不正是經濟快速增長時期約定俗成的潛規則嗎？（綽綽有名的「白貓黑貓論」可是說當代社會道德危機的導火線線之一）。面對這種態勢，馮小剛在現實世界和電影世界之間塑造了一個個佈道者和捍衛者的形象，試圖挽救一個時期的道德靈魂。在這一點上，馮小剛與第五代導演既相似又不同。後者意欲暴露社會弊端以重新解釋中國正史，引發人們思考有關民族、女性、陽剛之氣等帶有普遍性的問題，希望藉此來完成對中國所處困境的理性理解。馮小剛則把社會弊端當成了生命個體實現自我救贖的一種文化背景。在他看來，持續開放的社會勢必會引發各種道德問題。一個人被誘惑且禁不住誘惑，這往往並非他個人的錯誤。要解決日益突出的道德危機，關鍵不在於個人的自省，也不在於社會的整體性調整。事實上，道德危機不可能在一朝一夕間得以化解，人們只能嘗試著通過一些「聰慧」的喜劇技巧去擺脫它，儘管這不能從根本上解決問題。影片《一聲歎息》的結尾部分即發人深思。男主角梁亞洲與漂亮女秘書李小丹的婚外情結束了，他全身而退，此刻在沙灘上悠閒漫步，望著在水中玩耍的妻子和女兒，體會著寧靜、平和的家庭幸福。然而，恰在此時，他的手機收到的一條內容曖昧的短信。頃刻之間，不祥的預感不招而來，似乎在暗示梁亞洲眼前的幸福搖搖欲墜。這既是梁亞洲也是每一個像梁亞洲那樣的「成功人士」所面臨的挑戰：在當下經濟巨變、物慾橫流的社會，新一輪的誘惑已經潛伏在角落裏，呼之欲出。在馮小剛的早期電影中，類似的結局時有出現，它作為「警世之言」，在演示現代生活的道德危機的同時也昭示了對如堅忍、包容、誠實、犧牲等傳統價值觀的呼籲。然而，2005 年創下票房之最的電影《天下無賊》〔註7〕卻將這種呼籲轉換成為一個一語雙關的寓言。

---

〔註7〕《夜宴》的總票房收入高於《天下無賊》，但由於製作成本的投入較高，所以最終的票房贏利不及《天下無賊》。

　　許多評論家認為，《天下無賊》標誌著馮小剛已完全投身於商業電影的製作，[註8] 其商業性由那場盛大的首映禮和電影中穿插的軟廣告可見一斑。2004 年 12 月 6 日在北京舉辦的首映禮，其奢華與時尚堪稱史無前例。門票雖高達 5000 元之巨，卻仍擋不住企業界、娛樂界各色人等的熱情。迎著聚光燈，馮小剛帶領著他那「火熱」的明星團隊——大陸的葛優，香港的劉德華以及臺灣的劉若英等人——走向紅地毯，亮相於媒體「軍團」和尖叫的粉絲們面前。接著，首映禮放映了影片的部分片段。可以看出，這個流程簡直就是對好萊塢「範兒」的完整複製。接下來的一個月裏，各路媒體不間斷地發布稿件，瘋狂地、熱切地期待著影片在春節期間的正式上映。馮小剛曾承諾，要將首映的收益悉數捐獻給慈善事業。對此，大眾傳媒則並未給予充分的關注。至於影片中商品廣告的安插，則受到了批評家的激烈抨擊。眾所周知，植入商品廣告在馮小剛的電影中屢見不鮮，但在《手機》之前的作品中，這種植入還是比較隱蔽的，至少沒有引起觀眾的厭煩情緒。但《天下無賊》中的植入廣告卻迥然有異，商品安插規模是如此之大，以至於幾乎在影片的視覺敘事中「喧賓奪主」。在影片開始的短短 6 分鐘時間裏，觀眾就已經處於一系列商品的「轟炸」之中了，佳能數碼相機、寶馬運動跑車、乃至於惠普筆記本電腦，一一在大銀幕上亮相。在這場「廣告戰」中，最大的兩個贏家非中國移動、諾基亞莫屬。片中人物每一次打電話或發短信，都是對它們商標的一次完全展示。的確，《天下無賊》將中國電影工業推入了一個商品廣告和商業電影製作的嶄新時代。[註9] 從此之後，這種連在好萊塢也飽受詬病的廣告安插手法將成為馮小剛電影製作的「保留劇目」，即使千夫所指也不退讓。

　　毫無疑問，《天下無賊》無論是構思、製作還是發行都符合商業電影的運作規範。首映盛會及商品廣告的植入僅是馮小剛為獲得投資回報所採用的兩種手段而已。與之相匹配的還有大牌明星的加盟、熟悉的故事、讓人歎為觀止的特效和令人眼花繚亂的工夫，所有這一切交織在一起，使觀眾很快即融入於影片所營造的「賊道」氛圍裏，體會暫時逃離現實的興奮感。按照常理，道德和金錢無法共存，但我認為，《天下無賊》內外所散發的金錢氣味卻使這部電影在某種意義上成為一場「道德遊戲」。在這裡我用「遊戲」（英文 play）

〔註 8〕尹鴻、唐建英《馮小剛電影與電影商業美學》，《當代電影》2006 年第 6 期，
　　　　50～59 頁。
〔註 9〕沙蕙：《天下無賊與「賊喊捉賊」》，《文藝研究》2005 年第 5 期，第 24 頁。

這個詞，有兩個層面的意思：其一，電影就是一場表演、一場戲劇，而戲劇與道德故事有著密不可分的淵源；其二，「遊戲」意味著取樂、意味著參加娛樂性的活動。在《天下無賊》這個特殊的遊戲中，道德是一個寓言性的、形而上的目標，而它同時又是一個令人沮喪的、遙不可及的目標。

認定《天下無賊》在本質上是一個道德故事，主要是基於它的敘事主題。電影集中展示了為世人所熟悉的善惡主題，並且依照道德律令的要求，善最終戰勝惡取得了勝利。值得注意的是，道德敘事的承載者王薄和王麗夫婦，是馮小剛前期電影中所罕見的英雄形象。這對竊賊夫妻起初不可避免地具有道德上的嚴重缺憾，但他們之後通過顯示自己無私的行為提高了自身形象，最終轉換成為道德上的典範楷模。影片中的臥底警察是另一類英雄形象，他不僅推動了王薄由惡向善的轉變，而且在觀眾和灰白、虛構的道德世界間搭起了一座橋樑。他是所有道德敘事中不可或缺的人物：作為喬裝多變的「大善」的化身，他被賦予了道德上的制勝權力，對世人作出道德評判，給予他者以處罰或獎賞。

《天下無賊》道德敘事的中心人物是傻根，由樸實、憨厚、土得掉渣兒的新人王寶強來飾演恰如其分。在電影中傻根串連起了所有的角色，正是由於他的存在，形形色色的人物才會在疾馳的列車上粉墨登場，演繹出一場驚心動魄的悲喜劇。傻根這一形象不僅具有敘事功能上的作用，他還儼然成為了道德的化身，他是惡的仲裁者，也是分辨善與惡的一面鏡子。有評論者指出：「傻根這個角色是懸掛起整個故事的那根『釘子』，主創者盡力要把這根釘子釘牢靠，把他塑造成一個來自偏遠農村、被眾人養大的孤兒，靠修廟為生，只是為了使他『天下無賊』的奇怪信仰變得可信。」〔註10〕這種出身使得傻根充滿了簡單而又完美的道德感，因為他毫無功利之心，幫助陌生人似乎是他的天性。女賊王麗的那句話是對傻根最凝練的概括：「他可不是一凡人。」

王麗的話寓示著「傻根」這一形象承載著馮小剛的道德理想。在闡釋他的電影美學主旨時，馮小剛曾言：「我們希望把一個事情遊戲化。怎麼遊戲化？我們往往使用的一個手段是反向的思維。即把一個東西給顛倒過來看。這樣便思路大開。一個人對這個事該哭你就讓他哭，你的想像力也就這樣，只是哭得生動或不生動而已。一旦你用笑的方式來處理，效果便大不一樣。」〔註11〕顯然，

〔註10〕《眾人向善，天下無賊》，《新京報》2004年12月13日。
〔註11〕譚政、馮小剛：《我是一個市民導演》，《北京電影藝術》2000年第2期，第

傻根這個形象具有「反向思維」的特徵。在影片中，他被置於道德標準的基座之上，同時又被描繪成一個非現實世界的人物。我們看到，傻根生活、工作的地方還未經受現代化大潮的席捲，他對大自然的野狼異常親近，卻對人際關係的種種明規則、潛規則相當陌生。他就像是突然被移植到物慾橫流世界中的外星物種，對現實一無所知。他根本不相信世界上會有賊，在人潮湧動的火車站他以一種反常且大膽的方式大聲嚷道：哪個是賊就站出來讓他看看，他這兒有六萬元錢。人們的沉默使他更加確信自己的判斷——天下無賊。我們從傻根身上好像看到了阿Q的影子，精神勝利法的痕跡依稀可見。對此，觀眾可能是付之一笑。而某些批評家則認為，傻根身上聰明與蠢笨的特徵並列共存，這根本就是一個不真實、不可信的人物形象〔註 12〕。我不同意這種批評，「大智若愚」這句成語即表明在中國傳統中聰明和蠢笨並非不能並存。事實上，傻根身上所體現的聰明與蠢笨並沒有削弱他作為道德捍衛者的影響力，倒是賦予了他一種令觀眾著迷的真實的氣息，這種真實的氣息更進一步增強了其與生俱來的喜劇效果。因而，關鍵不在於傻根是否真實可靠，而是在於傻根在劇情中所起到的「功能」性作用：從結構的意義上來說，傻根的功能隨著電影敘事的進展而遞減，直至在電影結尾成為一種「缺席的敘事」（narrative absence）。

「傻根的功能」，換一個角度來說，也就是他所承載的「道德品德」。它們不僅推動了情節的展開，而且還激發了其他人物的行為。我們注意到，傻根的出現就像一股清新的空氣，感動了王麗，喚醒了王薄麻木的心靈。隨之王薄、王麗開始了他們的道德自我拯救之旅，與賊老大黎叔展開了鬥智鬥勇的較量。這些較量都是圍繞著傻根展開的，但傻根本人卻對此一無所知。片尾，賊佔據了影片的中心位置，而傻根又回到了他自己的世界裏——這既是本意的也是寓意的。但在這裡，傻根的影響力仍然存在，只不過是一種「缺席的敘事」而已。傻根的最後一個鏡頭是他在列車的行李車廂的角落裏安靜地熟睡。他義無反顧地為一位急需的旅客獻血，卻因暈血而失去知覺。事實上正是他的存在，讓觀眾看到了血戰及死亡。當他沉浸在睡夢中時，黎叔從列車天花板的通風口釣走了他放有六萬元錢的掛包，經過一場殊死的搏鬥，王薄又把掛包歸還給他。王薄受傷將死，鮮紅的血液淌下，一滴一滴地落在

---

24 頁。

〔註12〕沙蕙《天下無賊與「賊喊捉賊」》，《文藝研究》2005 年第 5 期，第 20 頁。

了傻根的身上，點綴出無數鮮紅的斑點，而傻根依然渾然不覺。這或許是《天下無賊》乃至所有馮小剛影片中最令人難忘的一幕場景。對一位以使用幽默敘事著稱的導演而言，呈現出這樣一段組織良好、融視覺圖像與隱喻意味於一體的鏡頭，實為一項了不起的成就，因為這與第五代導演的寓意濃厚的視覺意象手法已很接近。事實上，影片中的許多鏡頭——如血滴、行駛的列車、裝錢的掛包、王薄受傷的手、王薄發給王麗的最後一條短信——都值得細細品味。但其中最有意味的隱喻當屬傻根睡覺這一鏡頭，看似自然簡單，但卻暗藏深意並表現得天衣無縫。或許馮小剛只是想通過這個鏡頭，來保持傻根大智若愚形象的完整性。傻根雖然關鍵，但最終卻游離於敘事高潮之外，這是因為馮小剛所描述的未來是以傻根的缺席為條件的。

那麼，沒有傻根的未來會是一個什麼樣的未來？離場的觀眾自然會發問。一個顯然的答案就是回到賊的世界。這裡隱含著一個令人不安的命題，一個被嵌入影片大主題之中的命題——「天下無賊」其實是「天下無處不賊」。更重要的是，它也嵌入了商業電影製作人馮小剛的自我意識，滲透進其關於電影與社會功能的觀念之中。以下的這段告白可作為他的一種獨特告示：

> 觀眾看電影是去買醉的，他花錢在電影院裏待這一個多小時，就像喝了一杯酒，有點讓你暈乎的麻藥，有點快感。因此我也可以說，這部電影不治病，它是一針麻藥，它僅僅止疼，不解決任何問題。〔註13〕

拒絕將電影作為「解藥」，這或許是馮小剛區別於第五代導演的最明顯的標誌。然而，他理解觀眾所遭受的「痛苦」，因此決意通過製作大眾電影來診斷「痛苦」的症狀，採用模仿和諷刺的手法去嘲笑各種社會弊病。在《天下無賊》中，他借助於傻根這一形象向道德衰退的社會發起挑戰，試圖破壞其運作規則。但傻根只是一個懷舊的象徵，是一個被遺忘的傳統的幽靈，在當下這個道德滑坡、價值混淆的世界中並無立足之地。傻根不是「解藥」，當然，馮小剛的興趣也不在於此。因此，馮小剛的道德悖論演變成傻根的道德悖論。儘管傻根可愛可親，令人仰慕，他最終不過是一個不可模仿的人物形象，一個已經消失了的道德典範，這恰恰也是馮小剛跟他的觀眾玩的最大的道德遊戲。

---

〔註13〕《天下無賊是一針讓你暈乎的麻藥》，《新京報》2004 年 12 月 6 日。

# 面對他者的自拍：
# 電影與旅遊中的中國夢

如果不參考他者，沒有一個自我是完整的。

——愛德華·薩義德

也許這世界上沒有一種文化不會構想自己的異托邦。

——米歇爾·福柯

　　《泰囧》和《北京遇上西雅圖》是近年來中國商業電影成功的範例。以海外景觀作為敘事背景，這兩部電影都乘上了炙手可熱的境外旅遊業的東風。旅行敘事與中國夢的話語有著深刻的聯繫，因為它再現了經濟繁榮和物質享受的誘惑。另一方面，電影也發揮了反思自省的功能，特別是在質疑中國夢的真正意義、金錢過剩以及道德滑坡的代價等方面。在人物角色的各種跨文化遭遇中，中國人的自我價值得以在熟悉但被重構的全球性奇觀與符號中被檢驗和建構。

　　迄今，中國經濟發展的奇蹟早已成為中國人民耳熟能詳、拍手稱道的老生常談。隨著過去三十年財富和物質的快速積累，就經濟而言，中國目前處於自現代以來最雄厚的時段。與此同時，一種至高無上的自信感也在國民當中蔓延開來。這種自信最有力和最直接的表現就是 2012 年新上任的國家領導人提出以「中國夢」作為民族復興的決定性意識形態。自那以後，中國一直無畏地闡述其對經濟持續增長的渴望，並借助歷史遺產和傳統文化以彰顯其

屹立於世界民族之林的意圖。〔註1〕儘管在官方宣傳文獻中「中國夢」的目標被普遍描述為「國家富強，民族振興，人民幸福」，毫無疑問，中國夢的核心是一個由多個經濟、政治、社會和文化議程組成的宏偉願景。

然而，這一宏偉的願景各部分之間並非沒有張力，尤其是當願景成為夢想的政治話語之時。自20世紀初封建王朝坍塌以來，關於夢的敘述，或其各種同一概念如理想、目標等等，都是在每個關鍵的歷史轉折關頭提出來的，目的是激勵普羅大眾實現共同的政治和社會目標。激進改革和革命時期的民族主義，毛時代的社會主義和共產主義，以及鄧小平領導下的現代化事業，都是中國夢敘事中不可或缺的元素，都是對未來的烏托邦暢想。當前版本的中國夢同樣寄寓了對於未來的志願，也迴響著過去的抱負，但是在全球化的背景下，這一次對於中國夢的勾勒顯得更加生動和有力。這在於，中國不僅幫助實現了全球化，同時也通過全球化來不斷鞏固關於民族和自我的敘事。

沒有什麼比出境旅遊更能代表全球化的中國了。一方面，中國學生、商人和遊客在世界各個角落的不斷聚集是一個引人注目的景象，招引了各種感歎、嫉妒、審視和偏見。另一方面，這種存在也是一種中國人以自己的方式與「外國」的相遇，這種相遇顛覆了歷史意識，也創造了新的自我建構空間。對數百萬中國人來說，這幾乎是夢想成真，因為僅僅在一代之前，出國旅遊還完全是個幻想。一個關於外國的文本化概念與真正的外國經驗碰撞時會發生什麼？當一次尋求刺激的冒險變成一次內省之旅時，除了一些華而不實的紀念品之外，遊客們帶回家的還有什麼？這些問題把我們引到了電影《泰囧》和《北京遇上西雅圖》，兩部均以出境旅遊為主題的電影。作為2013年的票房冠軍，這兩部飽受歡迎的電影不僅通過國外旅行的故事為身居國內的觀眾提供了關於外國的幻想，更是把出國遊變成了一次自我發現和自我救贖的旅程。這兩部電影是在充滿諷刺和矛盾的空間中對中國夢做了一次審美再現，因為中國夢並不是以政府政策文件中規定的一種直白無誤的口號集合，而是一種基於尋夢者自身充滿變數的現實生活經驗的自覺建構。電影中的國外之旅不僅僅是一次扣人心弦的異國冒險，更是一次人格形成性的經歷，在這次經歷中，一個新的個性化的夢想從中國夢的廢墟中浮現出來。當個體在出境旅遊的物質和形象空間與他者相遇時，出國旅遊在此變成了一個連續的面對

〔註1〕Didi Kirsten Tatlow, "Xi Jinping on Exceptionalism with Chinese Characteristics," *The New York Times*, October 14, 2014.

他者的自拍過程。

## 旅遊空間裏的中國夢

在分析中國旅遊業的可持續性發展時，大衛‧韋弗（David Weaver）指出，旅遊業有能力實現中國夢的許多目標，如經濟增長、更多消費品、提升幸福感、個人自由等等。〔註2〕韋弗還認為，在各種類型的旅遊中，出境旅遊是大多數中國消費者的唯一願望，而且似乎代表了中國夢的更高形式。中國旅遊研究院過去幾年發布的出境旅遊報告證實了韋弗的觀點。2012年，中國出境旅遊人數達8300萬人，中國遊客境外消費1020億美元；2013年，約有9800萬中國遊客赴海外旅遊，消費總額達1300億美元。〔註3〕所有證據都表明，在可預見的未來，中國出境旅遊的漲幅將繼續下去。

電影《泰囧》和《北京遇上西雅圖》的商業成功反映了中國持續的「旅遊熱」，前者的票房收入約為12億元人民幣，後者的票房收入為5.15億元人民幣，這讓它們躋身中國大片的入圍名單。《泰囧》在很多方面都類似於好萊塢的搭檔電影和公路電影的類型，主要展現三個中國男人在泰國旅遊時一系列運氣不佳的遭遇。影片開始於徐朗吹捧他剛剛發明的「油霸」汽油添加劑，這種添加劑可以幫助任何汽車實現超高的里程數，並且有可能永遠改變中國汽車工業的面貌。然而，為了取得這項發明的專利權，徐朗必須取得他的老闆及公司主要股東老周的許可，而老周正在泰國某處的一座佛寺參加冥想研討會。儘管妻子威脅要離婚，徐朗還是開始了尋找老周的征程。徐朗不知道的是，緊跟在他身後的是辦公室裏的競爭對手高博，他也有同樣的願望，但只是為了自己獨佔利益。在飛機上，徐朗遇到了他的同座王寶，一位來自北京正要去泰國觀光的煎餅小販。起初，王寶喧鬧的傻氣很讓徐朗反感，但徐朗仍然收留了他作為旅行伴侶。事實證明，王寶在挫敗高波令人討厭的跟蹤方面很有幫助。隨後，在穿越泰國心臟地帶前往一個未知目的地的途中，他們三人一同被捲入了一系列奇詭事件。當他們最終到達老周冥想的叢林地點時，經過一番艱苦的肉搏械鬥，徐朗獲得了授權文件，但是他卻逆著風把它

〔註2〕Weaver, David. "Tourism and the Chinese Dream: Framework for Engagement." *Annals of Tourism Research* 51.1 (2015): 54～56.

〔註3〕"Notes on the Annual Report of China Outbound Tourism Development 2013～2014" SOHU. http://travel.sohu.com/20140610/n400660767.shtml (accessed 4/15/2021)

撕成了碎片。因為他已經意識到他的追求最終是沒有意義的。

　　對中國出境遊客而言，泰國是新近被發現的一個熱門目的地，但美國仍然是最受歡迎的選擇。電影《北京遇上西雅圖》講述了一個專注海外產子旅遊業的故事。女主角文佳佳經介紹成為北京富商鍾先生的情婦。懷上鍾先生的孩子後，佳佳被送往西雅圖生下孩子，這樣既達到了預期的保密效果，同時附帶了成為美國公民的好處。被雇來機場接佳佳的弗蘭克是一位來自中國的新移民。在一家非法的民居「產房」裏，佳佳遇到了另外兩位準媽媽，周逸和陳悅，她們也因為各自的原因準備在美國生孩子。三位孕婦同住一所房子，她們的爭吵和友情作為支線劇情見證了佳佳不斷演變的生活危機：懷孕的挑戰、文化衝擊、情婦陰暗的生活，最後是鍾先生的背叛。佳佳發現弗蘭克是她在異鄉唯一的伴侶。弗蘭克安靜溫暖的陪伴不僅慰藉了佳佳，也為她提供了一個自我反省的機會。他們慢慢走到了一起，最終在紐約著名的帝國大廈的觀景臺上達到了高潮。

　　雖然中國夢大多是作為一項國內議題進行宣傳，但《泰囧》和《北京遇上西雅圖》中的旅遊業將中國夢置於全球化的背景之下，因此中國不僅將經濟發展的成功投射在中國遊客身上，而且還通過這些行動中的夢想家們向世界宣告中國夢。看完美國電影《西雅圖夜未眠》後，佳佳衝動地決定和弗蘭克的女兒朱莉一起飛往紐約，電影製作人正是用佳佳的消費能力和旅行自由來描繪夢想的概念。在《泰囧》中，中國遊客擁有超強的經濟資本的印象得到了強化。如今全球化的旅遊勝地更可能根據遊客的消費習慣而非個人身份接納遊客，遊客的財務狀況而非其原籍地成為決定其是否受到東道主熱情接待的關鍵因素。因此，當徐朗在丟失護照後計劃在曼最豪華的酒店住一夜時，他似乎並不怎麼擔心他的身份可能會帶來什麼麻煩，因為他在酒店出示的高端信用卡就足以證明他的身份。徐朗與王寶從曼前往清邁時，幾乎沒有遇到過因沒有中國護照而造成的任何不便。相反，在整個事故頻發的旅行過程中，他似乎總能找到高效的交通工具，其他技術設備也是無時不在。正是中國飛速發展的經濟讓中國遊客得以在旅遊景點之間來回穿梭。像佳佳和王寶這樣的遊客都非常清楚自己剛剛獲得了怎樣的訪問權，因此他們都是「自拍」發燒友。他們可以在微博等蓬勃發展的中國社交網站上即時更新自己的自拍照。這些露齒一笑的自拍和伸出兩個手指的勝利手勢，不僅是對做著中國夢的國內居民傳達希望，也是在向世界彰顯信心。

史蒂文・科恩（Steven Cohan）和伊娜・哈克（Ina R. Hark）認為，作為一種電影類型，美國公路電影的成功取決於是否有電影空間來探索關鍵歷史時刻產生的張力和危機。〔註4〕《泰囧》的電影空間將旅遊呈現為一種跨文化冒險的敘事，它既是一次尋求刺激和快樂的外部旅行，也是對缺憾和失去體驗的內心反思。影片中強烈的危機感主要體現在人際關係上，由於主角對事業成功和商業利潤的過分追求，使得他的人際關係岌岌可危。在影片開頭，徐朗將「油霸」汽油添加劑介紹給妻子，試圖說服她暫緩離婚訴訟。他作為科學家兼商人的成功形象與作為丈夫和父親的失敗形成了鮮明對比，因為他完全忽視了身邊其他人的需求。徐朗堅持要挽回他在「油霸」汽油添加劑上的投資，於是他在家人和去泰國之間選擇了後者，這給他冒險之旅的結局製造了一個懸念，而這反過來也表明中國出境旅遊的空間中潛藏著一種不安全感驅動的機制。如果說家庭動盪是徐朗為事業成功必須付出的代價，那麼友誼和商業道德則是高博為追求金錢和權力而犧牲的東西，這反映了中國商業文化中廣泛存在的殘酷競爭和辦公室政治。高博曾是徐朗大學時最好的朋友，但當他意識到「油霸」發明的巨大商業潛力後，徐朗成了自己的剋星。為了掌握徐朗的行蹤，高博運用了一系列尖端技術，比如無線電跟蹤設備、SIM 卡定位器和短路的筆記本電腦，以及尾隨和雇傭襲擊者等老派套路。通過這些技術的協同作用，一場平常的商業糾紛演變成了一齣諷刺喜劇，而這部作品的情節安排顯然影射了為了成功不擇手段這一普遍存在卻又飽受非議的道德觀。具有諷刺意味的是，高博失敗的地方恰恰是他成功的地方，因為他最終追蹤到的徐朗並不是他要追蹤的人。高博贏了這場競爭，可是他最終一無所獲。

殘酷的競爭是中國商人的一種成年禮，當全球化使世界各地的經濟發展進程同質化時，這或許可以被認為是一種商業習俗。然而，文化危機，尤其是在長期專注於經濟增長後傳統價值的喪失，使中國社會面臨著關於自我認同和文化價值等更為緊迫和具體的問題。近來，傳統在中國社會各個方面都得到越來越多的強調，從教科書中加入經典，政府官員在公開演講中大量引用先哲，到恢復儒家教育模式下的私立男女學校等等。此外，正如前面指出的那樣，中國夢的形成本身就是對中國過去的明顯呼應。在這個迅速而令人

---

〔註4〕Steven Cohan and Ina R. Hark, *The Road Movie Book* (London: Routledge, 1997), 2.

不安的變革時代，各種當代形態的傳統似乎已成為一種必要。在《泰囧》中，傳統觀念以一種明顯的姿態存在，但其價值的現代適用性卻是一個把握不定的問題。例如，徐朗對其旅遊伴侶王寶的操縱表明，他完全無視根植於中國經典中的傳統倫理和道德規範。他編造的「泰國傳奇」不僅是對流行文化中普遍存在的誇張和自我推銷的戲仿，也顛覆了人際關係的規則，比如那些在儒家教義中明確闡述的慣例。「團隊」（team，group）是一個現代新詞，但它的概念可以追溯到「仁」。「仁」不僅是兩人聚在一起組成一個團隊的象形符號，也蘊含著仁愛、仁慈、真誠和體貼等含義，這些都是儒家人文理念的核心價值。從這個意義上說，一個團隊不僅僅是一個由人組成的協會，同時也是一個預示著健康人際關係的道德行為。然而，徐朗與王寶的「合作」挫敗了所有這些目的。他讓王寶相信「在路上，就像一個組合」，儘管他不相信這一點，最初更是不喜歡他的鄰座；他反問王寶：「你媽媽有沒有告訴你，世界上大多數的人都是好的」，與此同時他卻一直隱藏著他的動機並且經常對王寶說謊。王寶越是看起來心地善良、天真無邪（由著名演員王寶強飾演，他以飾演天真可愛但容易上當受騙的角色而聞名），就越凸顯出商人不值得信任的一面，因為金錢和貪婪的腐敗影響，人的價值和目的已經失落。

《泰囧》展示了追尋中國夢可能付出的代價，而《北京遇上西雅圖》則對中國夢中個人與國家之間固有的緊張關係提出了質疑。近年來，中國孕婦赴美產子的現象屢見不鮮，幾乎成了一項產業。影片中的三位女性——佳佳、周逸和陳悅，從表面上看與其他許多所謂的「孕婦遊客」並無不同，但她們之間的細微差別或許有助於解釋推動「生育旅遊」業務蓬勃發展的內因。

影片中，佳佳向弗蘭克承認，由於與鍾先生沒有婚姻關係，她無法獲得合法許可在國內生孩子，孩子即使出生也不能獲得合法身份。影片明確表示，佳佳關心的是孩子出生後返回中國的「合法性」，這才是她此次美國之行的根本動機，而不是美國出生的孩子所帶來的令人垂涎的美國國籍。對周逸來說，作為一名女同性戀母親，她更擔心自己的私生子的命運。另一方面，陳悅想要第二個孩子，這個非法的願望將會為違反者帶來金錢懲罰以外的嚴重後果。所以中國夢不僅幫人實現夢想，也禁止夢想；當個人與集體之間的願望發生衝突時，禁止與違例也成了夢想話語的一部分。當三位準媽媽待在西雅圖的「婦產中心」（在當地法律看來，這本身就算不是完全違法，也是一個地

下行動）等待弗蘭克接送她們的時候，中國觀眾看到了嬌生慣養的女性們沉溺於物質的富足和令人欣慰同時也充滿衝突的姐妹情誼。他們自然會帶著羨慕去看她們的生活，因為只有那些財力雄厚的女性才有條件成為孕婦遊客。但他們同時也在看著一幕幕讓人焦慮的不安全感和無助感。這些不安全感和無助感是願望衝突願望，願望戰勝願望的結果，所有這些都是中國夢話語的一部分。如果說，在美國生孩子是這三位女性和其他許多女性的夢想，是建立在中國整體經濟繁榮、民族信心和文化復興基礎上的夢想，那麼這也是一種未被視為「正當」夢想的願望表達。當中國女性選擇在國境之外生育，從而支撐起興旺的生育旅遊產業時，這是意味著中國夢的實現，還是預示著實現中國夢的承諾終將落空？

## 異托邦的情話

近年來，越來越多的中國電影選擇在國外拍攝。中國電影和外國（主要是好萊塢）電影對國內市場的競爭，以及中國電影業企圖面向全球觀眾的願望，是海外置景在電影敘事本身以及電影製作方面（如使用非中國籍演員以及快速適應好萊塢新技術）具有吸引力的兩個主要原因。一方面，電影管理部門為外國電影在中國影院上映的數量設定配額，以保護中國電影產業的整體利益，電影產業也以市場驅動的方式做出回應，融入更多全球化元素，以滿足中國觀眾對外國電影的渴望。〔註5〕另一方面，中國電影也越來越多地融入外國背景以增加全球吸引力和最大限度地提高票房收入，尤其是拍攝地的票房。〔註6〕

營造一個異域環境的目的是為電影注入一種全球性的「氛圍」和異國情調。更重要的是外國元素在中國電影中的存在，尤其是那些作為旅遊景點出現的，比如《杜拉拉升職記》（2010）中的泰國，《非誠勿擾2》（2012）中的日本，《老男孩猛龍過江》（2014）中的美國等，這些都暗示著對「他者空間」的一種心理癡迷。米歇爾·福柯曾在討論「異托邦」（heterotopia）時描繪過「他者空間」的魅力。在福柯的理論建構中，異托邦是一個物理空間，在那

---

〔註5〕Jihong Wang and Richard Kraus, "Hollywood and China as Adversaries and Allies." *Pacific Affairs* 75. 3 (2002): 433.

〔註6〕《泰囧》在泰國很受歡迎。這部電影的成功使得中國去泰國的遊客在 2013 年同比增長百分之十。2013 年 3 月，當時的泰國總理英拉接見並感謝導演徐崢。

裡，真實存在於社會中的基本空間被再現，質疑和顛覆，但異托邦也作為一個萬花筒將不相容的空間並列成一個有吸引力的整體投影在腦海中。〔註7〕在《泰囧》和《北京遇上西雅圖》中，泰國和美國被塑造成「異托邦」，以此來強調人物在追尋他們在國內不太可能實現的夢想這一主題。對於王寶來說，他的「遺願清單」裏滿是「享受泰國水療」「打一場泰拳」等活動。所有這些都讓泰國成為了一個旅遊勝地，一個願望成真的空間，在這裡王寶記錄了他對第一次海外旅行的強烈熱情。但更重要的是，當王寶為了給生病的母親祈禱而在泰國尋找一座寺廟來栽仙人掌時，當他想像自己和偶像——中國超級明星范冰冰（現實中的中國電影女演員，她也在電影中客串演出）——去度蜜月時，對於王寶這個來自中國的普通人來說，泰國代表著對生活最樂觀、最如意的期望。同樣，由於佳佳沉迷於《西雅圖夜未眠》理想化的浪漫（她告訴朱莉，她的夢想是有一天能在帝國大廈的頂層見到她的「白馬王子」），美國不僅是她逃離醜聞的一個地方，也是一個真實愛情故事的背景，而這正是她與鍾先生的關係中所缺乏的。

當出境旅遊把中國人送到世界各地時，中國真正在體驗層面上感受全球化。正如一位學者所描述的那樣，全球化是一個異質的時空，在這個時空中，「眾多民族、文化和商品在不同的地點和時間上快速地交錯著，模糊了界限和身份，從而生成緊張的競爭和高效的協作」。〔註8〕如果像一些批評者所言，過去國家復興的目標主要是回應被西方凌辱的記憶，那麼，如今在全球化背景下宣布中國夢則是中國在計劃進行權力轉移，中國與西方的關係將被重新構建並且超越人們所熟悉的統治和從屬關係。〔註9〕實現中國夢的抱負需要付出巨大的努力，這不僅有助於中國在政治和經濟層面的國家建設，也有助於建設一個更自信、更堅定的中國人形象。中國作為世界第二大經濟體的地位是30年政治經濟發展的結果，這極大地提高了中國的地位，但塑造形象工程（內部的「中國夢」和外部的「軟實力」）才剛剛開始，因為在西方的推波助瀾下，世界對中國的負面印象一時還難以矯正。

〔註7〕Foucault, Michel. "Of Other Spaces: Utopias and Heterotopias." *Diacritics* 16:1 (1986): 22～27.

〔註8〕Joseph Lam. "Music, Globalization, and the Chinese Self." *Macalester International* 21 (2008): 29～77. http://digitalcommons.macalester.edu/cgi/viewcontent.cgi?article =1464&context=macintl, accessed 3/30/2021.

〔註9〕Zheng Wang, "The Chinese Dream: Concept and Context." *Journal of Chinese Political Science* 13 (2013): 3.

　　以經濟為翼，中國遊客走向世界，在消費中獲得自信和他者的矚目。《北京遇上西雅圖》中有一連串鏡頭展現佳佳肆意地向奢侈品扔錢，而弗蘭克則開車帶她四處轉悠並且擔當佳佳購物的翻譯。弗蘭克來自中國，但他現在不同以往；他做這份工作只是為了過日子，而不是對他所服務的客戶感興趣。本片將一位中國遊客和一位來自資本主義美國的中國移民對金錢和消費的兩種不同態度並置在一起並不僅僅是為了製造插科打諢的氣氛；在物質主義和消費主義方面，「中國」已經超越了具體的中國人。顯而易見，「中國」這個概念在這裡與發展和進步捆綁，多少有點顛覆了西方本身的意味，特別是傳統的西方歷史主義觀，它定義了一種線性的時間性，歐洲—美國是進步的典型，而非歐洲社會則是缺乏進步的他者。〔註 10〕在影片的一幕中，我們看到弗蘭克向佳佳坦白他要把女兒朱莉的監護權交給前妻，以便她在更好的物質條件下成長。我們意識到弗蘭克簡樸的外表最終屈服於對世俗的擔憂。這不是對傳統觀點的讓步，即母親比父親能提供更好的愛護和照顧（這一觀點在中國社會的離婚案例中仍常見到），而是對以金錢和資源定義的家庭概念的讓步。身為一個新移民，弗蘭克沒有金錢和資源一點也不奇怪，但他的貧窮故事與佳佳的豐盛奢華同時展開確實值得注意，對於熟悉「移民故事」類型（像《北京人在紐約》和《曼哈頓的中國女人》）的中國觀眾來說甚至很逗趣。因此，以佳佳為榜樣，弗蘭克打從內心地希望為朱莉爭取最好的生活環境；朱莉現在正處於其「未竟」的階段，而佳佳則充分體現了它的存在。我們再一次看到了西方歷史主義所創造的時間尺度的逆轉。〔註 11〕在這個新的時間尺度上，西方已經被一個快速發展的中國甩在身後。

　　在《北京遇上西雅圖》中，我們也看到了中國是如何從性別角度重新構建自己與西方之間的歷史權力關係的。正如一些批評者所指出的那樣，在 20世紀之交，中國的軟弱和落後被比喻為女性的壓迫狀況，而中華民族在面對更強大和更有力量的「男性的」西方時，淪為一個「女性」的他者。〔註 12〕如今，同樣的性別語言已經滲透到中國關於實力和自信的民族敘事中。表面

〔註 10〕Arif Dirlik. "Chinese History and the Question of Orientalism." *History and Theory* 35:4 (1996): 97.

〔註 11〕Chakrabarty, Dipesh Chakrabarty, *Provincializing Europe: Postcolonial Thought and Historical Difference* (Princeton: Princeton University Press, 2000), 8.

〔註 12〕Gladys Pak Lei Chong, "Chinese Bodies that Matter: The Search for Masculinity and Femininity," *The International Journal of the History of Sport* 30.3 (2013): 244.

上，弗蘭克來到美國是出於個人原因，但每個移民的故事都與國家敘事重疊。隨著我們在影片開頭逐漸瞭解他，我們不斷被賦予這樣一個比較語境，即以前在北京作為一名著名外科醫生的身份和他現在作為一名出租司機的身份之間的反差，似乎他的掙扎與他「拋棄」中國有關。每當佳佳試圖阻止他參加前妻和一名白人男子的婚禮時，她使用的語言中總會摻雜著對他缺乏男子氣概的評論。這意味著中國本身就是一種陽剛之氣的源泉，而弗蘭克因為遠離中國已經不再具備這種氣質。

　　周逸的故事同樣也寓含了性別密碼，或者更具體地說，是對女性氣質和男性氣質二分法的戲仿，這種二元對立是關於中國和西方之間統治和從屬歷史的常見典故。周逸是一位與眾不同的「孕婦遊客」，她希望通過捐獻精子的方式在美國土地上培養出一位「中國繼承人」。作為一名女同性戀者，周怡也許是一個被西方「腐蝕」的中國女人，但這個中國女人不僅對西方的技術感興趣，她還願意為了自己的利益「消費」西方男人的精子。通過精子捐獻進行生殖的情況可能不像以前那麼罕見，但在中國，它對未來家庭結構的影響尚未得到充分理解，而周逸既是「孕婦遊客」，又是女同性戀準媽媽，這種身份顯然放大了這種做法的象徵性力量。中國女性通過購買西方男性的精子來塑造中國人的自我，特別是作為母親的自我，這種行為改寫了生育的社會契約，將男性參與生育的程度降到了僅僅是匿名的程度，從而控制了生育過程。毫無疑問，周逸的計劃是對男性象徵性權力的挑戰，但它是否會對中國人和西方人產生同樣的影響還值得懷疑。精子捐獻者後來被發現是哈佛大學的一名研究生。我們並不關心他是誰，但我們假定他是一個有著卓越智慧或許也擁有迷人個性的人。這個細節的反諷意義讓人深思：西方男人的觀念似乎在他消失的痕跡中存活了下來，他的存在對於中國女性自我價值的救贖和中國夢的實現仍然是必要的。

　　當我們審視《北京遇上西雅圖》中異托邦空間裏曲折的自我發現和自我建構的旅程時，我們也不能忽視影片對中西方之間存在權力等級差異的默認。愛德華·薩義德曾在他開創性的著作《東方主義》中雄辯地指出，「如果不參考他者，沒有一個自我是完整的。」〔註 13〕如果說《北京遇上西雅圖》中他者化的做法是為了對抗西方的霸權，為新的中國自我的出現騰出空間，那麼在《泰囧》中，它實際上暗示了中國與世界其他地區建立新權力結構的

---

〔註 13〕Edward W Said, *Orientalism* (Noida: Penguin Books,1995), 332.

可能性。值得一提的是，徐朗和高博之間的競爭涉及了中國商人一直備受世界媒體密切關注的商業道德問題，而他們在泰國的衝突也是對中國商人全球影響力的一種認證。在智慧和高科技產品的較量中，徐朗和高博在一個陌生的地方表現得非常自信。在追逐過程中，泰國當地人總是出現在視線之外，似乎對他們的噱頭要麼漠不關心，要麼敬而遠之。在一個場景中，我們看到高博把一捆鈔票扔給王寶，目的是從他那裡獲取信息，而一位泰國店主在一旁看著，可能是羨慕，也可能是驚奇。高博和王寶對弈時，這個小角色不需要在場，但是他必須在那裡見證一個中國遊客的富裕。他的本土服裝和深色皮膚與衣著考究的中國遊客形成了鮮明對比，這種視覺結構讓我們想起了所謂享有特權的「亞洲白人」和較貧窮的「亞洲黑人」，〔註14〕這其實是對西方自我和東方他者的老結構的複製。

然而，如果他者是自我所必需的，這並不意味著兩者之間的界限總是清晰不變的。為了考察中國遊客在全球旅遊景點與外國「他者」的遭遇，瑪麗·路易斯·普拉特（Mary Louis Pratt）提出了「接觸區」（contact zone）的概念，不僅有助於重新審視自我和「他者」的問題，還鼓勵人們對主體和客體、支配者和從屬者等二元關係進行批判性反思。「接觸區」最初寓指「殖民相遇的空間」，指的是「地理上和歷史上分離的人群接觸並建立持續關係的空間，通常涉及脅迫、種族不平等和棘手衝突等情況」。更重要的是，普拉特對從屬和被殖民他者主觀能動性的注意使得她對權力關係的概念化理解區別於其他學者：當「從屬或邊緣群體從主導或大都市文化傳遞給他們的東西中進行選擇和發明」時，即使「他們不能輕易控制主導文化所生產的結果，他們確實在不同程度上擁有吸收的選擇權，以及使用的自由權」。〔註15〕

儘管從三位中國遊客的角度來看，泰國是一個充滿了陳詞濫調和刻板印象的地方，比如人妖、陰險的黑徒、毒販、白人和泰國妓女，但影片確實希望在一定程度上表現出泰國人民的主觀能動性。在中國遊客的心目中，泰國代表許多東西：一個充滿異國情調的景點、一個充斥著商業利潤、佛教培訓以及需求他們來重整秩序的混亂的地方。在後一種意義上，《泰囧》中的三位主人公與歐美文學殖民寫作中的侵略殖民者和擴張主義者十分相似，因為在這

---

〔註14〕 Kwai-Cheung Lo, "When China Encounters Asia Again: Rethinking Ethnic Excess in Some Recent Film from the PRC." *China Review.* 10:2 (2010): 75.

〔註15〕 Mary L. Pratt, *Imperial Eyes: Travel Writing and Transculturation* (London: Routledge, 1992), 6.

個「接觸區」中被「族裔化」的泰國人不僅選擇地接受而且在某種程度上把都市文化強加給他們的東西轉化為他們的利益。影片中有這樣一幕，徐朗被困在曼糟糕的交通擁堵中，當時他正乘坐出租車趕往去清邁的航班。作為一名來自北京的都市人，徐朗對自己在都市中應對這種情況的經驗表現出完全的自信，並不耐煩地對出租車司機咆哮。這名出租車司機顯然是曼本地人，他在保持冷靜和自如的同時，發揮了自己的本地特權。當徐朗不經意地把喇叭念錯成英語中的「擴音器」時，為了回應徐朗的粗魯，這名泰國出租車司機毫不費力地連續說了泰語、英語、日語，外加漢語。更有趣的是，當徐朗評論說泰國人總是很懶時，出租車司機很快反駁說「中國人總是很匆忙」。這位似乎對中國很瞭解的出租車司機指出「北京的交通比泰國還要糟糕」，這讓徐朗非常尷尬。當「泰國他者」進入對話並帶來另一種視野時，中國遊客對自己和泰國人民的認知就會受到挑戰。在種族污名化和簡化主義的反向操作中，現在是焦慮的中國遊客被「種族化」，而不是出租車司機。

徐朗與泰國出租車司機的遭遇表明，在徐朗的自我意識中存在著他者，存在著誤解和誤傳。也就是說，徐朗與王寶的偶然相遇進一步強調，「他者」只是自我建構的一部分。在他們的「泰國傳奇組合」中，徐朗是「啟蒙者」，總是把關於泰國的知識和智慧傳授給王寶。當他們在酒店的餐廳看到一位美女時，徐朗便對著癡迷的王寶自鳴得意地說了關於「人妖」的評論。他們在電梯裏又碰到了她，徐朗繼續傳授王寶關於美女和泰國的知識，在這位大概不懂普通話的「人妖」面前宣稱「你在泰國看到的所有美女都是人妖」。電梯停下來，「人妖」走了出來，她帶著純正的北京口音大聲說著髒話，這讓兩個人愣住原地。對於這兩位對自己瞭解其他文化或所謂的「客觀性」有絕對信心的中國遊客來說，泰國處於一個永恆的當下，因此可以隨意描述、解釋和概括。徐朗關於美女與人妖的演講也是對泰國女性的一種明顯的審美判斷，因為如果只有人妖才漂亮，那麼泰國女性肯定沒有吸引力。然而，特別耐人尋味的是，影片既沒有展現中國遊客與泰國人妖之間的戲劇性衝突，也沒有給泰國女性一個為自己發聲的機會；相反，它從戰略上部署了一位迷人的中國女性來摧毀中國遊客的籠統概括，並從「內部」挑戰他們基於經濟／文化的優勢。當徐朗和王寶用一成不變、永遠凝固的目光注視著泰國的「他者」時，「他者」讓他們看到是裸露的自己。這位中國女性通過斥責「電梯裏有倆2B」巧妙地透露了自己的身份，而在另一方的眼中，徐朗和王寶的自我形象

——對這位中國女性，對她手機另一端的聽眾，進而對中國的觀眾來說——是再清楚不過的了。如果一個人的身份需要通過認同他者的經驗來確認，那麼中國人的自我，一個被他者解構的主體，正如電影中所展示的，顯然充滿了各種誤解、不確定性和疑慮。這一時刻是中國人尋找自我之旅的轉折點，自我需要重新定位自己。然而，這種重新定位會讓自己偏離中國夢，還是讓他更接近中國夢？

## 中國夢：破滅時的實現

上述問題讓我們重新回到中國夢的意義上來。中國夢的意義不僅包括物質上的舒適，也包括心理上的滿足，不僅包括經濟上的利益，還包括精神上的敏銳。中國夢不僅是在社會階梯上堅持不懈地奮鬥，而且還包括改善人際關係。從這個意義上說，追求中國夢就是嘗試不同的道路，開闢新的可能性，這正是《泰囧》和《北京遇上西雅圖》裏中國遊客的動力所在。這種激勵引導著那些游蕩的人物走向一條啟蒙和拯救的道路，並最終引導他們以一些令人驚訝的方式實現自己的夢想。

隨著《泰囧》接近尾聲，徐朗和王寶終於找到了老周休假的寺廟，但他們面臨著迄今為止最大的挑戰。首先是王寶又一個「無辜的錯誤」導致這對「泰國傳奇組合」的 SUV 掉進了山澗。濕成落湯雞的徐朗因此對王寶沮喪至極。他喊道，「西遊記嗎……我要個授權書比西天取經還難！」在這裡提中國經典小說《西遊記》很值得玩味。在這個以冒險和追求聞名的故事中，虔誠的和尚唐僧和他的三個弟子克服了無數的妖魔鬼怪到達印度（西方），目的是把佛經帶到中國。在誘惑和絕望的時刻，他們總是依靠對佛陀的信仰作為力量。也許觀眾早就識別到了《泰囧》和《西遊記》之間過度明顯的互文性，因為暗示無處不在：王寶母親的祈禱，泰國作為一個佛教國家，以及神秘的老周和他的行蹤。這種互文性首先喚起的是關於旅行敘事中固有的母題：目標與翻譯，但徐朗作為旅程的中心人物似乎對這趟旅程的象徵意義一無所知。但是現在，他憤怒的爆發改變了這一切。在叢林深處，泰國儼然成為自然本身的抽象，欲望和挫折也沿著模糊的時空線消散。就在這個時候，徐朗意識到了自己的身份是一個尋找「經書」（有老周簽名的法律文件）的朝聖者。當兩個旅行夥伴走出叢林，再次上路時，他們仍在爭論該走哪條路，但爭論的基調已經改變了。這一旅程必須繼續，因為需要找到老周和他所在的寺廟，

這也直接關係到徐朗夢想中的「油霸」。然而，擁有「油霸」已經不再是夢想本身，真正的夢想已經與之無關。

「油霸」不難看出是中國夢的一個能指，真正難的是如何想像中國夢本身。《泰囧》的吸引力就在於它致力於這樣一種想像。在一個富足和過剩的時代，這種夢想成真的狀態被設定為「放手」，而不是簡單粗暴的「必須擁有」，這不僅給人以耳目一新的感覺，甚至具有顛覆性。影片似乎暗示，這些角色在泰國所失去的反倒成為他們在中國的收穫。在影片的結尾，每個人都從痛苦的旅程中恢復過來：在曼的中國大使館，徐朗與妻子團聚，後者取回了泰國出租車司機歸還的護照。後來我們在女兒的生日聚會上再次看到徐朗，整體彌漫著闔家歡樂的氛圍。在泰國潑水節中渾身濕透的高博也興奮地給正在法國分娩的妻子打電話。王寶更是忙著賣他「家傳」的蔥油餅，在流行的中國「中產夢」裏遊刃有餘。歸根結底，這些人物的夢想不僅得到修正，也是一種向中國夢的趨同。

《泰囧》在國內呈現出「美夢成真」的大團圓結局，《北京遇上西雅圖》則將中國夢轉移到跨國語境之下。影片的美國背景清楚地提醒著人們國內各種政治和文化等方面的制約性因素如何促使我們從錯誤的夢想中擇出正確的夢想，但影片以同樣的方式展現了一個強調家庭和諧和浪漫愛情的幸福結局。回到中國並與鍾先生結婚後，佳佳過著奢華卻一成不變的生活。電影中有一個場景展示佳佳開車經過弗蘭克曾經工作的醫院大樓。攝相機鏡頭拉近聚焦在心事重重的佳佳身上，然後轉向了擁堵的交通和籠罩在厚厚霧霾中的昏黃天空。這裡暗示了一系列的比較：西雅圖的藍天白雲和北京的陰雲密布，佳佳現在的空虛感和當時豐富的情感，最重要的是，弗蘭克的缺席和存在。值得一提的是，鍾先生自始至終沒有露面：我們聽到他的聲音並且通過佳佳對他的反應感覺到他的存在，但我們不知道他是誰。一種猜想是，他不是任何人，而是所有人，他是金錢和物慾過剩的化身，處處都在試圖歪曲中國夢。佳佳已經屈服於他的誘惑一段時間了，但西雅圖之行提供了一個逃離的機會。在中國她離不開他，因為他無處不在；她必須回到美國才能成功逃脫，找回自我。

《北京遇上西雅圖》的最後一幕是佳佳和弗蘭克在帝國大廈的觀景臺上再次相見。許多中國評論家都指出這一場景與電影《西雅圖夜未眠》結局的關聯。有人稱讚這是中國電影人向好萊塢經典電影的「致敬」，也有人認為這

是毫無靈感的廉價模仿。〔註16〕本片的這最後一幕只是向湯姆·漢克和梅格·瑞恩引人入勝的愛情故事致敬的眾多場景之一，但《西雅圖夜未眠》本身也是向好萊塢早期電影《金玉盟》（1957）的致敬，而《金玉盟》則是翻拍自 1939 年的電影《愛情事件》。在所有這些影片中，帝國大廈都被視為實現永恆愛情的場所。通過投身於這種永恆的浪漫主義理想中，《北京遇上西雅圖》構建了一個中國愛情故事的版本，凸顯了愛情故事的跨國性和互文性；正是過去所展現的未來讓我們看到了有望擺脫自欺欺人和被過剩所淹沒的當下。在這個由過去所指向的未來時空裏，中國夢和全球化的敘事完美地融合在一起。隨著鏡頭從佳佳和弗蘭克幸福擁抱的特寫移向紐約市的整體輪廓，影片似乎將兩位主角的形象轉換成觀眾對這個標誌性地方的印象。他們被美國的自然景觀所包容，既不融入其中，也不獨立於外。他們在永恆的空間裏演繹著愛情故事，活在一個給國內觀眾帶來無限誘惑的夢裏。

夢想的誘惑力在於，它能把各種可能性組合在一起，並具有描述未來的能力。中國夢一直以來都是一個吸引人的口號，它描繪了一個經濟強勝、政治和諧、文化充滿活力、人們幸福地享受現代化的國家。然而，正如對影片的分析所表明的那樣，實際操作中的中國夢是對現實中國複雜、二元甚至矛盾的再現：它激發了人們的期望和樂觀，但也重新點燃了深植於中國人心靈中的不確定感和焦慮感；它有助於在一個擴展的語境中建構自我，但也在全球遭遇中顛覆優越感和自負；它兜售繁榮的概念，同時也對當代生活本身的意義進行反思。中國夢只有在反省自身、引導人們遠離自己的習慣路徑時才會實現，這是面對他者的自拍的旅遊敘事的寓意所在。

---

〔註16〕梁卓月，「《北京遇上西雅圖》：金錢觀悖論與符號化城市」，http://movie.mtime. com/ 163126/reviews/7582347.html（網閱 3/21/2021）。

# 口述歷史：莫言小說的儀式與暴力

禮豈不至矣哉！                  ——荀子〔註1〕

因為儀式源於人類原初的需求，所以它是一種自發的活動——即是說，儀式的出現不關乎任何意圖，也不為迎合任何有意識的目的：即使儀式或許顯得錯綜複雜，但它的生發順其自然，它的形勢純粹天然。      ——蘇珊·蘭格（Susanne K. Langer）〔註2〕

2012年莫言獲諾貝爾文學獎無疑是中國現當代文學史上一次重大事件。至此，中國文學延續多年的諾貝爾獎之夢有了一個完美的結局。瑞典文學院諾貝爾獎評審委員會的評語是莫言「將幻覺現實主義融合了傳說、歷史與當代」。〔註3〕也許是為了照顧遍布全世界的讀者，諾貝爾文學獎的評語一向簡略而又詭秘，而這次對莫言的評語更是有過之而無不及。它談的是莫言的敘事方法，對他的小說內容隻字不提，讓人頗感意外。不同尋常的「幻覺現實主義」（hallucinatory realism）一詞因為與常見的「魔幻現實主義」（magic realism）有異而在社會媒介引起了不少議論，甚至造成了中國官方媒介翻譯的困難。〔註4〕無需贅言，莫言一向以獨特的敘事方法聞名。正如他自己所言，他在糅合威廉·福克納、加西亞·馬爾克斯和蒲松齡的過程中找到了個

---

〔註1〕（清）王先謙《荀子集解》，中華書局，1988年，355頁。

〔註2〕Susanne K. Langer, Philosophy in a New Key: *A Study in the Symbolism of Reason, Rite, and Art, 3r edition* (Cambridge, Mass.: Harvard University Press, 1996), p.174.

〔註3〕"The Nobel Prize in Literature 2012." Nobelprize.org (http://www.nobelprize.org/nobel_prizes/literature/laureates/2012/). Accessed 3/25/2021.

〔註4〕如 http://article.yeeyan.org/view/245405/324909. Accessed 3/25/2020.

人的配方而成為一個善於「講故事的人」，怎樣講故事與講什麼故事對他來說同樣重要。〔註5〕他的故事，從最早的《白狗秋韆架》到最新的《娃》都隱約呈現「元小說」（metafiction）的特徵，即通過自覺的敘事與展示故事虛構性的手法來回歸歷史。〔註6〕因此，莫言的讀者既要讀正版故事，又要讀「被講的故事，」兩者之間時合時離的文本空間正是莫言小說意義的溫床，而這個意義通常與追溯過去重構歷史有關，與講故事的人在離散之中尋找精神家園有關。要瞭解莫言這種獨具匠心的敘述結構以及其多重象徵的意義系統，我們最好回到他的成名之作《紅高粱家族》。

被其英譯者葛浩文（Howard Goldblatt）稱為「中國之作」的莫言的小說《紅高粱家族》是這樣開篇的：

> 謹以此文召喚那些游蕩在我的故鄉無邊無際的通紅的高粱地裏的英魂和冤魂。我是你們的不肖子孫，我願扒出我的被醬油醃透了的心，切碎，放在三個碗裏，擺在高粱地裏。伏惟尚饗！尚饗！

這是怎樣的閱讀體驗？恐懼戰慄？噁心反胃？抑或肅然起敬？讀者的體驗可能是其中之一，又可能三者兼而有之。不論如何，這樣的開篇似乎警示讀者在進入小說正文之前，需做好充分的心理準備，因為這只是對暴力的「預告」，充滿血腥的細節將隨之而來。值得注意的是，上述文字由「奉獻」的文體出現，但又與常見的奉獻文字迥然相異。莫言使用古色古香而又極其誇張的語言迫使讀者去接受「奉獻」儀式本身的虛構性，從而去反思整部小說字裏行間傳達的有關儀式的信息。正如面對其他所有的儀式一樣，我們需要探究的問題是：儀式的意義是什麼？儀式的執行者，即小說中的敘事者「我」，有什麼樣的意圖？

因為敘事者「我」反覆出現在《紅高粱家族》的情節之中，所以要解讀《紅高粱家族》的意義，我們必須首先解讀文本的敘事者。然而，當文本中絢麗多姿、形形色色的人物迎面而來之時，讀者卻容易忽略這位敘事者的存在。應用拉美魔幻現實主義作品中的歷史現在時第一人稱敘事（historic-

---

〔註5〕莫言諾貝爾文學獎演講辭，"The Nobel Prize in Literature 2012." Nobelprize.org (http://www.nobelprize.org/nobel_prizes/literature/laureates/2012/). Accessed 3/25/2021.

〔註6〕「元小說」（metafiction）為加拿大學者琳達·哈欽（Linda Hutcheon）所創，見她的名著 *A Poetics of Postmodernism: History, Theory, Fiction* (New York: Routledge, 1988), 5～7。

present-first-person narrative）這種為 20 世紀 80 年代的中國作家所普遍熟悉的敘事技巧，《紅高粱家族》借著敘事者串聯起整個故事。敘事者在小說中事件與事件的銜接之間若隱若現，他既解構著小說主要人物那絕妙如戲的人生，又對他們的用生命譜寫的戲劇進行著再創造。正因如此，比起故事本身，這個故事的講述者更值得關注。

「一九三九年古曆八月初九，我父親這個土匪種十四歲多一點。他跟著後來名滿天下的傳奇英雄余占鰲司令的隊伍去膠平公路伏擊敵人的汽車隊……」《紅高粱家族》正文一開篇，敘事者就用「我父親」這種敘述宣布了他參與整個故事的事實。〔註7〕在既扮演傳統敘事角色傳講故事，又扮演後現代敘事角色闡釋故事的雙重身份中，敘事者作為故事參與者的身份逐漸明晰。在故事開始不久，敘事者便一躍而入，呈現出他父輩和他這代人之間的強烈對比：「他們殺人越貨，精忠報國，他們演出過一幕幕英勇悲壯的舞劇，使我們這些活著的不肖子孫相形見絀，在進步的同時，我真切感到種的退化。」〔註8〕

上文中「進步」與「退化」兩詞成為對應關係，相輔相成；它們不僅概括了承托住整部小說敘事的歷史世界觀，更是祖輩的故事和敘事者「我」的故事匯聚銜接的關鍵所在。換言之，「進步」和「退化」這兩個概念之間的張力利於營造出一個全新的闡釋空間，這個空間統一了象徵過去的祖輩和代表現在的敘事者。

在這種統一整合中，敘事者「我」的出現成為了故事情節發展不可或缺的要素。對那些習慣於流暢的敘述和完美虛構性的通俗讀者而言，這一要素或許攪擾了敘述流程，破壞了小說的虛構效果。然而，當《紅高粱家族》的讀者一邊沉浸於小說人物精彩絕倫的生命舞劇，一邊聆聽著敘事者反思自省的論調時，他們不得不對這兩者進行比較與對比，最終使得一個綜合化的敘事者形象開始成形：這個滿心充斥著自我懷疑，甚至略感自恨的城市知識分子拼命地尋求著一種能將自己從疲沓無力的現實生活中解脫出來的方法。對他而言，寫作即是一種心理療法，一條求取精神更新的必經之路。〔註9〕

---

〔註7〕莫言《紅高粱家族》，上海文藝出版社，2012 年，1 頁。
〔註8〕莫言《紅高粱家族》，2 頁。
〔註9〕在莫言的許多作品中，疲憊無力的城市知識分子通過探訪故鄉來追求精神更新是一個反覆出現的主題。在創作《紅高粱家族》之前，莫言曾在一系列短篇小說中，如《白狗秋韆架》，塑造過這樣的一個敘事者。當然，作為一個有

在「進步」與「退化」這兩者形成錯綜關係中，敘事者以自我更新為目標的創作書寫無疑困難重重。這些困難源於他和祖輩所處的兩個世界之間時間和空間的失落，這種失落似乎是「歷史的必然」，因為 20 世紀中國歷史書寫中的「宏觀敘事」是張揚進步而拋棄鄙視退化。小說中，這種無可避免的失落感強烈地體現在雜種高粱取代紅高粱的情節中。土生土長的紅高粱貫穿於整部小說，它既是愛和激情的主要象徵，又是滋養著村民無窮性慾的取之不竭的養料；但是，在敘述者最後一次造訪中，他卻發現紅高粱已經被從外引進的雜種高粱所取代。「我痛恨雜種高粱」，敘事者的哭訴中夾雜著強烈的抨擊之意，「我被雜種高粱包圍著，它們蛇一樣的葉片纏繞著我的身體，它們遍體流通的暗綠色毒素毒害著我的思想，我在難以擺脫的羈絆中氣喘吁吁，我為擺脫不了這種痛苦而沉浸到悲哀的絕底。」〔註 10〕出現在小說敘述尾聲那終究來臨的一刻暗示著敘事者探求更新之難，這種探求始終是枉費氣力。然而，如同所有的心理療法一樣，過程比結果更有意義。在創作書寫過程之中，敘事者找到了他祖輩魂靈的被壓抑的記憶，也聽到這些魂靈們所發出的呼召，這些呼召「對我發出了指點迷津的啟示」。〔註 11〕不難看出，「迷津」是敘事者對所處現實世界的體驗和闡釋。

如果將敘事者探求精神更新的艱難之旅放置在興起於 20 世紀 80 年代、以莫言為領軍人物之一的「尋根文學」的背景之下考查，讀者便更能理解這種探究的意義之所在。「尋根文學」在興起之初便肩負宏大的社會文化使命，這使其在 20 世紀宏闊的中國文壇中佔據了一席之地。具體而言，文學尋根的使命在於不斷地重估傳統。正如著名學者許子東曾指出的那樣：聯合中國「尋根」作家的是他們「尋求民族文化依據的不懈努力，正視漢民族文化失落的心理危機感與企圖復興民族文化的使命感。」〔註 12〕儘管他們都以一種審視過去的態度為鄉土和城市賦予意義，但「尋根」作家在敘事技巧的引用，在對逝去的時間地域的追溯跨度，尤其是在探索文化之根的內涵等方面卻不盡相同。莫言對「尋根文學」的貢獻就在於《紅高粱家族》這部小說對儀式的應用——這一其他「尋根」作家未能企及的特色正是小說（包括張藝謀根據小

著農村背景，爾後成為一名居住在城市的成功作家，莫言個人的經歷與眾多小說敘事者經歷的相似並非偶然。

〔註 10〕莫言《紅高粱家族》，361～362 頁。

〔註 11〕莫言《紅高粱家族》，362 頁。

〔註 12〕許子東《現代主義與中國新時期文學》，《文學評論》，1989 年第四期，31 頁。

說改編拍攝的同名電影）深受中國讀者喜愛的重要原因。儀式敘事的運用不但支撐著小說的敘事結構，而且協調著小說文本的意指過程（signifying process）。

上文對敘事者「我」的討論可以理解為解讀《紅高粱家族》中儀式敘事的前奏。如上所述，小說中的敘事者講故事，更是「講歷史」，因為他將看似支離破碎的故事整合起來，繼以在被壓抑的過去和想像的未來之間營造出一個富有意義的自省空間。敘事者憑著自己處在當下的優勢地位──寫作被視為一種嚴肅且重要的行為，因而有充分的自由去思考那些只對他具有意義的儀式。基於此點，我們對儀式的解讀並非旨在概述小說描繪的所有儀式內容，而在於力圖發現具有代表性的儀式，這種代表性既體現在一種儀式的具體行為與象徵，還與該儀式所處的文化語境有關。

在進一步分析解讀《紅高粱家族》這部小說之前，我們先要分析一下「儀式」這個概念在人類學和文化研究中的意義。

儀式是所有人類行為的一個重要方面，雖然儀式有可能起源於宗教活動，但現代學者早就認識到儀式的普遍適用性。凱瑟琳・貝爾（Catherine Bell）曾用「儀式化」（ritualization）一詞去指稱行為的各種形式，而這些形式正是來自和社會文化環境互相作用的儀式。〔註13〕喬納森・史密斯（Jonathan Z. Smith）沿襲這一思路，對儀式這一概念提出了更完整的定義：

> 儀式表現了對一個處在掌控中的環境的創造。正是因為人們覺得日常生活中覺得變化不定的因素無所不在，且勢不可擋，因而創造儀式化的環境；在這個環境中，上述因素（比如說，事故）被挪去了。儀式是一種途徑，它表現在人們覺得事物原本該有的面貌與事物現有的面貌之間的張力；完滿的儀式便能駕馭日常司空見慣但又處於掌控之外的事物。〔註14〕

由此說來，儀式可以被看作一種象徵行為，該行為不僅包括儀式實際執行中所表現的有關禮儀的各個方面，而且包括儀式的整個準備過程。通過儀式所表現的象徵性姿態，儀式證實了時間的連續和週期性特質，宣稱生命的節律和基本需求亙久不變，更通過對各樣行為的重複引導著人們區別看待當

〔註13〕 Catherine Bell, *Ritual Theory, Ritual Practice* (New York: Oxford University Press, 1992), 6.

〔註14〕 Jonathan Z. Smith, *Imagining Religion: From Babylon to Jonestown* (Chicago: University of Chicago Press, 1982), 63.

下和過去。在由一系列並不陌生的關係所構成的、既豐富又穩定的語境中，儀式釋放出傳統所具有的撫慰鎮定的力量。究其本質而言，儀式力圖更新人們對世界的看法，並使那些尚未被後世的腐朽敗壞所影響的人煥然新生。按照米爾恰‧伊利亞德（Miracea Eliade）的說法，儀式是對事物真實源頭和「原型的本體秩序」的「終極回歸。」〔註15〕

基於上述對儀式的理論探討，讀者輕易就能發現儀式化貫穿於《紅高粱家族》的始終，從對奶奶婚禮葬禮這些一般儀式行為的程序所進行的淋漓盡致的細節描述，到承載了大量互文參照體的意象和語言，如「夥計們挑著酒來灑得鋪天蓋地，」讀者都能發現儀式化這條主線。〔註16〕小說中，儀式化的筆觸甚至讓高粱酒的釀造——這項在機器化之前最為單調艱苦的勞作——變為了一種神聖崇高的象徵行為，更不消說在爺爺成長為一個土匪，即他將花脖子一夥一網打盡的過程中，儀式化所起的重要作用。此外，小說中數字「3」的使用也是一個與儀式化有關的有趣插曲。數字「3」的反覆出現傳達出的是時間的週期之感，如「戀兒與我爺爺瘋狂地愛了三天三夜」；〔註17〕「（我必須）到墨水河裏去浸泡三天三夜——記住，一天也不能多，一天也不能少。」〔註18〕小說將這個充滿魔力的數字織於敘事之中，顯然試圖回溯到以數字來構想歷史這一傳統思維模式，如膠高大隊、冷支隊隊員，和爺爺的隊伍這三方抗日角力的明爭暗鬥（暗示三國演義的故事結構），還有紅狗、綠狗和黑狗的你爭我奪。戰鬥的人和拼殺的狗交相輝映，諷刺效果不言而明。

然而，儀式化在《紅高粱家族》中最重要的一個方面則表現在敘事者「我」如何扮演著故事講述者的角色。這既關聯著他講故事的目的，也和故事講述的方式有關。如上所述，敘事者書寫創作的目的在於經歷一段以他疲沓無力的現代生活作為發端的心理治療之旅，這種生活的狀態可用「缺失」（lack）一詞概括。另一方面，敘事者講故事的目的清晰地體現在講述故事的方式上，即他在講述中表現出的自我意識、選擇性講述以及敘述的不連貫及重複。有學者認為，至少從形式的角度上來說，文學本身就是一種儀式化的

〔註15〕Miracea Eliade, *The Myth of the Eternal Return, or Cosmos and History*, trans. Willard R. Trask (Princeton, N.J.: Princeton University Press, 1954), 20.
〔註16〕莫言《紅高粱家族》，120頁。
〔註17〕莫言《紅高粱家族》，278頁。
〔註18〕莫言《紅高粱家族》，1頁。

行為。〔註19〕依此而論，我們可以說《紅高粱家族》這部小說在整體上是一個大型的、持續的儀式化行為；這個行為不僅建立在儀式性的敘述上，其意義和重要性更依賴於儀式化的傳統和語言。

討論《紅高粱家族》中的儀式不能不涉及小說對於暴力的渲染。莫言對暴力故事的偏愛至《檀香刑》已成遭人詬病的洋洋大觀，但在暴力《紅高粱家族》中還是不可或缺的主題成分，因為儀式與暴力密不可分。暴力一方面構成了小說中一個特殊的儀式行為，另一方面又成為了這個儀式行為企圖模擬的「更高的真實。」這裡「暴力」一詞是狹義上的暴力，即，一個人向他人身體施加強力，意圖侵入對象內部（如刺入對方身體），或消滅對方身體（如焚燒或將其埋葬）。〔註20〕這兩種目的不同的暴力在《紅高粱家族》中不勝枚舉。從鞭打、創傷、殺戮，到最令人毛骨悚然的肢解場景，如羅漢大叔被活活剝皮，割下日本士兵的生殖器後再塞入其嘴裏，在小說的每一頁讀者幾乎都能看到對暴力的展現。在小說中，即使某些暴力本身可能不是儀式中本來的內容，它也起到中斷儀式（如奶奶的婚禮），或完成儀式行為的作用（如奶奶的葬禮），從而成為儀式之外的儀式，或者說「元儀式」。從某種意義上說，暴力扮演著能指和所指的雙重身份，它強化赤紅的高粱這一主導意象，而這個意象又不斷呼召著暴力行為以證實其存在，同時高密東北鄉民則用他們對危險和死亡無止境的索求來回應這一呼召。

但讀者也許會問，為什麼要將這一切緊繫於暴力？如果說犧牲，這一暴力的原始形式是早期儀式的關鍵組成部分，那麼在現代社會中，各種宗教和世俗的儀式卻早已與原始的暴力行為背道而馳。然而，在一定程度上，這種背離恰恰正是暴力在《紅高粱家族》中獲得了本體論地位的原因所在。正因

---

〔註19〕比如，雅各布·科歌曾生動地論述過文學與儀式之關係：「因為這兩者有如此多的相似之處，儀式和文學在不同的歷史時段能夠相互交換其功能。儀式是模仿性的；它是對一種行為虛構的、想像性的複製。儀式將神聖的意義授予給客觀對象和世俗世界的行為，並將它們轉化為象徵。儀式表達那些無法以理性形式體現出來的直覺觀念，更將其關聯建立在不為理性思維所認知，但卻常靠比喻、轉喻、語詞誤用等詩學修辭傳達其義的同系物、因果關係和認知之上。儀式接納悖論與矛盾，也接納如恐懼和愛情，敬畏和親近、驕傲和謙卑等明顯不可調和的綜合感覺。儀式要求異質性，即一種能採納那些於己相異的思想和感覺的能力。」見 Jacob Korg, *Ritual and Experiment in Modern Poetry* (New York: St. Martine's Press, 1995), 11.

〔註20〕此定義基於 Gordon Teskey, *Allegory and Violence* (Ithaca, N.Y.: Cornell University Press, 1996). 10.

為暴力的缺失標誌著歷史的進步，而這種進步又讓小說敘述者心懷悲憫，所以暴力才會被引入小說，因為它代表無拘無束的靈魂，野性的人性和英雄的氣質，指向小說所呼召的中國精神「終極回歸」的目標。暴力之所以能起到這種作用，是因為暴力是原始的、自然的、自發的、非理性的，更是矛盾的。暴力自身的矛盾性在其與生和死的關係中得到了最清楚不過的體現：暴力表現生命和死亡，同時又破壞著這兩者。通過對暴力破壞性建構功用的充分描述，《紅高粱家族》對暴力矛盾性的揭示達到了極致：美麗的和醜陋的，聖潔的和墮落的，罪惡的與崇高的，純潔的和齷齪的，最具英雄氣概的和最膽小怯弱的。

實際上，《紅高粱家族》中儀式化的暴力裹挾在一種歷史真實感中，如小說中的抗日戰爭背景，然而這一事實卻絲毫沒有抵消小說對於中國讀者的感情衝擊。〔註21〕小說中，高密東北鄉村民為對抗入侵的日寇所採取的每一個暴力行動都以暴力的抵抗相對，同時他們又把更多的暴力留給了自己。誠然，民族主義在這部小說中發揮了很大的作用，但其作用僅僅在於促發暴力行為，而並不在於將這些行為合理化──因為在展現儀式性暴力的語境中，這種合理化並無必要。《紅高粱家族》小說中所表現的暴力最終超越了其歷史特殊性，變成了一種彰顯生命的象徵話語，或者說，透過小說敘事者那如夢如癡地故事講述來看，生命本該如此。

綜上所述，儀式和暴力在《紅高粱家族》這部小說中的意義並不在於這兩者本身，而是對消逝的過去所做的「終極回歸」的內容和形式，更是處於離散狀態中的敘事者「我」為悔悟與救贖所做的一次嘗試。從這個意義上講，至關重要的並不是某種特殊儀式的真實性，〔註22〕也不是有關暴力行為的那

〔註21〕我們可以認為，抗日小說這類長期以來受社會主義現實主義和毛澤東思想意識所統領的題材可能正是《紅高粱家族》所要顛覆的對象。小說中有大量的例子來支持這一論斷，比如二奶奶遭日本士兵強姦的情節和爺爺殺死一個投降的日本騎兵的情節，實際上，在莫言之前，沒有太多中國作家曾嘗試過對敵軍做出人性化的描述。

〔註22〕發生在電影《紅高粱》拍攝中一段插曲可以說明莫言對儀式描述的偽真實性。在電影拍攝過程中，導演張藝謀決定忠實地再現小說中奶奶的婚嫁儀式，當他努力地尋找這種儀式的地方性來源時，他卻發現無論是從採訪對象還是來從文字檔案中獲取的信息，都不與莫言在小說中的描述相吻合。最後，張藝謀只能用他作為一名藝術工作者的想像去創造婚嫁的流程，而電影中婚嫁的一幕現在則被認為是「對中國真實的展現」。見 Zhang Xudong, *Chinese Modernism in the Era of Reforms: Culture Fever, Avant-Garde Fiction, and the*

些血腥細節的可能性，而是它們所象徵的矛盾與非理性，兩者同為後現代主義價值系統中的標誌性內容，令莫言及不少其他當代中國作家為之著迷。雖然在現代中國文學發展史中，進步及其反面並不算是嶄新的文學主題，但在20世紀80年代中國現代主義的語境中，為回應文化復興的迫切需要，這個主題卻煥發出新興的氣息。與此，莫言起了重要的作用。《紅高粱家族》頌揚原始的經驗，尋找「本真」的中國精神，宣洩共情的訴求，﹝註23﹞宣告了一個新的文學時代的來臨，在這個時代中，作家將會以有史以來一種最為激情而又自信的態度來看待過去和傳統。

---

*New Chinese Cinema* (Durham, N.C.: Duke University Press 1997), 308～311.

﹝註23﹞比如，王瑾曾指出莫言對神話和傳統頌讚中出現的問題，雖然王瑾堅信「偽現代主義」在《紅高粱家族》中發揮著作品，但是這種「偽現代主義」的解釋似乎引起了更多這一解釋無法解決的問題。見 Jing Wang, *High Culture Fever: Politics, Aesthetics, and Ideology in Deng's China* (Berkeley, C.A.: University of California Press, 1996), 189～191.

# 象徵族裔性：阿來的懷舊抒情

　　　　事實上，對於現代性狀況的反思批評已有久遠的傳統，其中懷
　　舊扮演了重要的角色。我們暫且稱之為「岔道現代性」……其批評
　　的對象既是現代性對於新事物的迷戀也是對於傳統本身的現代重
　　塑。
　　　　　　　　　　　　　──斯維特蘭娜‧博伊姆（Svetlana Boym）〔註1〕

　　懷舊情緒已經成了中國大眾的心理主調。這是著名小說家余華做出的判斷。最近幾年，他作為西方媒介的特約撰稿人，發表了一系列短小精幹的文章，向世界讀者介紹了五十年來中國社會和文化變革的成就與挑戰。在最近的一篇文章中，〔註2〕他描述了幾個中國新生活的迷你故事，有些來源於新聞報導，有些則是個人軼事，故事內容涵蓋了住房和數字貨幣等領域，然後他重點講述了懷舊情緒是如何席捲全國的。根據余華的說法，有兩種人最深刻地受到了懷舊情緒的侵染，一種是那些渴望更簡單、更公平的社會主義時代的窮人，因為他們從經濟改革的浪潮中獲益寥寥無幾；另一種是那些總是擔心如何守護自己新積累的財富的成功人士，無論其財富的來源是正當還是非法，他們都希望能重新開始。憑藉他作為小說家敏銳的直覺與超人的觀察力，余華相當準確地以「懷舊」這個關鍵詞把握了中國社會的脈搏，它是隱藏焦慮和不確定性的面具，是逃避當代令人困惑的時間性的避風港。

　　把懷舊稱之為「情緒」，既是對懷舊的情感本質的肯定，也是對懷舊表達形式多樣性的認可。情緒來到我們身邊，它表露出我們自己和我們與他人的

---

〔註1〕 Svetlana Boym, *The Future of Nostalgia* (New York: Basic Books, 2001), xv.
〔註2〕 Yu Hua, "'Human Impulses Run Riot': China's Shocking Pace of Change," *The Guardian*, September 6, 2018.

關係。懷舊作為情緒，常常發生在我們重理與過去的關係的時刻。當今的中國文化產業是最能感受懷舊情緒的地方，因為恢復往日的殘餘而用於審美消費已成為其主要宗旨。眾多流行的電視宮廷劇無休止地演示各個朝代的內幕爭鬥和皇室浪漫，使無名的妃嬪成了家喻戶曉的名字；在高層建築林立的每一個主要城市，重建的舊址和小巷蜷據於現代辦公大樓和密集的公寓樓房之間，在那裡，擠滿了獵奇的遊客。在教育這個始終是爭奪未來的陣地，往昔的兒童教育方式試圖打破教育部統籌的課程體系，如備受爭議的「女德教育觀」和已成為暢銷書的再版《弟子規》，其價值在於回歸強調記憶、紀律和服從的傳統啟蒙教育。在高等教育，經典文本，特別是注重品格培養和道德教育的經典文本，在不同程度上被納入了普通人文和社會科學課程，這和蓬勃發展的國學的大力提倡有關。雖然國學是門定義模糊的學問，其內容可從艱深的古文字學滑向佛學、儒學，但棲身於學術界內外的實踐者都把忠實轉播古代聖賢的話語及其在現代社會的應用作為國學的首要目的。國學之所以具有影響力，是因為它與關於「中國夢」的政治話語有著明確的聯繫，而中國夢的內涵是抵制為中國帶來了經濟繁榮的西方化／全球化，從歷史和傳統中尋找保持中國文化特色的途徑。主流媒體和政府官員在公開場合肯定當前成績、預測美好未來時，引經據典似乎成了時尚。有時，一些冷僻的古漢語詞會出現發音錯誤，偶而引起公眾的低聲嘲笑，但這並不影響他們轉遞憧憬往日、縫合時代斷裂的修辭效果。

上述文化活動和社會行為中的懷舊情緒對於旁觀者一目了然，但不總是得到參與者的認可。懷舊情緒的表述在文明史上源遠流長，在中國可追溯於《詩經》，在西方可從荷馬史詩《奧德賽》中找到痕跡，而懷舊（nostalgia）的命名則歸功於 17 世紀瑞士醫生約翰內斯‧霍費爾，他把希臘語詞根「nostos」（返回）和「algos」（痛苦）組合起來，為我們複雜的情感世界創造了新的語言符號。在現代中文裏，「懷舊」是 nostalgia 的常用翻譯，但只是表達懷舊情緒的平行詞語之一，其他常見詞語包括「鄉愁」「思鄉」「懷鄉」「念舊」「懷舊」「思舊」等。這些以「鄉」為詞根的詞語，注焦於對故鄉的留念與嚮往，是對回不去的故里的抒情想像，這是中國古典文學中常見的鄉愁或遊子的渴望，常常被提升到美學的境界。這些以「舊」為詞根的詞語強調是不受特定空間限制的先前的時間性，包含著對歷史進程的反思和焦慮。很顯然，懷舊這種含義與現代中國的進化社會理論和政治話語不相吻合，因而被認為屬於

保守主義甚至復古主義的思潮，而這兩種思潮通常被視為20世紀以來不斷革命邏輯的死敵。下文我將詳細地討論懷舊及其政治折射含義，這裡我只想強調懷舊的表達在文學敘事中是常見的現象，它的發生——不管是否以懷舊的名義，不管是瞬時的片段還是完整的敘事，一定是關於舊時舊地的共情想像與回憶，其情感體驗有痛苦，也有甜蜜，也包括其他從失落到興奮的複雜情感組合。觸發懷舊的原因通常是對現狀的不滿，對概念化歷史的抵制，或者是為了從遮蔽的歷史細節中構想可能的未來。

需要指出的是，遠在當今大眾文化對懷舊的擁抱之前，懷舊就已經成為推動「新時期文學」發展的動力，它代表了20世紀70年代末後社會主義文學的誕生和成熟，其中懷舊敘事出色地發揮了反省剛剛過去的歷史的情感訴求。之後的「尋根文學」興起於20世紀80年代，在社會變革停滯之際，作家們在主流歷史的邊緣地帶和民間傳說與民俗儀式中重新發現了令人眼花繚亂的英雄主義和浪漫主義片段，以史詩般的神話故事讓讀者如癡如醉。2012年獲得諾貝爾文學獎的莫言就是一個極好的例子，他的獲獎原因是「將魔幻現實主義與民間故事、歷史與當代社會融合在一起」。〔註3〕幾乎同時，第五代電影導演也將他們基於歷史文化地理的深厚畫面和視覺隱喻帶給了國際觀眾，在電影節上贏得了許多大獎。《紅高粱》《霸王別姬》等影片代表了中國民族志走入全球化語境的開端。

對過去的傳奇、傳說和神話的懷舊想像，繼續激勵著中國作家從20世紀90年代開始的「歷史書寫」。重要的是，他們所寫的歷史不是關於革命和啟蒙的宏大歷史，而是家族史、宗族史、鄉村史，地點或是遠離權力中心的邊疆，或是地理分類不明確的地方，如陝南（賈平凹）、北方雪鄉（遲子建）、中原（劉震雲）、長江濕地（畢飛宇）和東北高密鄉（莫言）。同樣值得注意的是，他們對過去的畫像都是普通人（或不那麼普通的人）的日常生活中的再現，既有傳統沉澱的生活經驗記錄，也有未充分實現的人生理想。眾多栩栩如生的人物畫像所揭示的是「一個民族的秘史」，這句出自法國作家巴爾扎克的名言被印在陳忠石廣受好評的長篇小說《白鹿原》（1993）的扉頁。揭示過去的秘密，演繹遮蔽的細節，編織迴腸盪氣的情節，從而渲染懷舊的情感效應，這似乎是所有成功的歷史書寫小說的特徵，如張承志的《心靈史》（1991年）、

---

〔註3〕The Nobel Prize in Literature 2012. NobelPrize.org. Nobel Media AB 2020. Fri. 7 Aug 2020. Https://www.nobelprize.org/prizes/literature/2012/summary/.

余華的《活著》（1993 年）和莫言的《豐乳肥臀》（1995 年）。讀者在回味遺忘的民族記憶，感歎歷史的曲折神奇的時候，一定會情不自禁地發問，為什麼我們前輩們的生活比我們自己的生活更令人激動，更充實，更浪漫。

阿來屬於這類「歷史書寫」小說家。這位詩人出身的小說家自 20 世紀 90 年代以來成為中國最有影響力的作家之一，既受到大眾的歡迎，又受到評論界的好評。他獲得了包括著名的茅盾文學獎和魯迅文學獎在內的眾多文學獎項，是中國當代最暢銷的作家之一。他的代表作《塵埃落定》（1998 年）在出版後的頭十五年裏銷量超過一百萬冊。〔註 4〕阿來的作品創造了一個幾乎完全以過去的時代為背景的虛構世界。這個阿來以活力的語言和詩意抒情建造的世界，充滿了宏偉和壯麗，浪漫和悲歌。阿來以豐富的歷史想像建構了過去生活的細枝末節，同時又凸現傳統習俗與現代知識、現實與理想、個人追求與部落價值的歷史衝突。從《塵埃落定》到《空山》（2005～2009），再到《雲中記》（2019），阿來詩意的歷史書寫生動而全面地描述事件的來龍去脈和人物的性格發展，激活失去的個人回憶來與公眾記憶相抗爭。這是一個鮮活的生活歷史故事，讓中國讀者異常興奮，因為他們有機會重新認識似乎已經知道但卻感到陌生的一段歷史。

阿來生長在阿壩藏族羌族自治州，位於四川西北部，與青海省和甘肅省接壤。他的母親是藏族，父親是回族，他擁抱自己的藏族身份，同時認同自己的多民族背景。他的少數民族作家的標籤在幾個層面上影響著他的作品的接受。首先，他的成功可以說是少數民族文學的成功範例，這在中國國內有利於中國文學是整合包容的文學的政治話語，而在海外則有助於目前流行的華語系文學理念「去中國化」的構想。〔註 5〕其次，他獨特的多民族身份幫助他不僅抵制大漢族主義的民族敘事，而且也質詢藏族文化編年史的拉薩中心論。阿來歷史書寫的基礎不是官方文件和檔案，而是寺院案卷、地方志和口

〔註 4〕《人民日報》網址：http://book.people.com.cn/n/2013/0412/c69360-21115153. html. Accessed 8/10/2020.

〔註 5〕In a number of Alai studies in English, Alai's ethnicity and his reinscription of Tibetan history to contest the official narrative of the Tibetan people motivate the critics' readings of this writer. See, for example, Nimrod Baranovich, "Literary Liberation of the Tibetan Past: The Alternative Voice in Alai's Red Poppies," *Modern China* 36, 2 (2010): 170～209 and Gang Yue, "As the Dust Settles in Shangri-La: Alai's Tibet in the Era of Sino-globalization." *Journal of Contemporary China* 56 (Aug. 2008): 543～63.

頭傳說，雖然這些材料的歷史價值和文學價值受到了一些中國學者的質疑。〔註6〕如果說阿來個人身份的雙重邊緣性打破了任何簡單的政治分類或流行的文學模式，那麼它的優勢恰恰是與之而來的靈活性，即利用懷舊來激發對過去的書寫，強調歷史的空間性而不是直線性，從而產生一種「共時史學」（synchronic historiography），〔註7〕迫使我們重新思考進步主義和歷史決定論中國在漫長的 20 世紀走向現代化的進程中的影響。

把握阿來精雕細琢、精彩紛呈的共時史學的關鍵在於接近他厚重的失落感與對其意義的沉思。下面的一段話中阿來向我們揭示了他的寫作靈感與動機：

> 在這部作品誕生的時候，我就生活在小說裏的鄉土所包圍的偏僻的小城，非常漢化的一座小城。走在小城的街上，抬頭就可以看見筆下正在描繪的那些看起來毫無變化的石頭寨子，看見雖然被嚴重摧殘，但仍然雄偉曠遠的景色。但我知道，自己的寫作過程其實是身在故鄉而深刻的懷鄉。這不僅是因為小城已經是另一種生活，就是在那些鄉野裏，群山深谷中間，生活已是另一番模樣。故鄉已然失去了它原來的面貌。血性剛烈的英雄時代，蠻勇過人的浪漫時代早已結束。像空谷回聲一樣，漸行漸遠。在一種形態到另一種形態的過渡期時，社會總是顯得卑俗；從一種文明過渡到另一種文明，人心委瑣而渾濁。所以，這部小說，是我作為一個原鄉人在精神上尋找真正故鄉的一種努力。我沒有力量在一部小說裏像政治家一樣為人們描述明天的社會圖景，儘管我十分願意這樣。現在我已生活在遠離故鄉的城市，但這部小說，可以幫助我時時懷鄉。〔註8〕

也許我們把阿來的鄉愁和魯迅的鄉愁放在一起，才能感受到中國現代作家棄之不去的歷史與非理想現實的沉重之感。這是魯迅在名作《故鄉》開頭走進面目全非的故鄉的一段話：

---

〔註6〕參閱高玉、謝園園合著，《文學真實：「非虛構」的內在邏輯》，《中國社會科學報》，2015 年 12 月 21 日，5 版。

〔註7〕I borrow this term from Howard Choy, see his "In Question of an 'I': Identity and Idiocy in Alai's *Red Poppies*," in Lauran R. Hartley and Patricia Schiaffin-Vedani, eds., *Modern Tibetan Literature and Social Change* (Durham: Duke UP, 2008), 225～235.

〔註8〕阿來，《就這樣日益豐盈》，解放軍文藝出版社，2002 年，346 頁。

　　阿！這不是我二十年來時時記得的故鄉？

　　我所記得的故鄉全不如此。我的故鄉好得多了。但要我記起他的美麗，說出他的佳處來，卻又沒有影像，沒有言辭了。彷彿也就如此。於是我自己解釋說：故鄉本也如此，——雖然沒有進步，也未必有如我所感的悲涼，這只是我自己心情的改變罷了，因為我這次回鄉，本沒有什麼好心緒。〔註9〕

在討論魯迅的鄉愁的一篇論文中，〔註10〕唐小兵把魯迅反覆使用的作為「我」的敘述者的懷鄉之旅稱之為作家的「心理傳記」，為故事講述增添了濃重的抒情色彩，而這種基於鄉愁的抒情敘事表達了中國現代知識分子在探討不同現實與知識體系之間的歷史衝突時的痛苦與絕望。唐小兵進一步認為，懷舊是中國現實主義小說的精神狀態，是意識在過去與現在之間掙扎的心理寫照。

　　在中國現代文學的共情訴求的精神層面上，阿來是在繼續由魯迅發起的懷舊之旅。這是一段痛苦和絕望的旅程，但它體現在基於對各種形式的現代性不懈追求的現代中國的革命文化邏輯之中。一旦人們所熟悉的週期性歷史觀被線性歷史觀所取代，懷舊是一種自然的，甚至是必要的反應。它表達的失落感，儘管是無可奈何、回天無力的失落之感，在個人主體性的建構中，以及在調節個人與變化的社會秩序的新關係中，仍然具有意義。在這一點上，懷舊的功能是質疑關於歷史寫作的無條件進步論的意識形態，並想像如何在個人化和經驗化的維度上擺脫抽象歷史的束縛。

　　無可否認，懷舊現象雖然普遍，對於它的社會功能與政治意義卻廣有爭議，一些激進學者對它的批評相當嚴厲，認為它是保守的，甚至是反動的，因為它的情緒衝動總是定位於過去，並不能為現在的問題提供答案。後現代主義理論的興起為懷舊提供了新的文化契機，使其一度成為西方文學批評的熱門話題，然而著名的西方馬克思主義學者與後現代主義批評家弗雷德里克‧詹姆斯對於懷舊的「反歷史」傾向也難以釋懷。〔註11〕其實，懷舊的爭論焦點就在於我們如何把握歷史，是線性的歷史，簡單的進化史，還是複雜

〔註 9〕魯迅，《魯迅全集》，人民文學出版社，1981 年，344 頁。

〔註10〕Tang Xiaobing, "Beyond Homesickness: An Intimate Reading of Lu Xun's 'My Native Land,'" in his *Chinese Modern: The Heroic and the Quotidian* (Durham: Duke UP, 2000), 75～96.

〔註11〕Frederic Jameson, *Postmodernism or the cultural logic of late capitalism* (Durham: Duke UP, 1991), ix.

的歷史，多維的歷史。已有學者指出基於黑格爾哲學的理性歷史及以歐洲現代性為濫觴的傳統歷史觀如何成為歐洲中心主義的思想根源，造成了對懷舊的敵意。〔註12〕進化史觀的意識形態不應免於我們的批評棱鏡，這是毋庸置疑的。更重要的是，當懷舊被指責為「反歷史」的烏托邦傾向時，我們不應忘記，進步歷史自身也總是屈服於烏托邦的誘惑，而且利用各種形式控制這個烏托邦的合法化話語。在涉及烏托邦的問題上，進步史觀和懷舊的不同之處在於一個是理性的確定，另一個是情感的動搖。讓我們考究一下「塵埃」這個詞的意義，這是阿來在他作品標題和文本中反覆使用的一個比喻。「塵埃」是一個人人皆知的比喻詞語，通常指代時間的流逝和歷史的轉瞬即逝。阿來巧妙地運用了這個比喻，通過在「安定」和「動盪」（「塵埃落定」與「落不定的塵埃」）之間的交替，暗示了歷史進步的不可挽回性以及由此而來的令人遺憾的後果。塵埃的語義流動暗示著歷史的裂痕，促成了想像的空間，於是阿來在傳統美學的基礎上，通過喚起強烈的懷舊情懷，回應現代人的失落感，構建了一部抵制所知歷史的新的史學史。事實上，斯維特蘭娜‧博伊姆在她的影響深遠的著作《懷舊的未來》中預測了阿來的懷舊敘事。對博伊姆來說，說懷舊是「反現代」過於簡單化，因為懷舊以渴望或回歸為幌子，並不一定與現代對立，而是與現代共生共存。為了理清懷舊與歷史之間的複雜關係，她提出有必要區分「恢復性懷舊」與「反思性懷舊」這兩個概念：

> 恢復性懷舊是最近民族復興和宗教復興運動的核心。它依據是兩個主要情節——回歸原點和陰謀論。反思性懷舊並不是遵循一個單一的情節，而是探索如何同時居住在許多地方，想像不同的時區。它喜歡細節，而不是符號。它的最佳表達會檢驗我們道德價值和創造能力，而不僅僅是提供午夜憂鬱的藉口。如果說恢復性懷舊最終是為了重建故國或家園的象徵和儀式，從而試圖征服和佔據時間，那麼反思性懷舊則珍視破碎的記憶碎片與擾亂的空間。恢復性懷舊極端嚴肅、認真，反思性懷舊則可以是諷刺和幽默。它揭示了渴望和批判性思維並不是相互對立的，正如情感記憶並不排除同情、判

---

〔註12〕See, for example, Marcos Piason Natali's article "History and the Politics of Nostalgia," *Iowa Journal of Cultural Studies*, 5 (Fall 20014), 10～26. For nostalgia and English literature, see John J. Su, *Ethics and Nostalgia in the Contemporary Novel* (New York: Cambridge UP, 2005).

斷、或批判性反思。〔註13〕

依據博伊姆的見解,「反思性懷舊」實際上可以被重新命名為「批判性懷舊」,因為它有可能通過將歷史組合成「記憶的碎片與擾亂的空間」,從而在特定的時間中重新考慮主體的立場;它可以「重寫」歷史,再現過去人物的情感經歷,從而喚起同情和理解。這種情感歷史(affective history)〔註14〕至少可以為歷史提供另一種解釋,即使它不能完全消除抽象歷史的理性邏輯的影響。從這個意義上說,懷舊總是關於當下的,有關我們對於當下的時間性的把握或質疑,這是博伊姆所明確強調的,也是詹姆遜不得不承認的。如果說懷舊在當代的時髦繁盛確實源於後現代主義帶來的「歷史性的危機」,〔註15〕那麼「歷史性」本身就有可能失去了對我們如何理解過去的霸權。

很顯然,在阿來看來,我們所知道的西藏東部及其人民的歷史是一部充滿了遺漏、錯誤、誇張和壓制的「痛苦歷史」(embittered history)。阿來的回應是對歷史主體的重新表述,它建立在對主體性的再度想像之中,糅合了記憶和幻覺的碎片,類似於黑格爾所謂的「主體性遭遇自身」的經歷。喬納森‧卡勒將其定義為一種抒情的表演,「通過反覆的閱讀行為」而將抒情主體銘刻在個人和文化記憶中。〔註16〕我們可以在阿來的詩歌中追溯他對自己的民族和阿壩地區文化的解讀,這是他的文學生涯的開始。從這時起,阿來的解讀就建立在與出生地的複雜關係之上,在這個關係中「我是誰」的問題尤為突出。以下的詩行來源於「群山,或關於我自己的頌詞」,這首詩是阿來已出版的唯一一本詩集的開篇:〔註17〕

> 我就是我自己
> 但我不是我自己
> 是我的兄弟,我的情侶

〔註13〕Svetlana Boym, *The Future of Nostalgia* (New York: Basic Books, 2001), xvi.

〔註14〕"Affective history" is a term still under debate in the field of history. For a good summary of its theoretic implications in historical studies, see Emily Robinson, "Touching the Void: Affective History and the Impossible," *Rethinking History: The Journal of Theory and Practice*, Volume 14, 2010, Issue 4, 503～520. For its application in the context of Asian American queer diasporas, see David Eng, *The Feeling of Kinship: Queer Liberalism and the Racialization of Intimacy* (Durham: Duke University Press, 2010).

〔註15〕Frederic Jameson, *Postmodernism or the Cultural Logic of Late Capitalism*, 280.

〔註16〕Jonathan Culler, *Theory of the Lyric* (Cambridge: Harvard UP, 2015), 131.

〔註17〕阿來,《阿來的詩》,四川文藝出版社,2016年。

我的兒子，我的一切血親
我植根山中的同胞
和我出生那個村子鄉親一樣的同胞
我是我自己時使用父親賜我的名字
不是我自己時我叫阿來
這是命運賜予的禮物

這首關於自我的頌歌讓人想起了惠特曼的《自我之歌》，只是它對自我的慶祝並不是利己主義的，而是沉思性的，揭示了說話者自我認同的複雜性。阿來故意隱匿了他出生時的法定名字，轉而反思他的多個名字的意義，讓我們感受到其承受的巨大的文化記憶，「阿來」是這種文化記憶的一個標誌。身份必須有名有姓，因為命名是我們通過語言獲得意義的方式，但是語言既可以揭示也可以隱藏。正是他對隱藏的多重自我的懷疑才促使他開始了在詩歌中尋找和發現的旅程。阿來從川西北的一個村莊走到另一個村莊，在若爾蓋大草原留下一個孤獨的旅行者的足跡，他驚歎生命在這奇異的時刻展現出的壯麗，並思考著激活冰凍的歷史的可能性。在長詩《草原迴旋曲》中，阿來自比流浪的歌手，與草原一道在歷史中迷途。他寫道：「磧石灘，不是草原的墳場／而是草原的凍傷／不要問／凍在心裏還是凍在臉膛／希望在死寂中鑴刻春風的形象。」但阿來最有力的抒情表達體現再他對普通事件和熟悉事物的觀察之中，比如在《這些野生的花朵》一詩中的頓悟的經歷。在詳細描述了在爬山途中看見的很多無名花朵之後，阿來寫道：「今天，當我讀著一本有插圖的藥典／馬爾康突然停電，使我看見／當初那一朵朵野花，掙脫了塵埃／飽吸了粗獷地帶暗伏泉華／像一朵朵火焰，閃爍的光芒。」這本藥典，詩人後文指出，是由西藏喇嘛撰寫的。這些詩行的尋找和發現的寓意是非常清楚的。同樣具有啟發意義的是，心靈的眼睛看到了肉眼所不能看到的東西，而啟動心靈的眼睛的契機是一次偶然的停電事故，其中的諷刺意味顯而易見。同時我們又一次讀到了阿來最喜歡的關於塵埃的隱喻，它的意思在其他的隱喻中（野花、泉華、火焰）游離而又昇華，以至於親切撲面，讓人深思。

　　阿來之所以在中國作家群體的懷舊之旅中獨樹一幟，是因為他對自己作為一個少數民族主體的意識日益增強，並意識到如何用多數人使用的漢語來建構這一主體位置的重要性。這也就是說他創作的是少數民族文學作品。根據吉爾・德勒茲和費勒斯・加塔利的觀點，少數民族文學必須表現出「語言

的非屬地化，個人與政治的直接關聯，以及集體化的話語特徵」。〔註18〕因此，少數民族主體自然地採取一種抵抗的姿態，很容易讓自己沉迷於本質主義的封閉敘事，但阿來的懷舊抒情有效地抵制了這種誘惑。雖然他通過生動的細節敘述了他的祖先受制於土地的生活，凸現了宗教儀式和神話傳說的重要性，同時也把自己銘刻在他出生地的文化版圖之中，但他並不承認任何一個儀式或神話等同於西藏文化認同的全部。事實上，正是與他筆下這些文化實踐的距離——無論是在時間上還是在空間上——幫助他產生了敬畏和渴望的情感，這些情感從他的每首詩、每一個虛構的或寫實的敘述中散發出來。

阿來的長篇小說也許更能說明他對歷史與幻想衝突的批判性懷舊，但他的短篇小說也表現不凡的功力，在某些短篇作品裏，他對懷舊主題的關注更為突出，也更有力度，短篇小說《月光裏的銀匠》就是一個極好的例子。〔註19〕小說講述的是發生在往日藏東一個村莊的故事，它近乎完美地展示了阿來對敘事張力、詩意語言、民俗氛圍和複雜人物刻畫的把握，以及對罪與罰、善與惡、主人與奴隸／僕人辯證關係等原型主題的嫺熟再現。

在這個故事中，人物生活在一個沒有標記的時間（「那個時代」）和一個不可命名的社會結構裏（「沒有細緻的分工」）。生活平靜而平常，直到一個小男孩的意外到來，他是當地鐵匠在路邊撿到的。這個小男孩本可以像養父一樣過預定的生活：學習鐵匠手藝，按照要求為土司打造完美的馬蹄鐵，但他長大以後卻生發了要當銀匠的願望。他冒著父親的怒火，村民的嘲笑，尤其是土司的蔑視，四處學習銀匠的技藝，包括很遙遠的地方，逐漸把自己培養成一個名聲很好的銀匠。許多年過去了，老土司和養父都死了。他決定回家，一方面是因為他的驕傲，另一方面是因為要面對發出模糊不清的信號的新土司。他很快意識到，銀匠的新身份也不能讓他擺脫新土司的控制。在一系列鬥智鬥勇之後，他最終在一次比賽中成功地贏得了最佳銀匠的桂冠，然而他卻因為莫須有的指控和不敬而受到懲罰。為了證明自己的清白，他被迫從一個滾沸的油鍋中取出一隻銀耳環。之後，他高高地舉起嚴重燒傷的手，躍身河中而去。

小說的開篇是這樣一段話：

〔註18〕Gilles Deleuze and Felix Guattari, *Kafka: Towards a Minor Literature*, trans. Danna Polan (Minneapolis: University of Minnesota Press, 1986), 18.

〔註19〕阿來，《月光裏的銀匠》，收於同名短篇小說集，武漢長江文藝出版社，1999年，1～8頁。

> 　　在故鄉河谷，每當滿月升起，人們就說：「聽，銀匠又在工作了。」
>
> 　　滿月慢慢地升上天空，朦朧的光芒使河谷更加空曠，周圍的一切都變得模糊而又遙遠。這時，你就聽吧，月光裏，或是月亮上就傳來了銀匠鍛打銀子的聲音：叮咣！叮咣！叮叮咣咣！於是，人們就忍不住要抬頭仰望月亮。

這是典型的民間敘事模式，以普遍性的時空背景講述一個美好的傳說，故鄉的回憶構成基本的情感格調。毫無疑問，這是懷舊抒情最理想的書寫方式。故事中的銀匠不僅僅是個職業身份，更是一種充滿審美理想和浪漫追求的藝術人生。每一件精心打造的銀器，是主人公的心思與奉獻，是他的自我價值的實現。銀匠手藝既代表了對藏族文化中已失去的輝煌標誌的懷念，也代表了對它所象徵的創造力和自由精神的嚮往。如果我們比較一下銀匠手藝與鐵匠手藝的象徵意義，這後一種意義會變得更為清晰，因為兩者的差別是自由民與家奴的差別。所以，故事的主人公要不惜一切代價選擇銀匠手藝。

　　使阿來抒情懷舊成為批判性懷舊的契機正是鐵匠與銀匠的象徵聯想。前者是既定的生活方式，而且是永遠的生活方式。它是土司的威權意志的表現，其意義只存在於為土司的服務功能。在命名的問題上，年輕的故事主人公第一次領教了土司的威權。他的養父似乎不知道給兒子命名是父親的權利，請求土司給養子起個名字，於是土司把「達澤」作為「禮物」送給主人公。這個細節是達澤與土司交惡的開始。後來他瞭解了老少兩位土司更多的他所不喜歡的言行，包括他所憎惡的「初夜權」的習俗。達澤學藝的第一個銀匠欣賞他不凡的聰慧，認為他天生就是做銀匠的材料，但達澤真正的天才就在於，他選擇的是自由民／銀匠，而不是家奴／鐵匠。更重要的是，他還想通過銀匠手藝來追求新的主體性，而這直接威脅到土司的權威。在他展示銀匠手藝的巔峰一刻，故事的敘述語言重力渲染藝術家與藝術化而為一的畫像，此時的達澤猶如天神，散發出超凡脫俗的氣息，讓人凝神注目，難以釋懷：

> 　　只有銀匠達澤的越來越大，越來越圓，越來越亮，真正就像是又有一輪月亮升起來了一樣。起先，銀匠是在月亮的邊上，舉著錘子不斷地敲打：叮咣！叮咣！叮咣！誰會想到一枚銀元可以變成這樣美麗的一輪月亮呢。夜漸漸深了，那輪月亮也越來越大，越來越晶瑩燦爛了。後來銀匠就站到那輪月亮上去了。他站在那輪銀子的

月亮中央去鍛造那月亮。後來，每個人都覺得那輪月亮升到了自己
面前了。他們都屏住了呼吸，要知道那已是多麼輕盈的東西了啊！
那月亮就懸在那裡一動不動了。月亮理解人們的心意，不要在輕盈
的飛昇中帶走他們偉大的銀匠，這個從未有過的銀匠。

在這裡，銀匠手藝成了一種表演藝術，是一次傳統儀式和文化圖標的操練，
在村民和其他觀眾的眼中，達澤由於超凡出世的個人表現而成為民間英雄。
這場行為藝術的結局也就是少土司厄運的開始，因為他授權舉行的銀器大賽
因達澤而產生多義和歧義，完全超出了他的控制和操縱的範圍。

達澤死了，但他的精神不滅。故事的結尾，少土司被人砍掉雙手，不明
不白地喪了性命，達澤的情人生下了他的遺腹子。最後一段是故事首段關於
月光裏的銀匠的描述一字不缺的重複，暗示了這個傳說在藏族村落永恆的生
命。毫無疑問，這個傳說的能量來自達澤，他是變革的先鋒，挑戰了受激進
進步主義的意識形態影響的人人皆知的革命敘事，尤其是關於落後的西藏奴
隸制社會變化的現代革命敘事。在宏大歷史的裂縫中，是達澤想成為一名銀
匠的不可抑制的願望促成了這場變革。達澤的變革之路始於他與銀匠這一傳
統文化圖標的聯繫，從學徒到匠人到大師，達澤艱苦學藝的過程也是自我意
識生長、強化的過程，這使他能夠最終重新詮釋銀器作為藝術的意義。值得
注意的是，達澤與土司的鬥爭是他成長過程的一部分。雖然兩位土司是強權
的化身，他們也曾幾次在達澤羽毛豐滿以前放棄了嚴厲懲罰達澤的機會，這
也許是無知，但更多的是由於傲慢，因為他們根本不相信一個奴隸能夠如何
作為。達澤的優勢是他身心投入的勞動經驗，懂得銀器的象徵價值，所以他
能顛覆奴隸主和奴隸的辯證關係。也許達澤走在了時代的前面，為此他冒著
巨大的風險，被周圍的人嘲笑，甚至被稱為「白癡」，正如小說《塵埃落定》
中的第一人稱敘述者。這兩個人物都在各自的故事中死去，而且都死得悲壯
而又神秘，但他們的死亡的意義截然不同。對於《塵埃落定》中的二少爺來
說，死亡是一個合乎邏輯的結局，因為他既不願意容身於一個腐敗的世襲部
落社會，又拒絕接受外部強加的暴力革命。他無路可走，只好選擇自殺，甚
至他選擇的自殺武器是劍而不是槍也反映了他的分裂心態。對於達澤來說，
死亡是他為藝術而犧牲身體，是自由觀念對抗奴隸命運的昇華，是不屈不撓
精神的傳奇故事的開始，是改變世界的火種。

《月光裏的銀匠》充分體現阿來的批判性懷舊和共情敘述的藝術特徵。

正如我對這個故事的解讀所表明的那樣，這種批判性懷舊基於對過去時代的想像與重構，但並不意味著對傳統和習俗的整體渴望與模仿，而是把某些已經消失或即將消失的文化實踐重新整合併注入新的意義。這是阿來構建象徵性西藏民族認同的核心藝術理念。「象徵性民族認同」（symbolic ethnicity）是美國社會學家赫伯特‧J‧甘斯（Herbert J. Gans）為解釋當代美國新的少數民族認同形成的社會機制而創造的一個術語，它被定義為「對移民文化或故國的懷舊性愛戀；對傳統文化的熱愛和自豪，雖然日常生活並沒有體現傳統文化的影響。」〔註20〕在大多數情況下，象徵性民族認同涉及個人有意地將自己與來自源文化的某些圖標和元素聯繫起來，這樣，當他／她成為族裔主體時，這些文化圖標和元素構成了表達族裔性的象徵性語言。儘管當代美國和中國社會的民族政治背景大不相同，但阿來的寫作條件與美國少數民族作家（比如托妮‧莫里森或湯亭亭）的情況卻無根本性的區別：他們用多數人使用的語言寫作；他們來自面對存在威脅的少數民族文化；他們繼承的過去總是游離於宏大歷史的邊緣。最重要的是，他們在國內移徙至民族混居的都市，具有豐富的跨文化生活體驗，但也時常體會到主流文化的壓力，因此有強烈的自我民族意識感。正因如此，象徵性民族認同的理論是可以轉移的。為回答阿來作品是如何體現象徵性民族認同的問題，讓我們仔細讀讀他的短篇小說《槐花》。〔註21〕

　　《槐花》的故事背景是當代中國快速城市化下的國內居民遷徙現象。對於千百萬從鄉村搬到城市的遷徙族來說，鄉愁是抹不去的情感體驗，也是當代文學尤其是通俗文學熟悉的主題。阿來把鄉愁的主題糅入族裔性的內容，不但加強了其情感張力，也為族裔主體的當代敘事提供了新的版本。故事的主人公謝拉班是一名年老的藏族男子，在做警察隊長小兒子的幫助下，他不情願地搬到了兒子所在的城市生活。故事開始時，謝拉班從睡夢中醒來，「竟不知自己身在何處」。但他非常清楚自己的「魂」在哪裏——那個沒有給出名字的藏人村莊。他的一天充滿了對過去生活的回憶——泥土的氣味，沙沙作響的青草，和他槍口下的熊。這些記憶斷片的蒙太奇似乎成了他在城裏壓抑的生活的唯一安慰。一天，一個陌生的年輕人突然出現在他獨自守護的露天

〔註20〕Herbert J. Gans, "Symbolic Ethnicity: The Future of Ethnic Groups and Cultures in America," *Ethnic and Racial Studies*, Vol. 2, No. 1 (January 1979), 9.

〔註21〕阿來，《槐花》，收入他的短篇小說集《塵埃飛揚》，四川文藝出版社，2005年，81～88頁。

停車場。這位年輕人是藏族人，說的是家鄉的一種方言，立刻使他滿心歡喜。他們開著玩笑，一起做了家鄉的食物「槐花饃饃」。但年輕人來得快，走得也快，幾次遭遇之後，就消失得無影無蹤。謝拉班看起來又回到了他孤獨的生活裏，可我認為，這之後的謝拉班已經生發了一種全新的自我意識。

這部短篇小說的中心主題是謝拉班（故事中唯一有名字的人物）是如何被懷舊吞噬而後又被拯救的。懷舊的情懷沿著阿來所營造的情節張力展開，通過一系列事件了展示了謝拉班在城市生活中的尷尬。明亮的燈光和聲音使他頭暈目眩，他對停車場裏令人壓抑的橡膠和汽油的氣味感到噁心，他寧願睡鋪在地板的熊皮上，也不願睡在離地的木床上。當他發現她兒媳閃亮的牙齒是假的，而且她在來訪的同事面前炫耀他猶如一件古董，於是他永遠失去了對漢族兒媳的尊重。他甚至對他的兒子表現出一種明顯的蔑視：兒子的工作是維護法律和秩序，他並不喜歡，因為正是警察夜晚對非法活動的打壓剝奪了他有限的社會交往機會，包括與那個說家鄉方言的年輕人的短暫友情。雖然謝拉班作為新城市人對城市生活有諸多抱怨，他很快意識到他並沒有回鄉的退路，兒子也反覆提醒他，他的戶口已經落在城裏了。

謝拉班與這位年輕人的意外相遇，是故事從懷舊抒情詩到象徵性民族認同的轉折點。這個年輕人沒有名字並不是一個微不足道的細節，因為他既是過去，也是現在。他的出現是謝拉班回憶的一個索引，因為他激發了謝拉班既是具象又是抽象的懷舊想像。同樣重要的是，他們的相遇始於一段用藏族方言進行的短暫交談。謝拉班在事後回味時才意識到這一點，這反映了他對漢語和標準藏語的雙重疏遠。〔註 22〕最有趣的是，謝拉班和這位年輕人的友誼因他們在深夜共同準備和分享「槐花饃饃」而得到了鞏固，這看上去似乎與食物有關，而更多的是與文化禮儀有關。我們注意到，在這一過程中，槐花被反覆強調，這意味著謝拉班的民族意識的過渡，即對具體事物的纏戀轉移到對其象徵意義的理會。第二天，停車場的空氣中彌漫著槐花的花香。謝拉班做了一個臨時的梯子，從停車場的牆外的槐花樹上採集幾束槐花，擺放在他的小屋裏，故事就此戛然而止。眾所周知，槐樹在中國的很多地方都很常見。謝拉班對當地花卉的欣然接受——不是在故事的開頭，而是在故事的

---

〔註 22〕 Carlos Rojas gives an interesting reading of the story on the notion of signifying silence in Alai's use of Chinese. See his "Alai and the Linguistic Politics of Internal Diaspora," in Jing Tsu and David Der-wei Wang, eds., *Global Chinese Literature: Critical Essays* (Leiden: Brill, 2009), 115～132.

結尾——意味著他的思想在改變。對於謝拉班來說，此地的槐花或彼地的槐花已不再重要，重要的是它的象徵力量，它作為渴望與共情的符號性。如上所述，象徵族裔性是族裔主體有意地與源文化的圖標和元素發生聯繫，這種聯繫在多元文化生活的背景裏變得非常必要，因為少數民族的民族意識總是處於被淹沒被遮蔽的狀態。謝拉班在槐花中發現了這樣一個圖標，它在生活最焦慮的時刻為他帶來了慰藉和希望。

謝拉班成功地把他族裔性和重構的槐花符號聯繫起來，但他是否會永久地幸福，我們無法知道。族裔認同的建構，一如其他自我認同機制的建構——比如文化認同和性別認同，總是一個開放的過程，一個不斷成為的過程，也是一個沒有終點的過程。我們可以合理地推測，謝拉班的懷舊之情將永遠伴隨著他，而且他周圍環境的變化速度越快，他的懷舊之情會越來越強烈。正如蘇珊・斯圖爾特（Susan Stewart）所說，懷舊所激活的與過去的重逢「是一個敘事烏托邦，它憑藉偏愛、無邊的想像而發揮作用。它永遠不會結束：懷舊是對欲望的渴望。」〔註23〕具體來說，懷舊的欲望的產生機制是失落和缺乏，這是歷史進步主義話語中不可避免的另一面，是我們接受現代生活便利的必要條件。懷舊抒情是對失落的倒轉，對缺失的補償，同時也意味著對歷史的拷問，對社會現實的探尋，這種反思精神和批評姿態正是阿來作品的意義所在。

通過上文對阿來詩歌和短篇小說的細讀分析，我勾勒了阿來描述的藏東史學史，它充滿了過去時代的輝煌與壯麗，也夾雜著一些壓迫性的文化習俗。這是一部受驅於懷舊抒情的史學史，有助於定位和建構一個象徵性的藏族民族主體。因為懷舊抒情特殊的共情效能，阿來得以確立相對於激進歷史進步主義和現代性話語的少數民族文學敘述立場，這在中國現當代文學具有標誌性的意義。我將阿來的懷舊抒情命名為「批判性懷舊」，以區別於斯維特拉娜・博伊姆提出的恢復性懷舊和反思性懷舊的理論，這是為了強調阿來作品中廣泛使用的抒情模式的批判活力。阿來作品經常讓讀者感到驚訝和激奮，這要求我們必須重新審視懷舊的文化功能，特別其對所有總體化意識形態以及激進歷史進步主義的批判功能。

我對阿來的解讀強調他作為一個藏族少數民族作家的身份。為了防止誤

---

〔註23〕Susan Stewart, *On Longing: Narratives of the Miniature, The Gigantic, the Souvenir, the Collection* (Durham: Duke UP, 1993), 23.

解，這裡我必須作幾點說明。我理解這個標籤帶有中國關於少數民族文學的國家話語的政治含義，標誌著任何非漢族作家的邊緣性。阿來其實是個例外。事實上，阿來受到了所有中國讀者和評論家的歡迎，贏得了一位主要作家應有的各種讚譽，而他自己的少數民族身份和他的作品的少數民族題材並非是讀者和批評家喜歡討論的話題。中央電視臺最近製作了一部名為《文學的故鄉》的系列紀錄片，〔註24〕講述了阿來等六位著名作家的歸鄉之旅。這部紀錄片以作家為敘述人和導遊，用富有情感的語言和畫面刻畫鄉村的家鄉和回家人的心境，突出了懷舊的渴望，引起了觀眾的共鳴。因此，懷舊是一個共同的分母，把讀者、作家和評論家送入共情的情感世界。儘管近年來圍繞懷舊這一主題對漢族作家進行的批評研究已經產生了許多啟發性的見解，〔註 25〕本研究的目的是將阿來的歷史敘事置於其獨特的藏族歷史時空的語境，皆以說明他的批判性懷舊抒情如何有助於擴展我們對懷舊的理解，尤其是對中國主流政治所決定的線性現代性話語的批判價值。

---

〔註 24〕See the information about the documentary at the CCTV website:
https://tv.cctv.com/2020/07/20/VIDAj11XlOPxjYTy1AsXgsRr200720.shtml.

〔註 25〕Of those studies, I want to specifically mention Wang Ban's fascinating study of Wang Anyi in "Love at Last Sight: Nostalgia, Commodity, and Temporality in Wang Anyi's Song of Unending Sorrow" (*Positions: East Asia Cultures Critique*, 10:3 Winter 2002, 669～694), which is a source for my study of Alai.

# 離散與文本：他者的情感與閱讀

在這兒我以一個離散人的身份在離散中寫作──一個生活在
北美的香港人。　　　　　　　　──周蕾（Rey Chow）〔註1〕

我只說一種語言，它不是我的。
　　　　　　　　　　──雅克・德里達（Jacques Derrida）〔註2〕

　　學者與文本的關係是一種自然而又神秘的關係。他是讀者，但不是普通讀者，而是職業讀者，具有社會認可的權威身份。他是文本和普通讀者的中介，扮演著傳播、解惑、教育、傳承等多種功能。如果說文本是讀者的文本，那麼它更是學者的文本，因為只有學者的閱讀才有文本的記錄，他的論文或著作成為新的文本性的集合語境。學者的理論素養是自然的假定，但在所有關於閱讀和讀者的理論中，學者是一個抽象的概念，一個完美的理想讀者的建構。然而，文學研究的實際操作並非如此。每一次閱讀都是具體的閱讀，每一項研究都是署名的研究，這些行為的後面是作為個人的學者，他的價值取向和批評姿態來自諸多因素的交合作用，比如學術規範，理論取捨，文化環境，政治生態，還有情感判斷，其中最不引人注意的因素就是情感判斷，這是海外學者在研究本土文本時一個最容易被人忽略卻耐人尋味的話題。

　　我曾經應邀在美國一所大學做一場關於中國當代作家莫言的演講，演講

---

〔註1〕Rey Chow, *Writing Diaspora: Tactics of Intervention in Contemporary Cultural Studies*, Indiana University Press, 1993, 25.

〔註2〕Jacques Derrida, *Monolingualism of the Other: or, The Prosthesis of Origin (Cultural Memory in the Present)*, Stanford University Press, 1998, 27.

的題目是「《紅高粱家族》中暴力與儀典」。〔註3〕我猜想聽眾對莫言瞭解有限，所以花了很多時間介紹莫言的生平和重要著作以及代表作《紅高粱》的故事梗概。然後我從儀典與暴力兩個方面討論了《紅高粱》所包含的中國傳統文明信息以及其對文化尋根的渴望。作為例證，我提到了「爺爺」匪氣十足的生涯，「奶奶」野性無邊的性格，「二奶奶」浩瀚的鬼氣和靈氣，還有數字「3」與「9」在小說敘事結構中的象徵意義。正題講完了以後，是例行的聽眾提問。在座的一位美國教授，一位頗有名氣的先秦思想史專家，首先發問。看得出來，他對我的演講興趣不大，但他並不想直接同我辯論，而是轉向在場的幾位來自中國的研究生，問道：「你們同意他對《紅高粱》的解讀嗎？對你們來說，『3』和『9』有沒有儀典意義？」

這裡我不想談他提的問題本身，只想說說他提問題的對象──中國學生。我猜想，這位美國教授是在某種理論假定下操作的。這個理論假定有兩層意思，一是閱讀的權威僅來源於本土讀者，二是文學文本對所有的本土讀者都是敞開無蔽的。於是，在沒有暴露他自我意識中的「文化缺真」的前提下，他希望本土讀者爭辯輸贏。然而，正如文本的整一性是一種幻覺一樣，本土讀者的整一性也是一個幻覺。批評家保羅・雷科兒（Paul Recoeur）指出這種幻覺在閱讀文學時「被一次又一次的重複」以證明一個信念，即「文本是一個自我封閉、自為因果的結構，閱讀僅是相關於文本的一次外部事件。」〔註4〕承認這一幻覺的「在場」不是為了忽略它而是為了面對它，從而更好地理解閱讀行為的特性，在我看來，近年來西方文學批評與理論的關注焦點就在於此。什麼構成閱讀的外延與內涵？文本又是怎樣在被閱讀過程中影響讀者？根據喬納森・卡勒（Jonathan Culler）的觀點，從斯坦利・菲什（Stanley Fish）到保羅・德曼（Paul de Man），無數的理論大家都在探討這兩個問題，而他們的結論不出意外地在文本的限制性和讀者的自由度之間佇足徘徊。〔註5〕

這兩個問題對面對本土文本的身處他鄉的學者（讀者）又意味著什麼？我們怎麼應對讀者身份的差異以及本土文本中結構性的「不確定性的殘

---

〔註3〕有關內容請參閱本書討論莫言小說的章節。

〔註4〕Paul Recoeur, *Time and Narrative*, Vol. 3, Chicago: University of Chicago Press, 1988, 164.

〔註5〕Jonathan Culler, *On Deconstruction: Theory and Criticism After Structuralism*, New York: Cornell University Press, 1982, 64～83.

痕」？〔註6〕當閱讀主體和本土主體不完全吻和時，這些問題就變得尤其突出。這裡印度出生的美籍知識分子佳亞特麗・斯皮瓦克（Gayatri C. Spivak）的例子很有啟發意義。作為雅克・德里達（Jacques Derrida）的首位英語翻譯和第三世界女權主義運動的重要倡導者，斯皮瓦克在當今美國學術界聲名顯赫，影響深遠。她的有關主體性和話語權力的理論表述集中體現在一篇著名的論文《下層群體能說話嗎？》（Can the Subaltern Speak？）中。斯皮瓦克行文之始便向包括福科（Foucault）和德勒茲（Deleuze）在內的幾位歐洲大師提出挑戰，對他們消解主體性的理論建構且否定其策略功能意義的失敗主義意圖做出了強有力的批評。她指出，在被解構的歐洲權力和自我定義霸權的陰影之下是「下層群體」的沉默，比如說印度與第三世界的沉默。對「下層群體」的再現在東方主義話語系統那裡已經錯誤連篇，而現在他們又被後結構主義者剝奪了被再現的機會。儘管斯皮瓦克承認自己並不是研究印度宗教的學者，她對印度寡婦自焚殉夫儀式的歷史和現狀的敘述顯現了淵博的學識，而且「下層群體」作為一個後殖民主義批評的重要理念在她的敘述中得到了完美的表達。斯皮瓦克旨在表明再現理論對於恢復一個被否定的主體性是很有必要的，而接受還是排斥再現的立場則隱含著歐洲理論與印度現實的矛盾。可是誰又是再現已被否定的主體的主體呢？在說話的歐洲知識分子與沉默的印度婦女同胞之間，斯皮瓦克又怎麼定位自己？斯皮瓦克在她長文的結尾以一個個人故事的方式回答了這些問題。她的回答明白無誤，但又給我們留下了很大的思考空間。

斯皮瓦克是這樣講述她的個人故事的。〔註7〕在一次回鄉之旅中，家人向斯皮瓦克提到了一位名叫布婉嫩絲娃利・跋杜瑞的女人。1926年布婉嫩絲娃利在屬於她父親的位於加爾各答北郊的一間公寓裏上弔自殺。經過一番細查，斯皮瓦克發現布婉嫩絲娃利是一個爭取印度獨立的武裝抵抗小組的成員，死前剛剛接受了一樁政治謀殺任務。因為無法完成任務又不想出賣同人，布婉嫩絲娃利選擇了自殺。她知道世人肯定會揣測她的死與桃色風聞有關，所以她等到月經來潮的那一天才殺死了自己。在調查考證布婉嫩絲娃利的經

〔註6〕Paul de Man, *The Resistance to Theory*, Manchester: Manchester University Press, 1986, 12～20.

〔註7〕Gayatri Chakravorty Spivak, "Can the Subaltern Speak?" In Patrick Williams and Laura Chrisman, ed., *Colonial Discourse and Post-Colonial: A Reader*, New York: Columbia University Press, 1994, 103～104.

歷的過程中，斯皮瓦克遭到很多印度知識界的朋友的質疑。為什麼她對一椿非法情事那麼有興趣？為什麼她不去調查布婉嫩絲娃利的兩個事業有成的親生姐妹。斯皮瓦克沒有告訴讀者她是怎樣回覆朋友們的責難的，可是她的不回答也耐人尋味。斯皮瓦克為什麼要用一個個人故事為一篇學術論文收篇（明顯違背學術研究客觀性的原則）？如果說她的論文針對後結構主義話語理論旗幟鮮明地提出了再現和主體性在建構第三世界話語權力中的可能性和必要性，布婉嫩絲娃利的歷史故事又意味著什麼？布婉嫩絲娃利的故事是加強、修補還是否定了斯皮瓦克的論點？我們注意到斯皮瓦克在講述這個故事的過程當中強調了三點，一是她自己的敘述者的身份，二是故事材料本身處於大歷史之外的邊緣，三是因為她的參與才使這段為人不齒的花邊史料重見天日。對「下層群體能說話嗎」這個問題，斯皮瓦克的回答本來是否定的，因為一個能說話的下層人不僅已經違背了「下層群體」的定義，而且他所說的話往往是在複製殖民主義的話語系統。這兒一個下層女人在斯皮瓦克的筆下說話了。可是我們聽到的到底是布婉嫩絲娃利的聲音呢還是斯皮瓦克的聲音？如果說我們分不清誰是誰，那是不是因為下層群體只有在斯皮瓦克身處他鄉的本土寫作中才能得到再現？毫無疑問，重構原本無言的布婉嫩絲娃利的聲音對斯皮瓦克本人來說是一件重要事件，因為布婉嫩絲娃利成為她的一種新的文化資源，使她能與歐洲的理論大師們分庭抗禮，而且她又同時挽救了一個印度祖國默默無聞的歷史文本。

著名美籍華裔作家湯婷婷（Maxine Hong Kingston）在她的成名作《女勇士》（The Woman Warrior）〔註8〕中對一位中國「無名婦人」故事的處理與斯皮瓦克的手法有異曲同工之妙。湯婷婷不在中國出生，也許從身份認同的角度來說，她不屬於通常意義上的身處他鄉的中國離散群體（Chinese Diaspora）。然而湯婷婷的許多作品起碼在兩方面體現出濃厚的離散心態與情愫：一是她的寫作素材多與中國傳統歷史文化有關，二是她在參與美國少數民族文化政治話語時刻意凸現自己的華裔／中國認同。雖然她對中國沒有即時即地的體驗，但她在母親那裡找到了替身。「母親」作為身處美國的中國離散群體的代表既是真實的，也是想像的。說她是真實的，是因為她生在中國也曾長在中國，掌握了有關中國文化傳統的第一手知識；說她是想像的是

---

〔註 8〕Maxine Hong Kingston, *The Woman Warrior: Memoirs of a Girlhood Among Ghosts*, New York: Vintage International, 1998.

因為「中國」在母親那裡已經成為一個記憶，這個記憶因年代久遠已斷裂、褪色，再創造成了維持記憶延續的唯一可行策略。因為母親傳播的「中國」已經是一個真實和想像的混合物，這便給女兒湯婷婷（這也是《女勇士》中女兒兼敘說者的名字）把握中國增加了難度，由此母女之間生成了一種獨特的既親又離的關係。這也就是說，在解讀中國的成長過程中，母親既是女兒的偶像又是女兒的對手：為了建構自己的離散性的自我認同，女兒離不開母親所指代的中國，而分辯它的真偽則成了女兒追求獨立、實現自我的重要內容。母女關係是女權主義文學一個經久不息的本源，湯婷婷的《女勇士》把這一母題從通常的傷感之旅轉化成後現代主義語境下離散身份的生成與認同已是創新之舉，但她的獨到之處更在於重筆描繪了想像與現實、真實與複製、傳統與新創、正史與野史等相對因素在離散身份的生成和認同過程之中的悖論性的建構功用。

《女勇士》中既親又離的複雜的母女關係集中表現在兩者對「講故事」的不同態度上。湯婷婷把「講故事」這一常見的中國傳統民間文學形式直譯為英文的「talk-story」，使之成為美國華裔英語文學乃至西方女性文學的一個新的關鍵詞彙。「講故事」是母親影響女兒的重要手段，它是一種追述與還原歷史（包括個人史和文化史）的策略。母親的用意在於以史為鑒，使女兒能承接傳統倫理規範。然而，講故事首先是一種敘述行為，敘述行為的個人性因素必然成為故事的一部分。女兒正是抓住講故事之中所包含的張揚主體性的機會，把它轉化成自己重讀歷史而反叛現實的策略。在女兒看來，如果母親所講述的中國是真是假難以分辨，那麼她正好可以以其為契機而創造自己的「中國」。於是，講故事變成了母女之間相親相爭的陣地：她們共享過去的資源，但對怎麼再現這一資源卻大相徑庭。這是價值的較量，也是智慧的較量。在《女勇士》的每一頁，女兒都想對母親說：不錯，媽媽，我是您的女兒，可我這個女兒比你想像的更好；你能講故事，我也能，而且比你講得還好。

講故事作為母女衝突的矛盾主線貫穿《女勇士》一書的首尾。第一章《無名女人》是這樣開篇的：「你爸爸曾經有個妹妹，她自殺了，」母親說，原因是村子裏的人發覺她與人通姦，羞辱了她。母親把事件的經過大致說了一遍，然後再三對女兒強調：「你一定不能對任何人講。」當然這個警戒對女兒的效果是恰得其反。姑姑的故事撩人心緒，但母親的講述很不理想——她講得既

不完整也不公正。於是，女兒把母親的版本接受下來，對它加以修補、擴充，使之成為自己的故事。為了彌補母親的不足，女兒的「重講」要回答母親忽略了的問題，比如說：姑姑長得怎麼樣？她喜歡濃妝還是淡抹？誰是她的秘密情人？她為什麼要保護這個（也許不止一個？）不敢挺身而出的懦夫？為什麼姑姑要選擇在水井裏淹死自己？當她在豬圈裏生產時是孤零無伴嗎？產下的嬰兒是男孩還是女孩？（肯定是女孩，湯婷婷猜測，因為「生男孩還有一線被寬佑的希望」。〔註9〕）。對這些問題的回答就構成了女兒的敘事，一種既是重複又是創造的敘事。這種敘事很顯然帶有後現代主義的「元敘述」（meta-narrative）的特徵，它通過強調敘述人的參與和裸露故事營造過程來凸顯故事的虛構性及其指代現實的不確定性。這樣一來，女兒重講姑姑的故事不僅代表了一種反叛母親的姿態，而且包含她對故事本身的考問。她對姑姑的興趣當然是因為姑姑的經歷提供了切入她自己在美國生活的多重可能性。姑姑是一個沒有說話權的、為世人所不齒的下層女子，而她自己則是一個處在發育初期的「醜陋」而又怯懦的女孩，正在努力從父母和社會那裡爭取個人說話權力。所以說，她既是在講姑姑的故事又是在講自己的故事，這兩個故事既相同又相異，而對它們異同之處的追問也是她對自己離散身份的追問。她對母親的低調處理姑姑的故事的做法感到不滿，她對父親否認姑姑的存在感到憤怒，她也對姑姑的無言感到又親又惱。「姑姑的無言」有兩層意思，一是她在村裏暴徒們的威脅之下拒絕吐露她的情父的名字，從而使他逃脫懲罰，在湯婷婷看來，這是一種喪失主體性的表現；二是以父親為代表的父權社會一直壓制著姑姑的故事的流傳，如果沒有母親的講故事，湯婷婷將會永遠地參與父親的計謀而毫不知情。所以，女兒的講故事又有除了反叛母親之外反叛父親的更深層的意義。她要為姑姑的怨魂復仇，她要建構她的身份，給予她一個聲音，而這個身份和這個聲音既是姑姑的也是侄女的。

《女勇士》描述了作為女兒的湯婷婷尋找自我的心路歷程，也是作為作家的湯婷婷一次個人的凱旋之旅。從大歷史的字裏行間搜索被壓抑、被剔除的個人往事碎片來書寫具有顛覆性的敘事從此成為再現包括女性、離散等在內的許多邊緣群體的常見文學手法。但個人故事與大歷史的對抗並不是一種簡單的替代，因為它們是一雙語言對子，可以相互轉化卻不能相互消亡。每

---

〔註 9〕Maxine Hong Kingston, *The Woman Warrior: Memoirs of a Girlhood Among Ghosts*, P.3.

一種大歷史的建立都意味著對無數個人故事的壓制，而每一個被壓制的個人故事的恢復都是對大歷史的某種顛覆和改寫，大歷史因此而改變面孔。也許這個個人故事最終會被接受成為大歷史的一部分，但另一個個人故事正在廂房一邊等待著被發現、被重述，於是個人故事和大歷史之間相對相成的關係得以重演下去。如果說個人故事與大歷史對抗的普遍性不足為奇，但怎樣在文學敘述中再現這一對抗的具體操作過程以及其所隱含的文化意義依然是值得探究的問題。前者涉及個人故事的資源、向度和重述，後者與個人故事所面對的大歷史的版本有關。《女勇士》重構姑姑的故事的操作過程上文已述，不再多言。作家湯婷婷處理姑姑的故事所面對的大歷史的手法耐人尋味。很明顯，姑姑是中國父權社會的犧牲品，但她僅僅是中國父權社會的犧牲品嗎？姑姑年輕漂亮，新婚燕爾卻過著活寡婦的生活，因為她的新郎遠在美國作淘金夢。她的身世和處境都與美國的排華歷史有直接的關係。1882年出臺的《排華法案》限制了中國移民，造就了無數個像姑姑這樣的孤獨新娘。女兒湯婷婷馳騁想像，為讀者細筆勾畫了中國村民的殘忍和恐怖，卻隻字不提美國的種族主義歷史。也許她的重講受限於母親口頭史的風格和目擊者的視角，但她不可能不知道美國的種族主義歷史，不可能不意識到姑姑的命運（包括她自己的命運）既受制於中國父權主義歷史也受制於美國種族主義歷史。這是身處他鄉的離散女性群體的兩難處境。為了張揚個人故事的顛覆性，為了從沉默中鑿出一個說話的主體，作家湯婷婷做出了自己的選擇。選擇是一種奢侈，是一個正在說話的身處他鄉的離散人運用自己話語權力的奢侈。「通姦是一種奢侈，」〔註10〕女兒湯婷婷在反思姑姑在中國的悲劇命運時喃喃自語，這是兩個湯婷婷異口同聲的聲音。

斯皮瓦克和湯婷婷都成功地讓她們所感興趣的無聲的下層女人成為說話的主體。她們從被遺忘和被忽略的本土文本那裡獲取靈感，書寫了新的位於大歷史之外的個人故事，從而為我們帶來了很多「驚喜的片刻」。〔註11〕她們的理論把握能力和對文本的敏感性是令人敬佩的。很顯然，與其說她們在閱讀舊的本土文本，不如說她們在創造新的本土文本，而這種文本非常完美地印證了後殖民主義、後現代主義以及女權主義有關文學主體性的理論。在中

〔註10〕 Maxine Hong Kingston, *The Woman Warrior: Memoirs of a Girlhood Among Ghosts*, P.6.

〔註11〕 Barbara Johnson, *A World of Difference*, Baltimore, MD: Johns Hopkins University Press, 1987, 15.

國、美國和香港工作過的文學批評家張隆溪把這種讓文本印證理論的做法稱之為「專業表演」（professional performance）。〔註12〕張隆溪的冷嘲熱諷也許並不能把他自己排除在外，因為當今活躍的批評家有幾個不是「專業人士」？而哪一種閱讀又不是理論的閱讀？我想指出的是，如果閱讀僅僅為了讓文本印證理論，那麼閱讀行為必然會流露出使文本單面化的傾向，從而增強其封閉性但減弱其開放性。這種現象在斯皮瓦克和湯婷婷那裡已初見端倪，而美國華裔學者劉禾在閱讀中國現代作家蕭紅時則更趨明顯。

在劉禾聲名遐邇的著作《跨語際實踐——文學、民族文化與被譯介的現代性（中國，1900～1937）》〔註13〕中，討論蕭紅的一章氣勢磅礴，統領全書。站在重寫文學史的角度，劉禾運用女權主義的理論和批評方法對五四以來的中國民族文學進行了一番激烈的再批判。雖然用性別的視角來看中國文學並非劉禾首創，但無人能及她的深度和廣度。她行文功力深厚，見解精闢，讓人耳目一新。劉禾以「女性有別」（women as difference）為理論基點，仔細解讀蕭紅，旨在證明民族主義怎樣的在自己的話語實踐核心把女性排除在外，以男性為重的現代文學批評史又是怎樣地抹去了女性相對於民族主義的不同經歷，從而把《生死場》強制納入反帝國主義的宣傳系統之中。日本入侵前的東北在蕭紅的筆下確實充滿污穢和荒涼：女人們在極端貧窮中絕望地掙扎，她們的身體一次又一次地遭受父權社會的侵犯。小說的細節和蕭紅的個人經歷（在她的情人蕭軍作為抗戰愛國作家聲名遠揚之際，她卻遠走他鄉，銷聲匿跡）都支持把《生死場》讀成女權主義的典型文本，這也就是說它重在描述中國婦女作為犧牲品的群體形象，而不在乎參與反帝國主義還是反父權社會的偽戰役。但是我們不得不問：如果民族主義只不過是壓迫女性的另一種型式，那麼蕭紅為什麼要把一個關於女性受壓迫的敘事同民族主義話語聯繫在一起？不管她們是被迫還是自願，參加抗戰有沒有可能為中國女性提供建造新的主體意識的歷史契機？弱者與女戰士，誰能代表真正的、權威的女性話語？劉禾在分析《生死場》中心人物之一王婆時對這些問題的有意迴避耐

〔註12〕 Zhang Longxi, *Mighty Opposites: From Dichotomies to Differences in the Comparative Studies of China*, Stanford, CA: Stanford University Press, 1998, 182.

〔註13〕 Lydia H. Liu, *Translingual Practice: Literature, National Culture, and Translated Modernity, China 1900～1937*, Stanford, CA: Stanford University Press, 1995. 中文本，宋偉傑等譯，《跨語際實踐——文學、民族文化與被譯介的現代性（中國，1900～1937）》，北京：三聯書店，2002。

人尋味。

　　一方面，和村裏其他女人一樣，王婆是痛苦的象徵：貧窮無助，屢遭不幸，她甚至親眼目睹了自己孩子的死亡，因此幾次企圖自殺。另一方面，王婆又與眾不同，因為她「具有非同尋常的智慧，能說善道，有勇氣，又有主見。」〔註 14〕出於此，村裏人對王婆非常尊敬，特別是女人們視她為類似於「女族長」的人物，經常聚集在王婆家裏，聽她講關於女人生老病死的故事。在村裏女人養兒育女、逢災遭難的時刻，往往首先是王婆給她們帶來同情和安慰。日本人來了以後，王婆身上發生了很大的變化──她從冷眼旁觀男人們的抗戰到全身投入到抵抗運動之中。王婆變成了一個女戰士，同男人並肩作戰。王婆的變化為蕭紅的關於女性作為犧牲品的敘事帶來了不便。雖然我們不能確定王婆已經獲得了相對於男戰士的完全平等，但是她所建立的優越於過去的新的主體地位是毫無疑問的。然而，劉禾事先界定的女性文學理論只欣賞前期王婆而不能接受後期王婆，並把其從犧牲品到復仇者的變形解讀為「對女性身份認同的徹底拋棄。」〔註 15〕這是因為理論的貧困呢還是現實的不馴？其實，西方女權主義理論體系內早就有女戰士的一席之位，前文說到的湯婷婷便是一例。劉禾誤讀王婆的原因出於一種僅把女性理解為「不同」的批評策略，它強調女性性別概念之中「別」的抽象性和絕然性，而消解「別」本身所包含的多樣性和兼容性。

　　離散讀者在東西方文化交際中具有得天獨厚的有利條件。她比外國讀者離文本更近，比本土讀者離文本更遠，這種「遠距近觀」的優勢非她莫屬。然而，這一優勢由於個人原因也可以成為一個包袱，因為她的雙重身份認同在理論和專業的需要面前可能變得模糊不清。她對於本土文本的每一次經歷，她的每一次行文立論都必須面對周蕾所說的「離散的誘惑」。這位在香港出生的著名美籍華裔學者是這樣談「離散的誘惑」的：「任何研究『第三世界』中『婦女』和『被壓迫階層』之類問題的嘗試，如果研究者不能同時關注這些問題發生、發展的歷史語境的話，都將不可避免地重複掠奪性的圈套，而這種掠奪性過去是、現在依然是東西方交往的主流。」〔註 16〕也許所有跨文化、跨語際的讀者都應該注意周蕾的告誡，但離散讀者因為她的雙重身份和個人

〔註 14〕劉禾，英文版，206 頁。
〔註 15〕劉禾，英文版，206 頁。
〔註 16〕Rey Chow, *Writing Diaspora: Tactics of Intervention in Contemporary Cultural Studies*, Bloomington, IN: Indiana University Press, 1993, 119.

資源尤其應該注意。本土文本是一個開放的文學資源，這個事實不言自明；它總是在等待著讀者，包括身處他鄉的離散讀者，聯繫兩者的紐帶是共情的心理需求。接受美學告訴我們，閱讀文本也是創造文本，但這種創造必須受制於閱讀行為本身的意識形態和本土文本發生的歷史語境。

# 倫理與情感：理論之後的文學

如果真正的「文學」被理解成不能為「現實生活」提供多種價
值明確的可能性的寫作……那麼整個文學史所積累的智慧的見證
不過是對讀者的蓄意欺騙或者是批評家的自欺欺人。

——韋恩・C.・布斯〔註1〕

真正的藝術應該闡明生活，應該為人的行為樹立典範，應該把
眼光投向未來，應該審慎地評判我們正確和錯誤的動向，應該頌揚
和哀悼——道德行為肯定生活存在的意義。——約翰・加德納〔註2〕

文學的功用與價值是文學批評永恆的話題，但是關於文學的功用與價值
的倫理批評近年來一直處衰落之勢。倫理批評的衰落與理論（特指以後結構
主義為代表的當代西方文論）的興起有關，因為理論對意義有限的哲學範疇
的懷疑造成倫理價值的失寵，這是由於倫理價值一般理解為實證性、約定性
的價值判斷和情感判斷。在當今「後理論」的語境下，我們有必要梳理理論
和倫理的複雜關係，從而重新建立倫理批評在眾多文本閱讀策略中的位置。
「後理論」時代是21世紀一個廣為人知的口號。過去幾十年的理論爆炸已經
使我們感到精疲力盡，因此清理理論的殘骸的工作也已經開始。當代西方學
界不乏有關理論的創新和侷限的討論。侷限之一便是德里達、詹姆遜等理論
家所代表的對倫理批評毫不掩飾的敵意。這種敵意有多種根源，其中最主要
的根源就是理論對倫理批評一種「誤讀」：倫理學總是難逃規範性的、普適性

---

〔註1〕Wayne C. Booth, *The Company We Keep: An Ethics of Fiction*, Berkeley, CA: The
University of California Press, 1988, 15.
〔註2〕John Gardner, *On Moral Fiction*, New York: Basic Books, 1977, 23.

的範疇，是依賴於二元對立的意識形態的面具，所以理論與倫理在精神上格格不入。於是，任何具有理論意識的文學研究都要拒絕指涉倫理學，從而造成在當代文學話語中倫理批評的十分引人注目的缺席。我認為現在有必要重新思考倫理批評的內涵以及它與理論本身的關係。這麼做並非出於懷舊情緒，而是因為文學的存在從來都未離開過倫理學。在任何一個宏大的敘事或戲劇性的表述中，人物的行為、現實的語境和想像的生活無一不在道德和倫理的困境裏演繹。所謂主體性的集中表現莫過於此。如果我們將倫理批評看作是一個反思性的過程，如果我們承認文本總是價值的載體和媒介，如果價值的衝突和取捨可以啟發人們如何生活，那麼理論的所有門派如女性主義、後現代主義和文化批評等就已經蘊涵了倫理批評的成分，不管它們自己如何否認。據此而論，倫理批評並未真正缺席，它的聲音僅僅為理論的爆炸聲所暫時掩蓋而已。在理論爆炸的殘骸裏，倫理批評很有可能幫助理論從自我的沉溺中解救出來，甚至也許會成為「理論之後」的「理論」。

特里‧伊格爾頓是最早宣稱我們現在生活在「後理論」時代的人之一。作為自 20 世紀 70 年代以來大名鼎鼎的理論界泰斗之一，他對理論的建構與傳遞做出了傑出的貢獻。在西方學術界，他的名字已成為理論本身的代名詞，這絕非誇大其詞。在他浩如煙海的眾多學術著作中，《文學理論介紹》〔註3〕是最為知名的一部，為美國及西方大學人文學科廣為採用的教材之一。然而近年來，伊格爾頓是第一個對理論當下處境表示不滿的學者。他聲稱，理論在歷經三十年之久的爆炸之後，已失去信用度。他最近的學術著作更是振聾發聵地命名為《理論之後》，以下為此書的開場白：

> 理論的黃金時代早已一去不復返。雅克‧拉康、克勞德‧列維-施特勞斯、路易斯‧阿爾杜塞、羅蘭‧巴特和米歇爾‧福柯的開山之作已經過去了幾十年，雷蒙‧威廉姆斯、皮埃爾‧布德里亞、雅克‧德里達、福瑞德里克‧傑姆遜和愛德華‧賽義德獨闢蹊徑的早期著作也時有多日。之後的理論寫作無論是在宏觀緯度還是在原創性方面與這些開山鼻祖們相比難以望其項背，雖然後者的某些觀點已經被時間所淘汰。命運之輪使羅蘭‧巴特喪生於一輛巴黎洗衣廠車的輪下，又使米歇爾‧福柯在艾滋病的折磨中告別人世。死神還帶走了拉康、威廉姆斯和布德里亞，路易斯‧阿爾杜塞則因謀殺妻

〔註 3〕Terry Eagleton, *Literary Theory: An Introduction*. Basil Blackwell, 1983.

子被放逐到精神病院。如此看來，上帝並非一個結構主義者。〔註4〕

這裡有兩點值得關注。首先，對於舊的衛道士們的消亡，伊格爾頓字裏行間流露出一種感傷主義的情懷，因為他不僅是同齡人，而且在思想上他也把他們視為己類；另外一個使伊格爾頓失望的原因在於年輕一代並未創造出任何足以與這些理論元老們相媲美的精神碩果，而伊格爾頓似乎以尋找理論接班人為己任。然而，最讓伊格爾頓心態炎涼也許還在這兩點之外，那就是催生理論的文化氛圍已經時過境遷。在當今新的文化氛圍裏，從深層哲學的探究轉變成為對享樂經驗的興趣——身體的享樂和官能的享樂，正如伊格爾頓本人隨後所述：

> 在學術界一望無際的海岸線上，人們對法國哲學的興趣被法國式熱吻所替代。在某些文化圈中，自慰的政治甚至比中東的政治更具魅力。社會主義敗在施虐—受虐遊戲之下。對文化研究者而言，身體是一個樂此不疲的話題，但它通常是一個充滿色情意味的身體，而非一個遭遇飢餓的身體。翻雲覆雨的身體讓人極為熱衷，而勤懇工作的身體則沒有什麼吸引力。出生於中產階級的學生們聚集在圖書館裏輕聲細語討論的問題往往不外於聳人聽聞的題材，如吸血惡鬼、掏目暴力、智慧人性和色情影片之類。〔註5〕

很顯然，伊格爾頓筆鋒意在西方文壇，但當今中國文壇又豈能避嫌？把他提到的「聳人聽聞」的題材換成諸如「掘墓」「黑幕」「自戀」之類的詞彙，伊格爾頓的描述恐怕離中國文壇的現實並沒有那麼遙遠。總之，一個不爭的事實是，時代的變化造成了理論老將們的失落，於此伊格爾頓的感歎之言並非空穴來風。然而，人們有理由發問：這種局面的形成理論有沒有責任？它是否亦促成了文化氛圍的變化從而成為自身的掘墓人？它是否本身包含了享樂主義的種子從而顛覆傳統的文學理念？文學的倫理闡釋和道德審判是否已是過時的話題？這些問題既有歷史的回聲又有當代的爪痕，並非三言兩語就能說得清楚，下文將圍繞理論和倫理批評的複雜關係做一個初步的探討，最終引出幾點結論。

首先，在現代社會的諸多方面，理論毫無疑問在改變我們關於文化和政治觀念上具有強大的變革性力量。它以摧枯拉朽之勢對各種既定理念進行攻

---

〔註4〕Terry Eagleton, *After Theory*, New York: Basic Books, 2003, 1.
〔註5〕Terry Eagleton, *After Theory*, 2.

擊和侵蝕，其所涉及的範疇包羅萬象，如真理、權力、意義、性別、主體性和種族認同等。理論對這些理念範疇的重新解讀的確改變了文學和文化研究的面孔。眾多與西方人道主義傳統密不可分的價值觀念被毫不留情地檢視和解構。從某種意義上來說，這些觀念被「曝光」為不穩定的符號，是一種「人為的」構造，旨在服務於飛揚跋扈的權力和潛隱的意識形態。由於倫理具有普世的含義，而普世性與極權性只有一步之遙，理論對於倫理一開始便是一種天生的敵意。正如知名的理論批評家、美國學者馬爾莎・諾斯鮑姆指出，在以法國學派為濫觴的文學理論中存在著一種奇怪的「倫理批評缺席」現象。也許熟知理論的人覺得這一缺席不足為奇，但對諾斯鮑姆而言，它在諸多方面有著不可低估的意義：

> 在更深的層面上，它傳遞了另一種引人注目的缺席，即文學理論對道德哲學中的核心問題以及對道德哲學所面臨的這些問題的迫切性的無言狀態。在當今這樣一個巨大道德困境的時代，人作為社會存在的命題被支解成一個謎案。什麼是最佳的生活方式？這是一個實踐意義重大的問題，它是當代倫理學著力探索的核心內容，也是古今以來偉大文學作品著力探索的核心內容，而在當今文學理論的許多領軍人物的筆下我們找不到它的蹤影。〔註6〕

馬爾莎・諾斯鮑姆是否有誇大其詞的嫌疑，我們下文再做評述。首先，我們可以想像理論的推崇者們可以從如下幾個方面證明理論與倫理批評之間的不兼容性：1. 倫理批評是一種獨白式的話語，它啟用縮簡式的思維習慣、勸教式的語調，從而以犧牲文學審美多元性為代價來宣揚某種特點道德價值觀；2. 倫理批評的天平暗地裏傾向於精英文化和那些具有壓迫性的意識形態；3. 倫理批評不在乎客觀性的原則，所以只能終結於觀點、意見，而觀點與意見不能算是知識；4. 倫理批評試圖在像語言這樣一個非確定媒介中尋找穩定的意識形態立場，顯然對修辭策略在文本意義產生過程中的重要作用視而不見；5. 現代主義文學與非本質主義哲學孕育了空前的闡釋自由，倫理批評卻反其道而行之，把文學闡釋標準化。

簡而言之，這些指責的中心點都於倫理批評的名聲有關，即倫理批評一般傾向於對文學文本中的道德內容進行主題化、縮減化、教條化以及單一化

---

〔註 6〕 Martha Craven Nussbaum, *Love's Knowledge: Essays on Philosophy and Literature*, New York: Oxford University Press, 1990, 169～170.

的注釋。〔註7〕毫無疑問，倫理批評的這種名聲來源於倫理和文學的關係傳統觀念，因為這種傳統觀念經常將倫理批評籠統地簡化為僅僅是道德判斷，如善與惡、好與壞、雅與俗等等。在中國文學史上，儒家思想中的「文以載道」的影響深遠流長，且揮之不去，近而演變成眾多現代版本，包括那句著名的口號「文學為政治服務」。在西方，眾所周知，柏拉圖可以視為倫理批評機械論的始作俑者。基於一種純粹的道德視角，柏拉圖宣稱要把摹仿詩人從他的「理想國」裏放逐出去，因為摹仿性的詩歌向讀者傳遞有害的道德信息。「摹仿說」是柏拉圖宏大的文學批評理論中最重要的遺產之一，它的成立基於兩個極為重要的理論假設。首先，柏拉圖有意識地認定虛構文本可以作為承擔道德教育的載體（這與「文以載道」思想極其相似）。其次，柏拉圖對文學的道德意蘊的發現直接導致倫理化的文本實踐。〔註8〕不幸的是，人們經常把柏拉圖對倫理批評的倡導看作是對說教文學批評（即以道德評判為主要內容的批評）的完全肯定。很顯然，這種觀點成了後來各種反對倫理批評之聲的無形靶子，尤其是在理論風行的 20 世紀後半葉。

顯而易見，上述對倫理批評頗具戲劇性的指控絕非空穴來風，因為理論與傳統倫理批評之間在某些觀點方法上確實存在差異，所以才有倫理批評在理論那裡「引人注目的缺席」。然而，這些指控似乎故意削足適履，將倫理批評置於一個畫地為牢、且不堪一擊的境地，這也正是瑪爾莎·諾斯鮑姆批評理論的鋒芒所在。如果我們在這樣一個侷限的框架內理解倫理批評的話，我們就不得不拒倫理批評於千里之外。誰都知道，從雅克·德里達或者米歇爾·福柯那裡尋求道德判斷的理論基礎無異於緣木求魚。「倫理 ethical」一詞來源於希臘語詞根「ethos」（精神，氣質），通常解釋為「特性或習慣性的特點的總和」。道德判斷僅是倫理的一部分，並不等同於它的全部。廣義上來說，倫理是個人生活方式的有意識選擇，文化的自我表述，社會乃以維持自身持續發展的價值代碼。簡言之，倫理批評的使命就是呈現出這些選擇、表述和代碼的具體發生和操作過程。在這個意義上來說，理論與倫理批評是不可分割

---

〔註7〕這些詰責的詳細內容參見 John Krapp, *An Anesthetics of Morality: Pedagogic Voice and Moral Dialogue in Mann, Camus, Conrad, and Dostoevsky*, Columbia, SC: University of South Carolina Press, 2002, 2～5.

〔註8〕對那些對柏拉圖關於詩歌與社會的複雜的論述感興趣的讀者，請參見《理想國》第二部的後三分之一和第三部的前半部分。James Adam, ed., *The Republic*, Cambridge: Cambridge University Press, 1963.

的。無疑，在我們這樣一個「遭遇巨大道德困境的時代」，理論對種族、性別、階級和性等這些極具實踐意義和政治隱喻的話題做出了革命性的貢獻。事實上，我們可以說倫理化的關注角度是政治批評與後結構主義批評中的重要內容，正因如此，弱勢群體和邊緣人群才有了代言的聲音。就是那些唯語言是瞻的後現代批評（如解構批評）也不是與倫理完全無關。當它們從以邏各斯為中心的文學文本中拯救被埋沒的「他者」時，它們也在潛意識地保護受權威迫脅的弱者，從而與帝國主義、全球主義、父權政治等強勢話語為對立面，其中的倫理立場不言而明。當 20 世紀 80 年代美國批評家韋恩‧C‧布斯首次重提倫理批評的問題時就已經看到了理論和倫理千絲萬縷的關係。他指出，「新近時興的各種學派，從女性主義、新馬克思主義者、反種族主義到後結構主義、解構學者，其功能、功用無一不懷有各自的倫理目標」。〔註9〕有趣的是，當時正是理論如日中天、倫理批評有如昨日黃花之時，倫理絕非上述學派代表性著作中的關鍵詞彙。

行文至此，以防讀者產生誤解，筆者並不認同為理論即倫理批評的論斷。事實上，如上文所敘，理論對倫理批評的憎惡是真實可循的。筆者在此要強調的是，倫理鑲嵌於理論的骨髓，而且理論的實踐過程在感性和理性的層面上實際就是倫理批評的一種。依此而論，倫理批評作為闡釋學中一枝奇葩，也能受益於理論的諸多要素，也許還能從「理論之後」的廢墟中鳳凰再生。下面筆者將以解構批評為例來闡明理論和倫理批評之間的複雜關係。

雅克‧德里達提供了一種文本分析的途徑，即將閱讀看作是一種通向指涉不確定性和互文主體性的途徑。很多人認為，德里達式的文本分析與倫理批評的閱讀方式格格不入，因為後者至少在傳統意義上旨在發現和建立規範性的、本質性的知識。誠然，在過去三十年中，解構批評在有意無意之間通常被看作是權威真理的天敵，因為它的文本觀念極大地削弱了建立權威真理的可能性。解構批評反對絕對論，堅持文本與其再現的意義和理念之間只有嚴格的語言對應性，並由此推出所有知識都是人為建構的結論。倫理條規無非自我做作，因為所有普世性的宣言都是自我做作。每一個語言的表達都被它所處的語境所制約。某一特定信條的權威不是它自身的本質，而是來自受利益驅動而願意接受這個信條的個人與群體。所有的語言意義都是人定的，

---

〔註 9〕 Wayne C. Booth, *The Company We Keep: An Ethics of Fiction*, Berkeley, CA: The University of California Press, 1988, 5.

因此具有即時性，而且從某些角度來說具有不確定性。

　　上文對解構批評的粗筆勾勒雖然涵括瞭解構批評的核心立場，但其有關語言和主體性的複雜相互構成關係還須另著筆墨。首先，我們可以從一種廣義上的「解構批評倫理學」談起。〔註10〕解構批評者所注重的修辭閱讀是一種對文本的道德維度極為有效的疏引。修辭格被解讀的過程可引出意識形態的相互矛盾的證據，其中道德價值的壓力將自現其身。進而言之，即使是特意在於反駁過度倫理闡釋的解構批評策略其本身也具有倫理學的意義。另外，解構批評在與「他者」的遭遇過程中每一步都在證實它的社會責任感，而社會責任感便是一種倫理價值的體現。於此而論，語言產生於理性地反饋他人的過程，每一句話的發音瞬間也是倫理運作的開始，所以說語言（尤其是語言的使用——言語）是倫理的集合場並非誇大其詞。海力斯‧米勒是這樣總結修辭閱讀即倫理閱讀的：「從嚴格的意義上來說，每一次閱讀都是一次倫理體驗，因為閱讀的發生一定是對某種範疇性召喚的反饋，一定是一種無法迴避的需求。我們說閱讀和倫理不可分割還因為讀者必須對閱讀負責，對它在個人世界、社會層面和政治領域所產生的後果負責。」〔註11〕

　　不可否認，一些解構批評者以懷疑的眼光看待倫理和道德，這是因為他們信奉文本意義的不確定性，於是像「道德命題」「兩難境地」這些傾向於意義有限的概念在他們看來最終是站不住腳的。進而言之，解構批評者也不會把常見的倫理範疇如內心世界、意圖、沉思及選擇看作是先於語言的獨立存在，而僅僅是語言的效果。著名解構批評學者保羅‧德‧曼有一段廣為人知的宣言：「通向道德情感的途徑不在於超驗的召喚，而在於雜亂無章的語言的不確定的（因而也是不可靠的）指涉性。倫理——是千百話語模式中的一員。」〔註12〕很顯然，保羅‧德曼在這裡不僅在解釋解構批評的倫理觀更在反駁傳統的倫理觀，即倫理人是能動、理性的主體，他的行為奉行規範性的和普世性的準則。眾所周知，這種關於倫理學和主體性的觀點，自黑格爾和康德以來，一直主宰西方道德哲學，是人道主義的哲學基礎。

〔註10〕Simon Critchley, *The Ethics of Deconstruction: Derrida and Levinas*, Edinburgh : Edinburgh University Press, 1999, 10～15.

〔註11〕J. Hillis Miller, *The Ethics of Reading*, New York: Columbia University Press, 1986, 59.

〔註12〕Paul de Man, *Allergies of Reading*, New Haven, CT: Yale University Press, 1979, 86.

　　自 20 世紀 90 年代以來，倫理批評重新引起眾多文學學者的注意力。有人甚至把 90 年代文學理論的重心定位於「倫理轉向」（ethical turn）。〔註 13〕他們精心梳理上述兩種截然不同的倫理學觀點，探求發展新的倫理批評方法的可能。美國批評家查爾斯‧泰勒的研究尤為值得關注。他認為在這兩種倫理學觀點之間存在著一種相互交錯組合的「間隙空間」。在這個「間隙空間」裏，我們作為道德主體的第一構成要素是因為我們生活在語言社區的一角，而且我們作為思想的主體與自我只能在社會的「話語網絡」中實現。這就意味著，作為一切倫理觀的基石的實踐理性只能始於查爾斯‧泰勒稱之為「道德本能」的東西。〔註 14〕毋庸諱言，「道德本能」在很大程度上受語言和文化的影響，但它並不永遠等同於混蛋無序的語言和文化；它受制於語言的規則，但也可以歸納劃簡，成為語言之外的「語言」。退一步而言，把「道德本能」僅僅看成為語言的效果在邏輯上是患了偷樑換柱的毛病，因為它用語言的哲學意義替代了話語的具體功能。查爾斯‧泰勒因此認為「道德本能」的理念為我們當下生活中的倫理存在提供了最佳注腳，因為它反映了我們與語言之間的實踐性的辯證關係。顯然，「道德本能」的理念有本體論的痕跡，甚至可以追溯到康德哲學的實體論思想，但同時它又實實在在地根植於受解構批評影響的關於語言的話語功能。它處於傳統和理論的「間隙空間」，對倫理和主體性的新穎闡釋既來源於理論的啟發，又彌補了理論的不足之處。

　　綜上所述，理論相對於文本的語言抽象產生了重返倫理批評的呼籲，但如果倫理批評滿足於「本能」的道德抽象，那麼文學批評則走不出主題化、縮減化、教條化以及單一化的怪圈。人的生活是倫理的生活，「道德本能」為這種生活作出了規範，它體現在我們所有的善惡是非判斷之中，但這些判斷肯定與我們的直覺與情感有關。同情和共情是道德判斷的契機，這是從古至今大多數倫理學家普遍見識，如廣為人知的孟子和蘇格拉底的性善之論。出自自我的情感如憐憫、愧疚、廉恥驅使我們作出道德的選擇，而指向他人的情感如憤怒、厭惡、蔑視調動個人或社會懲罰機制而維護道德關係。在這種意義上，說在「道德本能「之前存在著「情感本能」也不為過。正是由於對情感的共同關注，倫理批評能夠釋放文學情感意義的倫理價值。

---

〔註 13〕David Parker, et al., eds., *Renegotiating Ethics in Literature, Philosophy, and Theory*, New York: Oxford University Press, 1998, 1～17.

〔註 14〕Charles Taylor, *Sources of the Self: The Making of Modern Identity*, Cambridge, MA: Harvard University Press, 1989, 72.

一個緊迫的問題是，雖然文學與倫理的關係有了新的理論闡釋，我們又如何在實踐中操作倫理批評？我們如何突破旨在進行道德審判的傳統倫理批評的重圍而同時又保持倫理觀察的焦點？顯然，我們必須在「理論之後」的環境裏工作，必須在文化的、社會的、政治的和歷史的框架內考察倫理的語境。讓我們暫且將這種閱讀策略稱之為「負責的」或者「新」倫理批評，它應該起碼面向如下的批評姿態：

首先，新倫理批評不想扮演新的「道學先生」的角色。它不應僅限於將闡釋主題化或是進行獨白式的說教，也不應是任何理想的宗教讚美詩。反之，它是一種記錄，一種審美代碼怎樣影響文學文本的創造以及闡釋的記錄。新倫理批評當然對文本的意義感興趣，但它更注重於文本中倫理要素的意義——這些倫理要素如何構成自身內在的審美對象，又如何發揮其批判、陶冶及建構的功能。新倫理批評既不能讓審美屈從於道德，也不能讓道德屈從於審美；在選擇文本實踐形式和方法的過程中，審美範疇與道德範疇應得到獨立、充分地展示。最為關鍵的是，新倫理批評不屑於發現故事的道德教訓，雖然在不違背故事美學模態的前提下，它也能夠發掘潛在的道德信息。正如美國批評家克里斯托弗·克勞森所言：

> 倫理批評需要證明文學作品中張揚的或隱含的道德觀念與價值判斷是值得關注、審視和評說的。它並不依賴於接受道德審判所代表的某種特定道德代碼或觀點立場。〔註15〕

昨日的倫理批評和當下的新倫理批評之間的根本差異也就在這裡。前者最拙劣的表達形式，是對文學文本進行顯赫的說教式閱讀，其唯一目的在於肯定或宣傳某種道德信條；後者則著眼於發掘根植於文學作品中的多元的道德價值，使這些道德價值成為文本意義發生過程的重要組成部分。因此，新倫理批評必須與文本中的審美結構保持對話的狀態，因為文本意義產生於審美結構與文本意識形態要素之間的張力。新倫理批評對上述審美結構的關注有助於建構多語態的、非主題化的閱讀策略，這樣閱讀是為了尋找共鳴和頓悟，是為了展示倫理意義是如何表達或證實，而非求證文本可能傳達的倫理意義「合法」與否。這並不是說我們應該把倫理主題從倫理閱讀策略中徹底剔除出去，而是說倫理主題不應該被當作是研究的唯一對象，它們只能被理解為

〔註15〕Christopher Clausen, "Moral Inversion and Critical Argument," *Georgia Review* 42 (Spring 1988), 11.

文本表意過程中意識形態的效果之一。從這個角度看，倫理批評的對象很顯然是文本敘事結構中的道德語境，即包含倫理要素的話語交流，只有這樣批評家才能明晰地對文本的道德維度進行闡釋性的解讀。這便是新倫理批評的核心所在。

末了，讓我們再一次回顧特里‧伊格爾頓和他的大作《理論之後》。本章開篇引用的他對當今理論的衰落一番感慨萬千的話，可是悲涼之音未了，特里‧伊格爾頓又貢獻了下面一段文字：

> 正如本書標題中所示，理論已然走向終結。然而，如果有人覺得這意味著我們可以心存寬慰地回到理論之前的純真年代，他一定會感到失望。我們再也無法回到那個只要宣稱濟慈作品賞心悅目或是彌爾頓作品彌漫著勇猛的精靈就足以算得上文學批評的時代。我們不能懷抱這樣的錯覺，即理論整個就是一個鬼使神差般的錯誤，沒有一個仁慈的靈魂為我們敲響警世的大鐘。這會兒我們醒悟過來了，可以回到費爾迪南‧德‧索緒爾辛勤耕耘之前的時代。如果「理論」意味著對於我們未來設想的一番理性的、系統化的反思，它一如既往的不可或缺。但是我們現在生活在那個可以稱之為「高理論」之後的餘波時代。這個時代因為傑出思想家如阿爾杜塞、巴特和德里達等的真知灼見而非常富有，但這個時代在諸多方面又已經離他們而行遠。〔註16〕

「你不能再一次走進家門」是一句西方格言，伊格爾頓在這裡表達的感傷情懷與這句格言中所蘊含的意蘊似乎相差不遠。家是在生命不息之旅的休憩之所；家也是你隨身攜帶的情思之物。伊格爾頓說得不錯，我們生活在「後理論」時代，我們不能再一次走進理論的「家門」，但是「後理論」並不意味著「無理論」。只要我們人類存在，只要這個存在是道德的和社會的，我們總會有關於自我與他者的意識，有關於環境和生命的意識。這些意識不同於之前的理論，但是它們的功用無出其右。倫理批評應該算是這些多元意識中的一員，它為這種我們且稱之為「文學」的自我關懷的寫作而存在。也許倫理批評達不到理論前輩創立的思想高度，但是在現今這樣一個飛速變化的「後一切」時代，它是我們所能使用的最佳批評工具之一。

---

〔註16〕 Wayne C. Booth, *The Company We Keep: An Ethics of Fiction*, Berkeley, CA: The University of California Press, 1988, 1～2。

# 結語　身置異鄉的文學

他鄉不熟悉，故鄉又不能歸去。　　　　　　　　——魯迅

世上本沒有故鄉的，只是因為有了他鄉。　　　——余光中

漂流已經是我的生活方式。　　　　　　　　　——北島

書以《結語》結束，這是約定俗成的慣例。《結語》的寫法卻五花八門，無章可循。有的作者繼續正文的話題，縱橫發揮，筆墨用完而意猶未盡；有的作者拋開正題寫題外之話，如思路的起源、寫作的辛苦或研究之難，再加上幾句謝語或謙辭。我不願破例，但對這兩種寫法都不感興趣。這本書洋洋十幾萬字，寫到這兒，我似乎精疲力盡，腦力枯竭，我想哪位勇敢的讀者能堅持讀到這兒也是一件難事，我不想再寫些厚重的文字考驗他的耐心與心智。於是，我想用輕鬆的語言講述三個閱讀的故事，它們的主題是懷舊，也是共情，在尋找和失落之間，或多或少地反映了本書的內容和主題。

第一個故事發生在我的大學時代。20 世紀 80 年代中期，我在上海華東師範大學讀英語專業。大二上學期，來自英國的外教說她的一個遠房親戚要來上海旅遊，想請我做嚮導。這種近距離練習口語的機會正是求之不得的好事，我當即滿口答應了下來。一週後，我和外教的親戚首次見面時，卻有點失望，因為傑克很年輕，舉止拘謹，且不善言談，和我腦海中「老外」的形象相差甚遠。我很快發現傑克不是一般的遊人，因為他不要去任何景點，只要我帶他去昔日英國殼牌石油公司留存在上海的遺跡。我問他為什麼，他說照相。

英國殼牌石油公司在舊上海老幼皆知，但五十年後它在這個城市的蹤影

又在哪裏？令人驚訝的是傑克說出了好幾個英文地址，加上他費力擠出的一兩個中文音節，我很快明白這是舊上海的地址。在學校圖書館把它們翻譯成新上海的地址後，我和傑克便上路了。冒著七月的烈日，我們踩著借來的自行車，在外灘、淮海路及番禺路一帶梳理外表陳舊的建築，以印證手中亦真亦假的地址。問主人或路人，皆無所獲，他們反而對一個外國人對老上海的興趣表示讚賞。我的失望之感與時俱增，而傑克卻興致盎然，不停地照相，表情專注地聽我內容重複的翻譯。也許是貼近相處的緣故，傑克逐漸變得友善，不再迴避我的問題。原來傑克的祖父在三十年代時曾是上海英國殼牌石油公司的一名職員，後來和一位中國女士同居，生下傑克的父親。好景不長，由於家庭的反對，祖父在四十年代末拋下非法的中國妻子，帶著兒子回到英國。傑克的父親在英國長大，但他不務正業，婚外產子，在酗酒和吸毒中毀掉了一生。終生未再娶的祖父也是養育傑克的父親。他近年年老多病，無力造訪開放了的中國，傑克的照片將完成他的「遺願清單」。傑克強調說，他到中國不僅是代祖父之行，也是他自己在大學畢業之際的「還願之旅」，因為從未見面的祖母和陌生的親父，他有必要理清中國對他的意義。傑克的心腹之言解除了我的心頭之惑，也拉近了我們之間的距離，但我們最終也未能成為朋友。傑克沉鬱的性格因素除外，一個受「改革開放」氣氛薰陶的 80 年代的大學生對過去的個人故事是不會有很大興趣的。然而就是在當時，我已感到這次經歷不同尋常，傑克的故事所包含的許多元素，如棄家，跨國戀情，文化衝突，漂流與尋找等，非常神秘地撥動了我的心弦。多年之後，我才明白這個故事和我從事文學研究有重要關係。

第二個故事是我讀魯迅，我不記得它從何時開始，到現在並沒有結束。這個故事因為頭緒太多，講起來很難，我就選《故鄉》的一節吧。魯迅的這個短篇小說是廣為人知的名篇，因為其詩意的語言及悲涼而又婉轉的鄉愁而深受我的喜愛，在課堂上講了無數遍而不失新鮮之感。小說所描寫的歸鄉之旅很容易被證明與魯迅本人的真實經歷有關，所以一般對《故鄉》的閱讀把它當作早年魯迅處在彷徨與希望之間的真實思想記錄。魯迅的鄉愁當然是真情表達，而鄉愁所寄託的對象「故鄉」卻來源自一種創造性的想像，正是實在的故鄉與想像的故鄉之間的張力賦予小說極強的藝術感染力。

「我冒了嚴寒，回到相隔二千餘里，別了二十餘年的故鄉去。」《故鄉》開篇便突顯敘述者在漸臨故鄉時亢奮的期待之情，但一句「這不是我二十年

來時時記得的故鄉？」馬上讓他陷於揪心的沉思與疑問。家鄉為何是這樣？難道是我的記憶出了問題？還是我對家鄉的情感誤導了我的想像？一系列的問題袒露了敘述者的思想，表面上充滿了猶豫和矛盾：他的記憶，他的言辭，他的心緒在久違的家鄉面前被弄得支離破碎。實際上，這段話正是敘述者離散意識的流露。「記憶的」家鄉永遠是「言語的」家鄉，而「言語的」家鄉離不開離散的話語系統，其意義總是對離散的延遲。「故鄉本來如此」，這並不是說故鄉有著本體的、穩定的意義，而是說它存在於敘述的瞬間，因敘述者的價值取向和視覺選擇而變化。

閏土是《故鄉》的中心人物。他的故事既是故鄉的寫照，也是敘述者內心的投射。很明顯，閏土的意義在於他的分裂形象，即過去與現在的反差。面對現在蒼老寡言的閏土，敘述者一時無語，無比失望，因為他所記憶的閏土是「一幅神異的圖畫」：明月，沙灘，碧綠的西瓜和項帶銀圈、手捏鋼叉的少年。首先，這是一副跨越時空的田園風景，解讀此畫，知道少年的名字是否叫「閏土」並不重要。其次，這裡「神異」一詞非常重要，因為它是敘述者主體的痕跡，代表他的價值判斷，這意味著副圖畫的文字再現不是個人經驗的簡單重複，而是有選擇的記憶，是想像和虛構。也許正因為此，這副圖畫所代表的「失去的美好」被敘述者輕鬆地轉換為《故鄉》結尾對希望和未來的哲理思考。

《故鄉》表明故鄉因為離別而存在，因為懷舊而產生意義。異地的生活是常態，家鄉是日行漸遠的起點，不斷的離別是現代主體性的表達。沒有歸宿，只有歸途，因為每一次回鄉都是為了告別，是為了準備新的一輪旅程。

第三個故事是我讀北島。大學時代我受朦朧詩影響而愛上詩歌，走上文學之路。20 世紀 90 年代我在美國密歇根大學讀博士，北島恰好到鄰近的東密歇根大學作駐校詩人一年，之後又到密歇根大學作訪問教授一年，我們幾乎朝夕相處，吃喝玩樂之外，也談文說詩，還多次駕車出遊、會友、開朗誦會。後來北島的詩成了我的博士論文重要的部分，朋友關係加上學術生涯的聯繫，所以北島對我有特別的意義。關於北島的詩我說了很多，包括本書討論他的悖論詩學的一章，但是直到我讀《黑色地圖》一詩時，我才體會到北島辛辣的鄉愁如何拼寫詩意之美。這首詩寫於 2001 年 12 月，那時北島在海外生活多年後再次回到他的故鄉北京。此時，他的父母年邁多病，而故鄉的

變化又令人眼花繚亂，詩人心頭難平，訴之入詩：

> 寒鴉終於拼湊成
> 夜：黑色地圖
> 我回來了——歸程
> 總是比迷途長
> 長於一生
> 帶上冬天的心
> 當泉水和蜜製藥丸
> 成了夜的話語
> 當記憶狂吠
> 彩虹在黑市出沒
> 父親生命之火如豆
> 我是他的回聲
> 為赴約轉過街角
> 舊日情人隱身風中
> 和信一起旋轉
> 北京，讓我
> 跟你所有燈光乾杯
> 讓我的白髮領路
> 穿過黑色地圖
> 如風暴領你起飛
> 我排隊排到那小窗
> 關上：哦明月
> 我回來了——重逢
> 總是比告別少
> 只少一次

　　首先，「黑色地圖」是一個悖論意象，因為地圖的功能是指向，而黑色是屏蔽。歸程與迷途相疊在表面上是指涉遊子的傳統形象，實際上更是言說人對於回鄉矛盾心情的寫照。回程是迷途的結束，還是另一次迷途的開始？一方面，被壓抑的記憶湧向地表，勢不可擋，如約會的路燈，排隊的小窗；另一

方面，每一個記憶都被陌生的現實打斷：昔日的情人隨風而去，不見蹤影；關上的小窗終止了關於明月思鄉的遐想。進而言之，這些記憶本身是苦是甜也是言說人把握不定的問題。把記憶比作「泉水」是甜，但把記憶比作「蜜製藥丸」又作何解？很顯然，這又是一個詩意悖論，它和詩中其他悖論意象一起勾畫出言說人身陷迷途的回鄉之旅。

　　於是，北島把故鄉抽象為理念，把過去的碎片變成想像的紐帶，把現時的空間置於迂迴的時間，這樣他才不至於為記憶所累，不至於為鄉愁所困，這樣他才能寫出如此精闢的詩句：「我回來了——重逢／總是比告別少／只少一次」。重逢和告別都是人生的驛站，它們的意義既在於相互指涉，更在於昭示當今時代我們沒有終點的時間旅行。這是批判性懷舊抒情最簡略的表達，也是訴求於共情的最有力的展現。

　　本書最後的文字必須獻給所有幫助過我的人——我的家人、老師、同事暨好友，是他們在我學術之路的高峰和低谷之間，提供了精神的慰藉、思想的火花和書寫的靈感。當然還有我的學生們，尤其是博士生羅爽、何珊和杜湄三人為本書的研究和寫作提供了直接的協助。正是這些可敬可愛的學生們讓我感受到了授業的樂趣以及文學研究的使命。

# 參考文獻

**一、中文**（按作者姓氏漢語拼音字母順序排列）

1. 阿來《阿來的詩》，四川文藝出版社，2016 年。
2. 阿來《塵埃飛揚》，四川文藝出版社，2005 年。
3. 阿來《就這樣日益豐盈》，解放軍文藝出版社，2002 年。
4. 阿來《月光裏的銀匠》，武漢長江文藝出版社，1999 年。
5. 柏拉圖《理想國》，郭斌和、張竹明譯，北京商務印書館，1995 年。
6. 卞之琳《人與詩：憶舊說新》，北京三聯書店，1984 年。
7. 北島《開鎖》，臺灣九歌出版社，1999 年。
8. 克林斯・布魯克斯《精緻的甕——詩歌結構研究》，郭乙瑤等譯，上海人民出版社，2008 年。
9. 曹文軒《二十世紀末中國文學現象研究》，北京大學出版社，2002 年。
10. 陳東東《回顧現代漢語》，見王家新、孫文波編《中國詩歌：九十年代備忘錄》，人民文學出版社，2000 年。
11. 陳思和《中國新文學整體觀》，上海文藝出版社，1987 年。
12. 陳建中《「白馬論」新解——非馬之謎》，《陝西師範大學學報》（哲學科學版）1994 年第 1 期。
13. 陳仲義《現代詩：語言張力論》，長江文藝出版社，2012 年。
14. 冬曉《艾青談詩及長篇小說的新計劃》，香港《開卷》，1979 年 2 月號。
15. 馮雪峰《回憶魯迅》，人民文學出版社，1952 年。

16. 馮至《十四行集》，香港文心書店，1971 年。

17. 馮小剛《馮小剛自述》，《當代電影》，2006 年第 6 期。

18. 高玉、謝園園《文學真實：「非虛構」的內在邏輯》，《中國社會科學報》，2015 年 12 月 21 日，5 版。

19. 哈里斯‧溫德爾《文學批評與理論概念大辭典》，紐約格林伍德出版社，1992 年。

20. 韓東《論民間》，《芙蓉》，2000 年第 1 期。

21. 胡泊《拯救說──馮小剛電影的主題》，《福建藝術》，2004 年第 2 期。

22. 胡適《胡適文萃》，作家出版社，1991 年。

23. 胡適《胡適留學日記》，上海商務印書館，1947 年。

24. 胡適《文學改良芻議》，《新青年》，第 2 卷，第 5 號，1911 年 1 月。

25. 卡羅琳‧布朗等編《漢學心理學：中國文化中的宇宙之夢》，華盛頓.DC.：伍德羅‧威爾森國際學術中心，1988 年。

26. 金宏宇，彭林祥編《一世珍藏的詩歌 200 首》，長江文藝出版社，2010 年。

27. 李歐梵《鐵屋中的吶喊：魯迅研究》，布魯明頓：印第安納大學出版社，1987 年。

28. 李歐梵《魯迅及其遺產》，伯克利：加州大學出版社，1985 年。

29. 李漁《閒情寄偶窺詞管見》，杜書瀛校注，中國社會科學出版社 2009 年。

30. 李漁《閒情偶寄》，上海古籍出版社 200 年。

31. 黎志敏《中國新詩中的十四行詩》，《外國文學研究》，2000 年第 1 期。

32. 梁實秋《憶新月》，見方仁念編選《新月派評論資料選》，華東師範大學出版社，1993 年。

33. 梁實秋《偏見集》，南京正中書局，1934 年。

34. 穆木天《穆木天文學評論選集》，北京師範大學出版社，2000 年。

35. 凌津奇《「離散」三議：歷史與前瞻》，《外國文學評論》，2007 年第一期。

36. 林建法編《文學批評：二十一世紀中國文學大系 2008》，瀋陽春風文藝出版社，2009 年。

37. 劉禾《跨語際實踐──文學、民族文化與被譯介的現代性（中國，1900～1937）》，宋偉傑等譯，北京三聯書店，2002 年。

38. 陸機《文賦》，載郭紹虞主編，《中國歷代文論選》，第一冊，上海古籍出版社，2001 年。

39. 魯迅《魯迅全集》，人民文學出版社，1981 年。

40. 魯迅《魯迅作品選》，外文出版社，1956 年。

41. 駱寒超《艾青傳》，人民文學出版社，2009 年。

42. 馬永波譯《約翰‧阿什貝利詩選》，河北教育出版社，2003 年。

43. 莫言《紅高粱家族》，上海文藝出版社，2012 年。

44. 米歇爾‧福柯《「作者是什麼？」文本敘事策略：後結構主義批評視角》，喬蘇埃‧V‧哈拉里編，伊薩卡：康奈爾大學出版社，1979 年。

45. 歐陽江河《89 後國內詩歌寫作──本土氣質，中年特徵與知識分子身份》，《花城》1994 年第 5 期。

46. 格爾達‧帕格爾《拉康》，李朝暉譯，中國人民大學出版社，2008 年。

47. 錢光遠編《中國十四行詩選：1927～1987》，中國文聯出版公司，1988 年。

48. 錢杏邨《死去了的阿 Q 時代》，見《革命文學論爭資料選編》第一卷，人民出版社，1981 年。

49. 丘振中《現代漢語詩歌中的語言問題》，《詩探索》1995 年第三期。

50. 瞿秋白《瞿秋白選集》，人民文學出版社，1959 年。

51. 沙蕙《天下無賊與「賊喊捉賊」》，《文藝研究》2005 年第 5 期。

52. 邵建《知識分子「自我批判」的意義》，《作家》1998 年第 3 期。

53. 沈從文《論朱湘的詩》，見方仁念編選《新月派評論資料選》，華東師範大學出版社，1993 年。

54. 孫玉石《野草研究》，中國社會科學出版社，1982 年。

55. 譚五昌編《中國新詩白皮書 1999～2002》，北京崑崙出版社，2004 年。

56. 譚政、馮小剛《我是一個市民導演》，《北京電影藝術》，2000 年第 2 期。

57. 杜衡《評「大堰河」》，《新詩》第一卷第 6 期，《中國當代文學研究資料‧艾青專集》，江蘇人民出版社 1982 年版，424～442 頁。

58. 王德威《中國二十世紀現實主義小說：茅盾，老舍，沈從文》，紐約：哥倫比亞大學出版社，1992 年。

59. 王獨清《再譚詩──寄給木天、伯奇》，《創造月刊》，第 1 卷，第 1 期，1926 年 3 月。

60. 王國維《人間詞話》，人民文學出版社，2009 年。

61. 王家新《阿多諾與策蘭晚期詩歌：在上海開閉開詩歌書店的講座》，http://www.douban.com/event/11503976/discussion/21942609。2021 年 4 月 10 日查閱。

62. 王家新《沒有英雄的詩》，中國社會科學出版社，2002 年。

63. 王小妮《今天的詩意》，《當代作家評論》，2008 年第 5 期。

64. 聞一多《古詩神韻》，北京中國青年出版社，2008 年。

65. 聞一多《聞一多全集‧第十卷》，湖北人民出版社，1993 年。

66. 聞一多《聞一多論新詩》，武漢大學出版社，1985 年。

67. 吳小麗、徐甡民《九十年代中國電影論》，文化藝術出版社，2005 年。

68. 西川《讓蒙面人說話》，東方出版中心，1997 年。

69. 西川《死亡後記》，《詩探索》，1994 年 15 卷第 3 期。

70. 西渡《寫作的權利》，見王家新、孫文波編《中國詩歌：九十年代備忘錄》，人民文學出版社，2000 年。

71. 謝有順《內在的詩歌真相》，《南方周末》，1999 年 4 月 1 日。

72. 謝有順《誰在傷害真正的詩歌》，《北京文學》，1999 年第 7 期。

73. 許子東《現代主義與中國新時期文學》，《文學評論》，1989 年第 4 期。

74. 許霆、魯德俊編《中國十四行體詩選》，人民文學出版社，1996 年。

75. 許霆、魯德俊《十四行體在中國》，蘇州大學出版社，1995 年。

76. 徐詰編《野草詮釋》，百花文藝出版社，1981 年。

77. 顏敏《「離散」的意義「流散」：兼論我國內地海外華文文學研究的獨特理論話語》，《汕頭大學學報（人文社會科學版）》，2007 年第 23 卷第 2 期。

78. 楊俊蕾《「中心─邊緣」雙夢記：海外華語系文學研究中的流散／離散敘述》，《中國比較文學》，2010 年第 4 期（總第 81 期）。

79. 楊克編《1998 年中國新詩年鑒》，廣州花城出版社，1999 年。

80. 楊匡漢、楊匡滿《艾青傳論》，上海文藝出版社，1984 年。

81. 葉錦《艾青誕辰 100 週年學術研討會論文集》，北京團結出版社，2011 年。

82. 葉錦《艾青年譜長編》，人民文學出版社，2010 年。

83. 葉千榮《「不用農藥，就靠汗水」：我所認識的高倉健》，《南方周末》，2014

年 11 月 27 日。

84. 尹鴻、唐建英《馮小剛電影與電影商業美學》，《當代電影》，2006 年第 6 期。

85. 于堅《詩歌之舌的硬與軟：關於當代詩歌的兩類語言向度》，《詩探索》，1998 年第 1 期。

86. 于堅《當代詩歌的民間傳統》，《當代作家評論》，2001 年第 4 期。

87. 余秀華《我們愛過又忘記》，北京新星出版社，2016 年。

88. 余秀華《搖搖晃晃的人間》，湖南文藝出版社，2015 年.

89. 余秀華《月光落在左手上》，廣西師範大學大學出版社，2015 年。

90. 余秀華《麥子黃了》，《詩刊》，2014 年下半月刊 9 月號。

91. 張桃洲《現代漢語的詩性空間》，北京大學出版社，2005 年。

92. 張清華《一次真正的詩歌對話與交鋒》，《北京文學》，1999 年第 7 期。

93. 張曙光《語言：形式的命名》，人民文學出版社，1999 年。

94. 張新《二十世紀中國新詩史》，復旦大學出版社，2009 年。

95. 周紅興《艾青的跋涉》，北京文化藝術出版社，1988 年。

96. 周作人《〈小河〉小引》，《新青年》，第 6 卷，第 2 號，1919 年 2 月。

97. 朱光潛《詩論》，北京三聯書店，1998 年。

98. 朱光潛《心理上個別的差異與詩的欣賞》，《朱光潛全集·第 8 卷》，安徽教育出版社 1993 年版。

99. 朱湘《評徐君志摩的詩》，見方仁念編選《新月派評論資料選》，華東師範大學出版社，1993 年。

100. 朱自清《新詩雜話》，香港臺北書局，1963 年。

101. 《眾人向善，天下無賊》，《新京報》，2004 年 12 月 13 日。

102. 《天下無賊是一針讓你暈乎的麻藥》，《新京報》，2004 年 12 月 6 日。

## 二、英文及其他外文（按作者姓氏字母順序排列）

1. Ackbar Abbas. *Hong Kong: Culture and the Politics of Disappearance*. Minneapolis: University of Minnesota Press, 1997.

2. James Adam, ed. *The Republic*. Cambridge: Cambridge University Press, 1963.

3. Stacy Alaimo. *Undomesticated Ground: Recasting Nature as Feminist Space.* Ithaca and London: Cornell University Press, 2000.

4. Svetlana Boym. *The Future of Nostalgia.* New York: Basic Books, 2001.

5. Brian Keith Axel. "The Diasporic Imaginary." *Public Culture,* 14, no. 2 (Spring 2002).

6. Nimrod Baranovich. "Literary Liberation of the Tibetan Past: The Alternative Voice in Alai's Red Poppies." *Modern China,* 36, 2 (2010).

7. Roland Barthes. *Le Degré zero de l'écriture.* Paris: Éditions de Seuil, 1953.

8. André Bazin. "The Myth of Total Cinema," in Gregory Currie, *Image and Mind: Film, Philosophy and Cognitive Science.* New York: Cambridge University Press, 1999.

9. Bei Dao. *The August Sleepwalker,* trans. Bonnie S. McDougall. New York: New Directions, 1988.

10. Bei Dao. *Old Snow,* trans. Bonnie S. McDougall and Chen Maiping. New York: New Directions, 1991.

11. Bei Dao. *Forms of Distance,* trans. David Hinton. New York: New Directions, 1994.

12. Bei Dao. *Landscape Over Zero,* trans. David Hinton with Yanbing Chen. New York: New Directions, 1996.

13. Bei Dao. *Unlock,* trans. Eliot Weinberger and Iona Man-Cheong. New York: New Directions, 2000.

14. Lisa Block de Behar. *A Rhetoric of Silence and Other Selected Writings.* New York: Mouton de Gruyter, 1995.

15. Catherine Bell. *Ritual Theory, Ritual Practice.* New York: Oxford University Press, 1992.

16. Cyril Birch. "English and Chinese Meters in Hsü Chih-mo's Poetry." *Asia Major* 8.2 (1961).

17. Harvey Birenbaum. *The Happy Critic.* Mountain View, CA: Mayfield, 1997.

18. Jorge Luis Borges. *Obras Completas.* Buenos Aires: Emece, 1974.

19. Malcolm Bowie. *Lacan.* Harvard University Press, 1993.

20. Rojas Carlos. "Alai and the Linguistic Politics of Internal Diaspora." In Jing Tsu and David Der-wei Wang, eds., *Global Chinese Literature: Critical Essays*. Leiden: Brill, 2009.

21. Roger Cardinal. "Enigma." *20th Century Studies: The Limits of Comprehension*, 12 (December 1974).

22. Dipesh Chakrabarty. *Provincializing Europe: Postcolonial Thought and Historical Difference*. Princeton: Princeton University Press, 2000.

23. Gladys Pak Lei Chong. "Chinese Bodies that Matter: The Search for Masculinity and Femininity." *The International Journal of the History of Sport* 30.3 (2013): 242~66.

24. Rey Chow, *Writing Diaspora: Tactics of Intervention in Contemporary Cultural Studies*. Bloomington: Indiana University, 1993.

25. Chang Chung-yuan. *Creativity and Taoism: A Study of Chinese Philosophy, Art, and Poetry*. New York: Harper Torchbooks, 1963.

26. Chen Xiaomei. *Occidentalism: A Theory of Counter-Discourse in Post-Mao China*. Lanham, Maryland: Rowman & Littlefield Publishers, 2002.

27. Rey Chow. "Sentimental Returns: On the Uses of the Everyday in the Recent Films of Zhang Yimou and Wong Kar-Wai." *New Literary History,* Vol. 33, No. 4, "Everyday Life" (Autumn, 2002).

28. Rey Chow. "A Souvenir of Love," in Esther, C. M. Yau, ed., *At Full Speed: Hong Kong Cinema in a Borderless World*. Minneapolis: University of Minnesota Press, 2001.

29. Rey Chow. *Primitive Passions: Visuality, Sexuality, Ethnography, and Contemporary Chinese Cinema*. New York: Columbia University Press, 1995.

30. Rey Chow. *Writing Diaspora: Tactics of Intervention in Contemporary Cultural Studies*. Bloomington, IN: Indiana University Press, 1993.

31. Christopher Clausen. "Moral Inversion and Critical Argument." *Georgia Review* 42 (Spring 1988).

32. Steven Cohan and Ina R. Hark. *The Road Movie Book*. London: Routledge, 1997.

33. Rosalie Colie. *Paradoxia Epidemica.* New Jersey: Princeton University Press, 1966.

34. Simon Critchley. *The Ethics of Deconstruction: Derrida and Levinas.* Edinburgh: Edinburgh University Press, 1999.

35. Howard Choy. "In Question of an 'I': Identity and Idiocy in Alai's Red Poppies." In Lauran R. Hartley and Patricia Schiaffin-Vedani, eds., *Modern Tibetan Literature and Social Change.* Durham: Duke University Press, 2008.

36. Jonathan Culler. *Theory of the Lyric.* Harvard University Press, 2015.

37. Jonathan Culler. *On Deconstruction: Theory and Criticism After Structuralism.* New York: Cornell University Press, 1982.

38. Paul de Man. *The Resistance to Theory,* Manchester: Manchester University Press, 1986.

39. Paul de Man, *Allergies of Reading,* New Haven, CT: Yale University Press, 1979.

40. Arif Dirlik. "Chinese History and the Question of Orientalism." *History and Theory* 35:4 (1996): 96~118.

41. William G. Doty. *Mythography: The Study of Myths and Rituals.* University, Ala.: University of Alabama Press, 1986.

42. Gilles Deleuze and Felix Guattari. *Kafka: Towards a Minor Literature,* translated by Danna Polan. Minneapolis: University of Minnesota Press, 1986.

43. Michael Duke. "World Literature in Review: Asia and the Pacific," *World Literature Today* 72, no. 1 (Winter 1998).

44. Terry Eagleton. *On Evil: Reflections on Terrorist Acts.* Yale University Press, 2010.

45. Terry Eagleton. *After Theory.* New York: Basic Books, 2003.

46. Terry Eagleton. *Literary Theory: An Introduction.* Basil Blackwell, 1983.

47. T. S. Eliot. "Tradition and the Individual Talent." In Kermode, F. ed., *Selected Prose of T.S. Eliot.* London: Faber & Faber, 1975.

48. David Eng. *The Feeling of Kinship: Queer Liberalism and the Racialization*

*of Intimacy.* Durham: Duke University Press, 2010.

49. Miracea Eliade. *The Myth of the Eternal Return, or Cosmos and History*, trans. Willadr R. Trask. Princeton, N.J.: Princeton University Press, 1954.

50. Jeanne Fahnestock and Marie Secor. "The Rhetoric of Literary Criticism." In *Textual Dynamics of the Profession: Historical and Contemporary Studies of Writing in Professional Communities,* ed. Charles Bazerman and James Paradis.　Madison: University of Wisconsin Press, 1991.

51. Rita Felski and Elizabeth S. Anker. *Critique and Postcritique.* Durham: Duke University Press, 2017.

52. Yi-tsi Feuerwerker. *Ideology, Power, Text: Self-Representation and the Peasant 'Other' in Modern Chinese Literature.* Stanford University Press, 1998.

53. Michel Foucault. "Of Other Spaces: Utopias and Heterotopias." *Diacritics* 16:1 (1986): 22～27.

54. John T. Gage. *In the Arresting Eye: The Rhetoric of Imagism.* Baton Rouge, LA: Louisiana State University Press, 1981.

55. Herbert J. Gans. "Symbolic Ethnicity: The Future of Ethnic Groups and Cultures in America." *Ethnic and Racial Studies,* Vol. 2, No. 1 (January 1979).

56. John Gardener. *On Moral Fiction.* New York: Basic Book, 1977.

57. Dana Gioia. "Poetry Chronicle." *Hudson Review* 34 (1981～1982).

58. Rene Girard. *Violence and the Sacred*, trans. Patrick Gregory. Baltimore, M.D.: John Hopkins University Press, 1977.

59. A.C. Graham. "The Disputation of Kung-sun Lung——An Argument about Whole and Part." *Philosophy East and West* 36 (1986).

60. Melissa Gregg and Gregory J. Seigworth, eds. *The Affect Theory Reader.* Durham and London: Duke University Press, 2010.

61. Martin Heidegger. *Poetry, Language, Thought.* New York: Harper Perennial Modern Classics, 2013.

62. Jhan Hochman. *Green Cultural Studies: Nature in Film, Novel, and Theory.* Moscow, Idaho: University of Idaho Press, 1989.

63. Max Horkheimer and Theodor Adorno. *Dialectic of Enlightenment,* trans. by

John Cumming. New York: Continuum, 1989.

64. T. E. Hulme. *Further Speculations,* ed. Sam Hynes. Lincoln: University of Nebraska Press, 1962.

65. Linda Hutcheon. *A Theory of Parody: The Teachings of a Twentieth Century Art Forms.* University of Illinois Press, 2000.

66. Linda Hutcheon. *A Poetics of Postmodernism: History, Theory, Fiction.* New York: Routledge, 1988.

67. Yomota Inuhiko. "Stranger Than Tokyo: Space and Race in Postnational Japanese Cinema," in *Multiple Modernities: Cinemas and Popular Media in Transcultural Asia,* ed. by Jenny Kwok Wah Lau. Philadelphia: Temple University Press, 2003.

68. Fredric Jameson. *The Antinomies of Realism.* London: Verso, 2013.

69. Fredric Jameson. *Postmodernism or The Cultural Logic of Late Capitalism.* Durham: Duke University Press, 1991.

70. Ronald R. Janssen. "What History Cannot Write: Bei Dao and Recent Chinese Poetry." *Critical Asian Studies* 34:2 (2002).

71. Barbara Johnson. *A World of Difference.* Baltimore, MD: Johns Hopkins University Press, 1987.

72. Hugh Kenner. *The Pound Era.* Berkeley: University of California Press, 1971.

73. Maxine Hong Kingston. *The Woman Warrior: Memoirs of a Girlhood Among Ghosts.* New York: Vintage International, 1998.

74. Jacob Korg. *Ritual and Experiment in Modern Poetry.* New York: St. Martines Press, 1995.

75. John Krapp. *An Anesthetics of Morality: Pedagogic Voice and Moral Dialogue in Mann, Camus, Conrad, and Dostoevsky.* Columbia, SC: University of South Carolina Press, 2002.

76. Wolfgang Kubin. "The End of the Prophet: Chinese Poetry between Modernity and Postmodernity." In Larson and Wedell-Wedellsborg, eds. *Inside Out: Modernism and Postmodernism in Chinese Literary Culture.* Aarhus University Press, 1993.

77. Jacques Lacan. *The Seminar of Jacques Lacan: The Four Fundamental Concepts of Psychoanalysis,* Vol. Book XI. New York: W. W. Norton & Company, 1998.

78. Linda Chiu-han Lai. "Film and Enigmatization: Nostalgia, Nonsense, and Remembering." In Esther, C. M. Yau, ed., *At Full Speed: Hong Kong Cinema in a Borderless World.* Minneapolis: University of Minnesota Press, 2001.

79. Joseph Lam. "Music, Globalization, and the Chinese Self." *Macalester International* 21 (2008): 29～77.

80. Susanne K Langer. *Philosophy in a New Key: A Study in the Symbolism of Reason, Rite, and Art,* 3ʳᵈ edition. Cambridge, Mass.: Harvard University Press, 1996.

81. Edward Larrissy. *Reading Twentieth-Century Poetry: The Language of Gender and Object.* Blackwell Publishers, 1990.

82. Joseph S. M. Lau ＆ Howard Goldblatt, eds. *The Columbia Anthology of Modern Chinese Literature.* New York: Columbia University Press, 1995.

83. James Y. J. Liu. *Language-Paradox-Poetics: A Chinese Perspective.* Princeton: Princeton University Press, 1988.

84. Lydia H. Liu. *Translingual Practice: Literature, National Culture, and Translated Modernity, China 1900～1937.* Stanford, CA: Stanford University Press, 1995.

85. Half, Lloyd, ed. *A Selective Guide to Chinese Literature 1900～1949: The Poem.* Leiden: E. J. Brill, 1989.

86. Kwai-Cheung Lo, "When China Encounters Asia Again: Rethinking Ethnic Excess in Some Recent Film from the PRC." *China Review.* 10:2 (2010): 63～88.

87. Sheldon Hsiao-peng Lu, ed. *Transnational Chinese Cinema: Identity, Nationhood, Gender.* Honolulu: University of Hawaii Press 1997.

88. Bonnie S. McDougall. "Bei Dao's Poetry: Revelation and Communication." *Modern Chinese Literature*, Vol. I, No. 2 (Spring 1995).

89. Jason McGrath. "Metacinema for the Masses: Three Films by Feng Xiaogang."

Modern Chinese Literature and Culture (http://mclc.osu.edu/jou/abstracts/mcgrath.htm). Accessed 3/25/2021.

90. Carolyn Merchant. *Earthcare: Women and the Environment.* New York: Routledge, 1996.

91. J. Hillis Miller. *The Ethics of Reading.* New York: Columbia University Press, 1986.

92. Marcos Piason Natali. "History and the Politics of Nostalgia." *Iowa Journal of Cultural Studies,* 5 (Fall 2014).

93. Martha Craven Nussbaum. *Love's Knowledge: Essays on Philosophy and Literature.* New York: Oxford University Press, 1990.

94. Gijsbert Oonk, ed. *Global Indian Diasporas: Exploring Trajectories of Migration and Theory.* Amsterdam: Amsterdam University Press, 2007.

95. Gordon T. Osing and De-An Wu Swihart. *Hypertext* (www.hypertxt.com/sh/no5/ dao.html). Accessed 3/25/2021.

96. Pier Paolo Pasolini. "L'Expérience Hérétique." In Svend Erik Larson *et al.,* eds., *Nature: Literature and Its Otherness/La Littérature et Son Autre.* Gylling, Denmark: Odense University Press, 1997.

97. David Parker, *et al.,* eds., *Renegotiating Ethics in Literature, Philosophy, and Theory.* New York: Oxford University Press, 1998.

98. Williams Pietz. "The Problem of the Fetish, II." *Res 13* (Spring 1998).

99. Plato. *The Republic,* translated by Benjamin Jowett. New York: Vintage, 1991.

100. Ezra Pound. *Gaudier-Brzeska: A Memoir.* New York: New Directions, 1970.

101. Mary L. Pratt. *Imperial Eyes: Travel Writing and Transculturation.* London: Routledge, 1992.

102. James Procter. "Diaspora." In *The Routledge Companion to Postcolonial Studies*, ed. John McLeod. London and New York: Routledge, 2007.

103. Charles D. Presberg. *Adventures in Paradox:* Don Quixote *and the Western Tradition.* University Park, PA: The Pennsylvania State University Press, 2001.

104. Paul Recoeur. *Time and Narrative,* Vol. 3. Chicago: University of Chicago

Press, 1988.

105. Paul Ricoeur. *Freud and Philosophy: An Essay on Interpretation,* translated by Denis Savage. New Haven: Yale University Press, 1970.

106. Emily Robinson. "Touching the Void: Affective History and the Impossible." *Rethinking History: The Journal of Theory and Practice,* Volume 14, 2010, Issue 4.

107. William Safran. "Diaspora in Modern Societies: Myths of Homeland and Return." *Diaspora: A Journal of Transnational Studies,* No. 1 (1991).

108. Edward W. Said. *Orientalism.* Noida: Penguin Books. 1995.

109. George Saintsbury. *History of English Prosody.* New York: Columbia University Press, 1966.

110. Kirk J. Schneider. *The Paradoxical Self: Toward an Understanding of Our Contradictory Nature.* New York and London: Plenum Press, 1990.

111. David Shapiro. *John Ashbery: An Introduction to His Poetry.* New York: Columbia University Press, 1979.

112. Mark Seltzer. *Bodies and Machines.* New York: Routledge, 1992.

113. Jonathan Z. Smith. *Imagining Religion: From Babylon to Jonestown.* Chicago: University of Chicago Press, 1982.

114. Gayatri Chakravorty Spivak. "Can the Subaltern Speak?" In Patrick Williams and Laura Chrisman, ed., *Colonial Discourse and Post-Colonial: A Reader.* New York: Columbia University Press, 1994.

115. Wallace Stevens. "Anecdote of the Jar." In *Collected Poems of Wallace Stevens.* New York: Knops, 1972.

116. Susan Stewart. *On Longing: Narratives of the Miniature, The Gigantic, the Souvenir, the Collection.* Durham: Duke University Press, 1993.

117. Song Lin. *Fragments et Chants D'Adieu*（斷片與驪歌）. Saint-Nazaire, France: Maison des Écrivains Étrangers et des Traducteurs, 2006.

118. John Su. *Ethics and Nostalgia in the Contemporary Novel.* New York: Cambridge University Press, 2005.

119. Tang Xiaobing. 2000, *Chinese Modern: The Heroic and the Quotidian.*

Durham: Duke University Press, 2000.

120. Didi Kirsten Tatlow. "Xi Jinping on Exceptionalism with Chinese Characteristics." *The New York Times Online,* 14 October 2014.

121. Charles Taylor. *Sources of the Self: The Making of Modern Identity.* Cambridge, MA: Harvard University Press, 1989.

122. Gordon Teskey. *Allegory and Violence.* Ithaca, N.Y.: Cornell University Press, 1996.

123. Paul Valéry. *An Anthology,* ed. by James R. Lawler. Princeton, NJ: Princeton University Press, 1977.

124. Maghiel van Crevel. *Chinese Poetry in Times of Mind, Mayhem, and Money.* Leiden: Brill, 2008.

125. Jihong Wan and Richard Kraus. "Hollywood and China as Adversaries and Allies." *Pacific Affairs* 75. 3 (2002): 419~34.

126. Wang Ban. "Love at Last Sight: Nostalgia, Commodity, and Temporality in Wang Anyi's Song of Unending Sorrow." *Positions: East Asia Cultures Critique,* 10:3 Winter 2002.

127. Wang Ban. *The Sublime Figure of History: Aesthetics and Politics in 20th Century China.* Stanford university press, 1997.

128. David Der-Wei Wang, eds. *Global Chinese Literature: Critical Essays.* Leiden: Brill, 2009.

129. Zheng Wang. "The Chinese Dream: Concept and Context." *Journal of Chinese Political Science* 13 (2013): 1~13.

130. Jing Wang. *High Culture Fever: Politics, Aesthetics, and Ideology in Deng's China.* Berkeley, C.A.: University of California Press, 1996.

131. David Weaver. "Tourism and the Chinese Dream: Framework for Engagement." *Annals of Tourism Research* 51.1 (2015): 54~56.

132. Virginia Wolfe. *A Room of One's Own.* New York: Harcourt, 1989.

133. Michelle Yeh. *Modern Chinese Poetry: Theory and Practice Since 191.* New Haven and London: Yale University Press, 1991.

134. Michelle Yeh. "The 'Cult of Poetry' in Contemporary China," *The Journal of*

*Asian Studies* 55.1 (1996).

135. Yu Hua. "'Human Impulses Run Riot': China's Shocking Pace of Change." *The Guardian,* September 6, 2018.

136. Gang Yue. "As the Dust Settles in Shangri-La: Alai's Tibet in the Era of Sino-globalization." *Journal of Contemporary China* 56 (Aug. 2008).

137. Pauline Yu. *The Reading of Imagery in the Chinese Poetic Tradition.* Princeton University Press, 1987.

138. Zhang Longxi. *Mighty Opposites: From Dichotomies to Differences in the Comparative Studies of China.* Stanford, CA: Stanford University Press, 1998.

139. Zhang Xudong. *Chinese Modernism in the Era of Reforms: Culture Fever, Avant-Garde Fiction, and the New Chinese Cinema.* Durham, N.C.: Duke University Press, 1997.